BIBLIOTECA MONUMENTA : 5

EFESÍACAS

BIBLIOTECA MONUMENTA

Direção
Alexandre Hasegawa

Conselho Editorial
Adriane da Silva Duarte
Eleonora Tola
Jacyntho Lins Brandão
José Marcos Macedo
Maria Celeste Consolin Dezotti
Paulo Sérgio de Vasconcellos
Teodoro Rennó Assunção

XENOFONTE DE ÉFESO

Efesíacas
O romance de Ântia e Habrocomes

Introdução, tradução e notas de
Adriane da Silva Duarte

© Copyright 2024.
Todos os direitos reservados à Editora Mnēma.

Título original: Ἐφεσιακά

Editor-chefe	Marcelo Azevedo
Direção da coleção	Alexandre Hasegawa
Edição e produção	Felipe Campos
Direção de arte	Jonas de Azevedo
Projeto gráfico e capa	Marcelo Girard
Preparação	Clara Crepaldi
Revisão técnica	Alexandre Hasegawa
Revisão final	Felipe Campos
Diagramação	Caio Geraldes

Dados Internacionais de Catalogação na Publicação (CIP)
(Câmara Brasileira do Livro, SP, Brasil)

Xenofonte
　Efesíacas : ou O romance de Ântia e Habrocomes / Xenofonte ; introdução, tradução e notas Adriane Duarte. -- Araçoiaba da Serra, SP : Editora Mnēma, 2024. -- (Biblioteca monumenta ; 5)

　Título original: Ἐφεσιακά.
　Bibliografia.
　ISBN 978-65-85066-11-2

　1. Romance grego I. Duarte, Adriane. II. Título. III. Série.

24-199918　　　　　　　　　　　　CDD-889.3

Índices para catálogo sistemático:
1. Romances : Literatura grega 889.3
Tábata Alves da Silva - Bibliotecária - CRB 8/9253

Editora Mnēma
Alameda Antares, 45
Condomínio Lago Azul – Bairro Barreiro

CEP 18190-000 – Araçoiaba da Serra – São Paulo
www.editoramnema.com.br

Sumário

Introdução   9
   1. Autor e obra   9
   2. O gênero do romance   19
   3. Sobre a tradução   24

ΕΦΕΣΙΑΚΑ | EFESÍACAS   27
   Λόγος πρῶτος | Livro 1   29
   Λόγος δεύτερος | Livro 2   69
   Λόγος τρίτος | Livro 3   99
   Λόγος τέταρτος | Livro 4   129
   Λόγος πεμπτός | Livro 5   143

Referências bibliográficas   187

Introdução[1]

1. AUTOR E OBRA

Efesíacas ou [O romance de] *Ântia e Habrocomes*, como é mais conhecido, é um romance grego atribuído a Xenofonte de Éfeso (c. II EC). Como os demais autores do gênero, ele é praticamente um desconhecido, já que a única fonte sobre sua vida é um curto e polêmico verbete da *Suda*, famosa enciclopédia bizantina. Nele anota-se apenas:[2]

Ξ. Ἐφέσιος· ἱστορικός. Ἐφεσιακά· ἔστι δὲ ἐρωτικὰ βιβλία ί Περὶ Ἁβροκόμου καὶ Ἀνθίας· καὶ Περὶ τῆς πόλεως Ἐφεσίων καὶ ἄλλα.

X[enofonte] de Éfeso: historiador, [autor de] *Efesíacas*, uma história de amor em 10 livros sobre Habrocomes e Ântia, e também sobre a cidade de Éfeso, além de outras obras.[3]

É certo que o verbete associa o nome Xenofonte a *Efesíacas* ou *Ântia e Habrocomes*, mas nada outro informa sobre quem tenha sido ele nem em que época teria vivido. Embora anote que o assunto de *Efesíacas* seja uma história de amor (*erotiká*), denomina

---

1 Esse livro resulta de um projeto financiado pelo CNPq através da Bolsa de Produtividade em pesquisa 303671/2015-7, 2016-2019.
2 Para o testemunho da *Suda*, cf. Gärtner (1983: 2057).
3 Salvo indicação em contrário, as traduções são de minha autoria. Na interpretação mais corrente, entende-se que Xenofonte tivesse escrito um livro intitulado *Sobre a cidade de Éfeso* (*Perì tês póleos Ephesíon*), de caráter historiográfico, entre outras obras (*kaì álla*) das quais nada se sabe. Outra chave de leitura supõe que as *Efesíacas* abordassem não só as aventuras do casal protagonista, mas também fatos relativos à cidade de Éfeso. A redação não é clara.

seu autor um historiador (*historikós*), que teria escrito outros livros não nomeados. O ponto mais polêmico, contudo, está na atribuição de 10 livros à obra quando o texto que nos chegou traz somente cinco. O que pensar disso tudo?

A ausência de outras fontes e a falta de precisão na que existe não permitem tirar conclusões seguras. É verdade que a assinatura do autor está aposta na última sentença do romance, com a devida menção ao total dos livros (*Efesíacas* 5.15.4):

> Ξενοφῶντος τῶν κατὰ Ἀνθίαν καὶ Ἁβροκόμην Ἐφεσιακῶν ε' λόγων τέλος.
>
> Eis o fim das *Efesíacas* de Xenofonte, relato em cinco livros sobre Ântia e Habrocomes.

No que pese não ser incomum a assinatura dos romances antigos na própria obra, a passagem foi considerada interpolação por vários editores, cuja supressão aconselharam.[4]

O nome Xenofonte não é raro, perfazendo nove entradas no *Kleine Pauly*. O mais conhecido é o prosador ateniense do século IV AEC, cujas obras, especialmente a *Ciropédia*, teriam tido grande influência na formatação do gênero romance. Nosso autor, alcunhado como Xenofonte de Éfeso ou Efésio, para distingui-lo daquele, pode ter adotado o nome como um pseudônimo, uma forma de homenagem ao famoso predecessor. A coincidência talvez explique a designação de nosso Xenofonte como "historiador" no verbete da *Suda*, lembrando que o título do romance, *Efesíacas*, também é sugestivo de uma obra histórica. Somados, os dois fatores podem ter influenciado a composição do verbete da *Suda* por parte de um redator sugestionável. Deve-se, contudo, ponderar

---

4 Cf., p. ex., a edição de Henderson para Loeb. Como exemplo das assinaturas, cf. *Quéreas e Calírroe* 1.1: "Eu, Cáriton de Afrodísias, secretário do orador Atenágoras, vou narrar uma história de amor que aconteceu em Siracusa".

que as atribuições do retórico, historiador e romancista não são excludentes e o fato de não haver rastro da obra histórica não implica que ela não tenha existido, tantas foram as perdas no longo processo de transmissão dos textos clássicos. Além do nome, a naturalidade do autor é posta em dúvida, pois a ligação com Éfeso pode ter sido induzida pelo fato de a cidade ser ponto de partida e de retorno do périplo pelo Mediterrâneo dos protagonistas, que dela são originários, e não por "Xenofonte" ser efésio.

Em meio a tantas incertezas, a datação de *Efesíacas* é igualmente difícil, uma vez ausentes testemunhos externos ou fontes papiráceas que ajudem a delimitar o período de produção do texto, que nos chegou por meio de um único manuscrito, datado do séc. XIII.[5] Sendo assim, as principais evidências têm origem no próprio romance. Um exemplo é a menção, em duas ocasiões, de um cargo, o promotor da paz (*ho tês eirénes tês en Kilikías*, 2.13.3 e 3.9.5, equivalente a *eirénarchos*), cuja atestação epigráfica coincide com a época do imperador Trajano (98-117 EC). Com isso, a maioria dos estudiosos tende a situar Xenofonte no século II EC.[6] Para Bowie (2002: 57), contudo, a criação do cargo pode ter sido anterior ao primeiro registro que dele temos, o que permitiria recuar um pouco a data de composição. Além disso, ele vê uma referência ao embalsamamento de Popeia por Nero (65 EC), no relato que Egialeu, uma personagem secundária, faz de sua trágica história de amor a Habrocomes (5.1.4-9). Com base nisso, ele situa Xenofonte no final do século I EC, mas ainda o considera posterior a Cáriton

---

5 Trata-se do Códice Florentino Laurenziana Conventi Soppressi 627, depositado na Biblioteca Medicea Laurenziana, em Florença (Itália). Cf. https://bmlonline.it/la-biblioteca/manoscritti-della-riserva/ (acessado em 21/06/2023) e https://pinakes.irht.cnrs.fr/notices/cote/15899/ (acessado em 21/06/2023).

6 Cf. Kytzler (2003: 347-8).

de Afrodísias, tido como precursor do gênero, cuja obra, *Quéreas e Calírroe*, data em algum momento entre 41 e 62.

É importante notar que outro fator determinante para a datação de *Efesíacas* é a percepção, com base em relações intertextuais, de que Cáriton teria sido o modelo para Xenofonte, assim como para os demais autores do gênero.[7] Sobre isso há uma voz discordante. O'Sullivan (1995), responsável pela mais recente e respeitada edição do romance (2005), propõe uma inversão da cronologia, defendendo que Xenofonte é mais antigo, tendo sido ele a influenciar Cáriton. Para ele (O'Sullivan, 2014: 52), a obra de Xenofonte representaria uma espécie de transição entre uma tradição oral de histórias de amor e aventura e sua assimilação na cultura letrada, da qual Cáriton seria o continuador. Embora alguns helenistas, como Whitmarsh (2011: 264), estejam dispostos a considerar essa hipótese, ela é vista com desconfiança na academia, prevalecendo a cronologia proposta por Bowie (2002).

Apesar de ser o mais breve dos romances gregos de amor, *Efesíacas* é o mais difícil de resumir por apresentar uma trama muito enredada, que inclui peripécias sequenciais e duplicação de padrões narrativos. Para alguns, isso se deve ao fato de a obra constituir ela mesma uma versão resumida, ou epítome, do original. Note-se que, segundo a *Suda*, *Efesíacas* seria composta por dez livros, mas o texto supérstite possui apenas cinco, informação corroborada no corpo da obra (*Efesíacas*, 5.15.4). Essa incongruência, como nota Ruiz-Monteiro, prejudicou a sua recepção (2004: 43):

> Dos cinco autores dos assim denominados romances "de amor e aventura" talvez o menos estudado seja Xenofonte de Éfeso. Isso se dá porque, desde que a *Suda* atribuiu dez livros a *Efesíacas* enquanto o

---

7 Sobre Cáriton como o "inventor" do romance de amor, cf. Tilg (2010).

texto do romance contém somente cinco, Xenofonte foi tradicionalmente visto como tendo menor mérito literário. E apesar da defesa de T. Hägg, que sustentou que a reputação de Xenofonte como compositor de um epítome baseia-se sobretudo em sua técnica narrativa particular e em que, em todo caso, o texto devesse incluir algumas lacunas, a teoria do epítome perdurou por anos.[8]

Isso se soma ao fato de o estilo de Xenofonte ser considerado simples e desprovido de ornamentação quando comparado aos dos demais romancistas, mais um motivo para que sua obra tenha sido amplamente negligenciada (Ruiz-Montero, 2004: 43). Kytzler (2003: 350) sintetiza bem a questão ao anotar que:

> É óbvio para qualquer leitor da obra de Xenofonte, seja no original, seja em qualquer uma de suas numerosas traduções, que ele se vale de uma linguagem pouco refinada, mais para o simples.

A teoria do epítome, que teve grande aceitação no passado, atualmente começa a ser revista em grande parte graças à análise pioneira de Hägg (1966), seguida pelos estudos de O'Sullivan (1995) e Ruiz-Monteiro (2004), entre outros, que defendem que as *Efesíacas* é um texto transicional, que, embora escrito, guarda fortes marcas de oralidade. Assim, certas características estilísticas, como repetição de estruturas (*repetitive-formulaic character*), sejam sintáticas, semânticas ou temáticas, antes apontadas como defeitos de composição e postas na conta do epítome, passaram a ser vistas como recursos empregados conscientemente por um autor devedor da tradição narrativa oral. Nas palavras de O'Sullivan (2014: 50):

> Eu argumentei [em outra parte] que [as *Efesíacas*] deveriam ser consideradas como um texto transicional, uma obra ainda fortemente ligada à sua origem oral, mas que foi composta por escrito e que é até mesmo capaz de incorporar – embora eu não veja isso de ma-

---

8   Para a referência, cf. Hägg (1966).

neira tão clara em Xenofonte – características literárias e, inclusive, intertextuais.⁹

Para os céticos no que concerne a esse último tópico, recentemente, Tagliabue (2017), em um estudo de fôlego, apontou referências à *Odisseia* e aos diálogos platônicos em *Efesíacas*, embora elas se deem de maneira muito mais sutil do que se vê no contemporâneo *Queréas e Calírroe*, em que versos inteiros dos poemas homéricos são citados *verbatim*.¹⁰

Quer se aceite a hipótese da influência de um estrato de base oral ou não, o fato é que, em vista da complexidade de sua estrutura narrativa, que conjuga vários planos de ação e personagens, sujeitos a sucessivas peripécias, Xenofonte parece ter renunciado à ornamentação da linguagem em troca da agilização do ritmo narrativo. Apesar do desprestígio de Xenofonte com a crítica, uma análise mais isenta do romance é capaz de revelar sua competência narrativa.

O romance apresenta um narrador, onisciente e em terceira pessoa, bastante discreto, que quase não se intromete na narrativa – justamente o contrário do que se vê em Cáriton de Afrodísias, seu predecessor, cujo estilo é mais apurado. Segundo Morgan (2004: 490), "a função mais visível desse quase invisível narrador é precisamente controlar as rápidas transições entre as duas linhas narrativas da trama" que marcam as aventuras de Ântia e as de Habrocomes pelo Mediterrâneo. No entanto, a narrativa não carece de interesse e num ponto Xenofonte parece ter se destacado: no que respeita às narrativas intercaladas (*embedded narratives*).

---

9   Aqui O'Sullivan remete ao seu livro de 1995. Veja-se também Ruiz-Montero (2004: 44), para aproximação com o conto popular, mas também com as exibições retóricas. Trechos entre colchetes são acréscimos meus.

10 Sobre as referências intertextuais a Homero em *Queréas e Calírroe*, cf. Duarte (2019b).

Além de cumprirem a função de informar as personagens dos passos umas das outras, também se oferecem enquanto analogias exemplares para os heróis (Morgan, 2004: 490-1) – são exemplos desses relatos a história de Hipotoo (3.2.1-15) e a de Egialeu (5.1.4-11).[11]

Efesíacas, como as demais obras que compõem o *corpus* do romance grego antigo, conjuga amor e aventura (*erotiká* e *parádoxa*).[12] Centrada no par protagonista, que nomeia o livro, a narrativa descreve sua paixão inicial, a subsequente separação do casal, pontuada por aventuras em lugares distantes, sua reunião e regresso à terra natal com direito ao final feliz, elementos constantes no gênero. Como a trama é muito enredada e os episódios sucedem-se em profusão, resumi-la é um desafio, mas vamos tentar.

Se o tempo em que se passa a ação narrada é indeterminado, apresentando uma mescla de características do período helenístico e imperial (Bowie, 2006: 9-10), o cenário inicial é bem marcado, a cidade de Éfeso. É verdade que se trata de uma Éfeso genérica, caracterizada especialmente pela menção ao culto de Ártemis e seu templo, considerado uma das sete maravilhas do mundo antigo e palco dos primeiros encontros entre os protagonistas. Mal comparando, seria como escrever uma história de amor que se passasse no Rio de Janeiro e que tivesse por cenário o Pão de Açúcar e o Cristo Redentor.

São dois os personagens principais, que formam o par romântico. Habrocomes é um jovem de extraordinária beleza que, por

---

11 Sobre essas narrativas, cf. Duarte (2017 e 2018).
12 Para uma descrição do *corpus* e das espécies em que se divide o gênero, consultar Brandão (2005), especialmente o cap. 3, "O gênero e suas espécies". Os *parádoxa*, ou narrativas extraordinárias são os romances de viagem e aventura; os *erotiká*, são os que privilegiam as peripécias amorosas. Há também os que conjugam ambas as vertentes, os *erótika* + *parádoxa* (Brandão, 2005: 271).

desdenhar Eros, atrai a ira do deus. Eros faz com que ele se apaixone pela também belíssima Ântia, sendo por ela correspondido – vale lembrar que o amor recíproco do par romântico é uma característica do gênero.[13] Depois de ambos definharem sob efeito da paixão recolhida, as famílias, orientadas por um oráculo, providenciam o casamento e, seguindo a prescrição divina, enviam os filhos para um cruzeiro de núpcias. Assim, como se vê em *Quéreas e Calírroe*, mas diversamente do que acontece nos demais romances antigos, em que a união é celebrada ao final dos livros, o casamento do par principal se dá antes mesmo do fim do primeiro livro. Tem-se, então, o início das aventuras, marcadas por viagens, separação e ameaças a suas vidas.

A viagem começa tranquila, com escalas em Samos e Rodes e direito a passeios por atrações turísticas, mas depois dessa ilha a sorte muda, e o casal é capturado por piratas fenícios que se apaixonam por eles. A beleza dos jovens será um chamariz que renderá inúmeros assédios ao longo da narrativa, constituindo um motivo recorrente. Escravizado, o par é separado, e tem que lidar com as agressões de que é alvo. Eventualmente Habrocomes consegue se libertar e parte à procura de Ântia, cuja posse e o endereço mudam várias vezes no decorrer da história. Ela vai da Fenícia para a Síria, e de lá para a Cilícia, onde é capturada por Hipótoo, chefe de um bando de salteadores, que virá a ter importância crescente na trama, na medida em que será o intermediário entre Habrocomes e Ântia em suas andanças.

Em sua busca por Ântia, Habrocomes une-se ao bando de Hipótoo, quando ela, no entanto, já não estava mais em poder do bandido. Constrangida a um novo casamento, Ântia toma uma droga narcótica e, dada por morta, é sepultada. Ladrões de túmulos a resgatam e levam ao Egito, onde é vendida em Alexandria. Ha-

---

13 Cf. Konstan (1994a).

brocomes, que recebe a falsa notícia da morte da esposa, decide suicidar-se, mas só depois de recuperar o cadáver, que acredita ter sido roubado, e dar-lhe sepultura. Vítima de um naufrágio, é capturado por bandidos no Egito, vendido como escravo a um senhor bondoso, cuja mulher o assedia e calunia. Acusado por ela de assassinar seu dono, é preso e condenado à morte na cruz e na fogueira, sendo salvo duas vezes pela cheia do rio Nilo, o que é tido como sinal divino. Assim, as autoridades decidem investigar o crime e terminam por inocentá-lo. Ele segue, então, para a Itália, sempre à procura de sua amada, viva ou morta.

Enquanto isso, Ântia, que foi comprada por um marajá indiano e está a caminho daquele país, chega à Etiópia, onde é novamente capturada pelo bando de Hipótoo, que, no entanto, não a reconhece. Ao se defender de uma tentativa de estupro, Ântia mata um dos bandidos e, como punição, é atirada em uma cova em companhia de cães famintos, mas é resgatada por um dos vigias, também ele apaixonado pela protagonista. Quando o bando é desbaratado pelas tropas egípcias, Ântia é levada por um dos oficiais a Alexandria, onde sua mulher, enciumada, ordena que ela seja vendida para um bordel na Itália. Ela conserva sua castidade fingindo ataques epiléticos até que Hipótoo, que recebera uma grande herança, a reconhece e compra para entregá-la a Habrocomes, cujo paradeiro é desconhecido. Na viagem de volta para Éfeso, fazem escala em Rodes.

Depois de passar pela Sicília, Habrocomes parte para a Itália, onde trabalha em uma pedreira para sobreviver. Sem notícias de Ântia, resolve retornar a Éfeso, chegando a Rodes ao mesmo tempo que ela, embora isso lhe escape. Ao visitar o templo de Hélio, encontra oferendas que os escravos que os acompanhavam no início da viagem, e de quem tinham sido separados, tinham feito em intenção do casal. Esses escravos, agora libertos e ricos, também estão vivendo em Rodes e o reconhecem durante uma visita

ao templo. Posteriormente, Ântia também vai ao templo, ofertar mechas de seu cabelo ao deus e é reconhecida pelos escravos, que promovem o reencontro entre os esposos. Na companhia de Hipótoo, seguem todos juntos para Éfeso, onde, depois de dedicar o relato de suas aventuras ao templo de Ártemis, vivem felizes o resto de suas vidas.

Esse resumo dá uma ideia do desafio enfrentado pelo narrador do romance para contar sua história, dada a multiplicidade de eventos, cenários e personagens secundários. Ele o faz com competência em troca de descrições mais detalhadas e caracterização mais aprofundada dos personagens. Quanto a esses, vale tratar brevemente do par protagonista, Ântia e Habrocomes, embora os personagens secundários também tenham sido compostos com grande habilidade.

As cinco obras que compõem o *corpus* do romance grego antigo[14] têm em comum a matéria amorosa e o protagonismo dado ao par apaixonado, com destaque para as mulheres, mais proativas que seus consortes. Em *Efesíacas*, Ântia e Habrocomes são apresentados como dois jovens, pertencentes à elite efésia e donos de uma beleza sobrenatural. Xenofonte se esforça em manter a simetria entre eles, que concorrem igualmente em atrair a atenção de inúmeros pretendentes e em sobreviver aos obstáculos que enfrentam no decorrer da viagem. A vantagem de Ântia está no controle emocional. Enquanto ela orienta suas ações por um comportamento mais racional, mantendo o autocontrole em público e externando suas emoções apenas quando resguardada do olhar

---

14 Excluindo-se os textos fragmentários, o *corpus* do romance antigo contempla cinco obras de expressão gregas, compostas entre os séculos I e IV EC: *Quéreas e Calírroe*, de Cáriton (I EC); *Efesíacas* ou *Ântia e Habrocomes*, de Xenofonte de Éfeso (I-II EC); *Dafnis e Cloé*, de Longo (II EC); *Leucipe e Clitofonte*, de Aquiles Tácio (II EC); *As Etiópicas*, de Heliodoro (IV EC).

alheio, Habrocomes reage impulsivamente, controlando-se com grande dificuldade. Com isso Ântia mostra-se capaz de adotar uma série de estratégias para driblar as adversidades, sendo equiparada por Tagliabue (2017: 40) a Odisseu. O fato é que, embora a *Odisseia* seja o modelo desses romances de amor, ao tematizar a viagem e a reunião de um casal por muito tempo separado, neles as mocinhas não mais permanecem em casa à espera do retorno do herói, como Penélope, mas aventuram-se pelo mundo como Odisseu. Penélope continua, no entanto, a evocar a fidelidade e a castidade, valores que o par romântico tem em alta conta e jura manter.

2. O GÊNERO DO ROMANCE

Ao contrário de outros gêneros praticados na Antiguidade, com que hoje temos pouca familiaridade, não se discute a contemporaneidade do romance. O romance é o gênero que melhor respondeu às complexidades da vida moderna, sendo amplamente praticado em todo o planeta desde o século XVIII e o advento da Revolução Industrial. Apesar de a crítica, especialmente a anglófona, tentar caracterizá-lo como uma invenção da modernidade, constituindo assim o único gênero que não tem origem clássica, essa forma literária surge no início da era comum, em cidades gregas da Ásia Menor, de onde alcança outras províncias romanas. Bowie (2002: 62), na discussão que faz da cronologia dos primeiros romances gregos, arrisca o palpite de que o fato de Eros, divindade associada à paixão erótica, ter se tornado o centro desse gênero novo não é explicável apenas pelas mudanças gerais das condições sociais e políticas (por exemplo, o advento do Império Romano e sua expansão, a maior autonomia feminina entre os romanos etc.), mas que elementos locais teriam tido aí papel decisivo. Foi no decorrer do séc. I EC, diz ele, "na próspera cidade de Afrodísias, sede de um culto importante de Afrodite", que "um

escritor ou mais escritores desenvolveram uma fórmula de sucesso", o *páthos erotikón*, ou história de amor, que logo se disseminou pelo mundo habitado.

Há, de fato, uma concentração impressionante dos textos mais antigos conhecidos, datáveis da segunda metade do século primeiro, na vizinhança de Afrodísias, cidade cária localizada hoje nas cercanias de Geyre, na Turquia. Repassando as evidências, Bowie observa (2002: 57-8):

> O que realmente se deve reter dessa discussão acerca [da cronologia] dos primeiros romances? É provável que todos tenham sido compostos no intervalo de poucas décadas: *Quéreas e Calírroe* entre 41 e 62, *Nino* entre 63 e 75, *Efesíacas* depois de 65 d.C., *Metíoco e Parténope*, datável com menos segurança, mas devido a sua proximidade estilística com Cáriton, pertencente ao mesmo período. Esse contexto pode ser circunscrito geograficamente: Cáriton e o autor de *Nino*, ambos trabalhando em Afrodísias, Xenofonte (se de fato ele é de Éfeso), a 150 quilômetros de distância, em uma cidade que tinha fortes vínculos com Afrodísias. Talvez não seja acaso que o cenário de algumas cenas importantes de *Metíoco e Parténope* seja Samos, que é, dentre as principais ilhas do Egeu, a mais próxima de Éfeso e Afrodísias.[15]

Para ele, a equação tempo e espaço é crucial para a configuração que a prosa grega de ficção veio a adquirir, indicando que o romance é fruto do domínio político romano sobre as cidades gregas, que estão na periferia do império e orbitam em torno de Roma, ao mesmo tempo que lutam para assumir a liderança regional, e que, de certa forma, elabora uma resposta a esse estado de coisas. O romance se torna um gênero bem-sucedido porque surge em uma região culturalmente rica e variada, em que se cruzam diversas tradições, favorecendo o trânsito de pessoas e

---

15 De *Nino* e *Metíoco e Parténope* têm-se apenas fragmentos, que podem ser lidos na coletânea organizada por Reardon (2008, 1ª ed. 1989).

ideias. Esse fator é determinante para que a disseminação dessa produção seja quase instantânea. Ou seja, esse mundo conectado pelo qual transitam as personagens romanescas é o mesmo que os textos percorrerão.

Com isso em vista, retomo uma provocação feita por Brandão (2014: 94), para quem não é apropriado falar em romance "grego" antigo, uma vez que "não há mais, sob Roma, autores gregos, mas todos são romanos, independentemente da língua em que escrevem". Assim, é possível concluir que (Brandão, 2014: 93):

> [...] falar de exemplares gregos e latinos, ou mesmo greco-latinos, tomando como referência a língua em que os textos são escritos, esmaece que se trata de uma produção romana, no sentido de que só surge no Império de Roma e deve responder a uma expectativa própria dessa situação.

Então como explicar que Roma, a metrópole, onipresente nos demais gêneros literários esteja ausente dos romances? Há, é claro, autores latinos, mas Roma não é destino, escala nem origem em nenhum dos textos remanescentes, que não são muitos, aliás.[16] Uma explicação plausível é que o romance, enquanto gênero marginal, que surge quando o sistema literário já está de certa forma consolidado, também opera a partir da periferia do império e, ao fazê-lo, procura legitimar-se em contraste com o centro político. No caso das obras gregas, a ausência de Roma foi entendida como significativa na medida em que sinalizaria a clara disposição das

---

16 Além dos cinco romances, escritos em grego, de temática amorosa, acresçam-se *Lúcio ou o Asno* (II EC), de Pseudo-Luciano, os latinos *Satíricon*, de Petrônio (I EC) e *Metamorfoses* ou *O Asno de Ouro*, de Apuleio (II EC). Pode-se somar ainda a *História de Apolônio, rei de Tiro*, cuja autoria e data são indeterminadas, restando incerto até mesmo se não se trata de uma versão latina de um texto originalmente escrito em grego, e os *novel-like works* ou *fringe novels*, o *Romance de Alexandre*, o *Romance de Esopo* e *Das Narrativas Verdadeiras*, de Luciano (II EC).

elites gregas das cidades à margem do Império de afirmarem uma identidade própria, baseada na "grecidade" e cuja permanência seria percebida como fruto dos casamentos entre pares celebrados nos enredos. Haveria, portanto, um movimento deliberado dessas elites de evasão ou negação de Roma, ao menos na esfera da ficção. Esse movimento teria sua contrapartida na eleição das intrigas amorosas como tema principal, fazendo com que a vida privada, o que é da ordem do doméstico, predominasse sobre a esfera pública.[17]

O fato de ser um gênero tardio, impactou a sua formatação e recepção. No que se refere ao primeiro aspecto, o romance se constituiu no diálogo com gêneros mais tradicionais, seja a épica, particularmente os poemas homéricos, seja a historiografia e a oratória, principalmente, mas sem deixar de dar umas piscadelas para a elegia e a filosofia. É gramatofágico, portanto, na medida em que incorpora e transforma elementos dessas formas literárias (Brandão, 2005: 131). Com a épica e a historiografia, ele tem em comum o fato de ser narrativo, valendo-se, como essa última, da prosa. Vale lembrar que tradicionalmente a prosa, entre os gregos, esteve reservada ao que hoje chamaríamos de não ficção, enquanto as obras imaginativas tinham expressão na poesia. Claro que essa distinção não é tão rígida assim, sendo o próprio status de ficção algo a ser debatido, afinal um historiador como Tucídides admite que criou de acordo com o provável os discursos que inseriu em seu relato sobre a Guerra do Peloponeso, mas vale como regra geral. Os primeiros romancistas vão se apropriar de técnicas narrativas desenvolvidas por esses predecessores ao mesmo tempo em que buscarão legitimar essa nova prática discursiva através de um jogo alusivo a obras e autores integrantes do cânone que, então, já podia ser denominado "clássico", Homero à frente.

---

17 Para uma síntese da questão, cf. Stephens (2008).

Essa busca de validação não parece ter resultado bem-sucedida, uma vez que o silêncio que paira sobre esses textos na Antiguidade e o menosprezo que os acompanhou depois, e que vem sendo revertido somente agora, dão testemunho eloquente disso. A maior prova desse desprestígio é a falta de um termo comum para designá-los frente aos demais gêneros. Os que ocorrem, como por exemplo *diégema, plásmata* ou *drâma* são empregados de forma pouco consistente, marcando cada um uma qualidade, respectivamente, a forma narrativa, a ficcionalidade, e a ênfase na ação. Com isso, apôs-se a essas obras o termo anacrônico romance, categoria plural do ponto de vista diacrônico, que se aplica à matéria tão diversa quanto a poesia narrativa medieval e o gênero praticado modernamente. A ausência de uma reflexão antiga sobre o romance, por outro lado, também é usada para desqualificá-lo na suposição de que esses textos foram objeto de pouco interesse até da parte de seus contemporâneos. A existência de papiros, embora não muito numerosos, atesta a circulação dessas obras pelo Mediterrâneo, de modo que é possível afirmar que os romances tiveram penetração em seu próprio tempo. Apesar disso, seus autores ficaram à sombra, de modo que, como visto a respeito de Xenofonte, pouco se sabe sobre eles.

À falta de uma teorização antiga, é para os próprios textos que devemos nos voltar para encontrar as balizas do gênero. O parágrafo de abertura de *Quéreas e Calírroe* (1.1), traz alguns termos-chave para tal proposta: "Eu, Cáriton de Afrodísias, secretário do orador Atenágoras, *vou narrar* uma *história de amor* que aconteceu em Siracusa". Importantes para delimitar a poética do gênero são essas duas últimas informações, a de que se trata de uma narrativa, a cargo de um profissional da escrita, e a de que seu objeto será uma "paixão amorosa". O verbo *diegéomai* (διηγέομαι) coloca o relato no âmbito do *diégema* (narrativa, διήγημα), permitindo distingui-lo de outras formas literárias como o *aoidé* (canto, ἀῳδή),

que caracteriza a poesia épica, e confina com a *apódeixis* (exposição, ἀπόδειξις) e a *symgraphé* (composição, συγγραφή), definidoras do relato de natureza histórica conforme observa Brandão (2005: 180). Essa narrativa vai ter como centro um *páthos erotikón* (πάθος ἐρωτικόν), uma história de amor, em que o termo *páthos* descreve tudo aquilo que se experimenta ou o que afeta o espírito, especialmente as emoções. Assim, Cáriton inscreve sua obra no âmbito do patético, prometendo a seu leitor que a história emocionará em vista dos sofrimentos que seus protagonistas experimentarão. Esses sofrimentos, como a expressão *páthos erotikón* indica, têm origem em Eros, divindade que personifica o amor erótico e que comandará o desenrolar da trama. Trata-se de uma narrativa, em prosa, erótica – no sentido em que tem em Eros o gatilho da ação. No caso de *Efesíacas*, literalmente, uma vez que Eros faz nascer a paixão entre os protagonistas como punição ao comportamento arrogante de Habrocomes.

Mas os sofrimentos não prevalecem, devendo dar lugar à alegria com o reencontro dos amantes. No último livro, o narrador afirma (8.1): "Estou convicto que este último livro será o mais agradável para os leitores, já que eliminará as tristezas dos primeiros". A promessa do final feliz, que se concretiza com a reunião e retorno do par protagonista à sua cidade de origem, é um elemento recorrente do romance grego, que também se verifica em *Efesíacas* (5.15): "[...], após retornar à cidade, dispuseram grandes túmulos para seus pais (aconteceu de terem morrido pouco antes, de velhice e tristeza) e eles próprios viveram dali para frente em meio a festas e em companhia um do outro".

3. SOBRE A TRADUÇÃO

Embora já exista uma tradução de *Efesíacas* em língua portuguesa, a cargo de Vitor Ruas (2000), acredito que há razões para propor outra. Poderia ser suficiente alegar, em primeiro lugar, as

diferenças de léxico e sintaxe entre o português praticado no Brasil e em Portugal, onde foi publicada essa primeira versão. Levo em conta, no entanto, argumentos mais fortes: o livro, publicado em Lisboa vinte e três anos atrás, passou despercebido em nosso país e sua edição encontra-se hoje esgotada.

Ainda mais relevante é notar que, nos últimos vinte anos, a bibliografia sobre o romance, em geral, e sobre *Efesíacas*, em particular, cresceu significativamente, o que, por si só, justificaria retomar o livro de Xenofonte, de modo a incorporar os resultados de pesquisas recentes – basta passar os olhos pela bibliografia ao final desse livro para constatar que a maioria dos títulos referido é posterior à publicação da tradução portuguesa.[18]

Dentre as novas contribuições, duas são de especial relevância: as novas edições do romance por O'Sullivan (2005) e Henderson (2009). O aparecimento dessas obras não é de modo algum irrelevante. O romance de Xenofonte teve treze editores até a edição de O'Sullivan, dos quais apenas dois examinaram diretamente o único manuscrito a preservar o texto grego, a saber, A. D. Papanikolaou (1973), para Teubner, e Dalmeyda (1926), para Belles-Lettres. Eram essas as edições mais acessíveis do texto grego. Porém, a rejeição da teoria do epítome, que teve em O'Sullivan (1995) um de seus principais advogados, demandava uma nova edição do texto que adotasse essa nova perspectiva, tratando-o não como um resumo defectivo de uma obra perdida, mas como um texto íntegro.

De Temmermann (2008: 669) observa que tanto a edição de Dalmeyda quanto a de Papanikolaou eram insuficientes em vários aspectos e que a de O'Sullivan as supera especialmente por buscar "reestabelecer a leitura do *codex unicus*" nas passagens em que ele

---

18 Sobre o crescimento de publicações e eventos sobre o romance antigo, cf. o balanço de Schmeling (2012).

havia sido preterido pelos editores anteriores.[19] Pode-se constatar a boa recepção dessa edição da Teubner pela sua ampla adoção pelos estudiosos e tradutores de Xenofonte. O próprio Henderson parte diretamente de O'Sullivan para estabelecer o texto do romance para Loeb (2009: vi), que, embora mais acessível e com a vantagem de incluir também a tradução para o inglês, deixa a desejar por não trazer, como é característico da coleção, aparato crítico ou notas detalhadas.[20]

Em vista disso, tomei a edição de O'Sullivan (2005) por base, mas consultei também a de Henderson (2009), na medida em que este último é mais aberto a aceitar soluções para passagens lacunares ou corrompidas, apesar de que, devo notar, elas não sejam numerosas. Busquei indicar nas notas sempre que divergi da edição de O'Sullivan, optando por outra lição.

Na tradução que apresento não quis falsear o que é característico da prosa de Xenofonte, optando por manter o seu estilo simples, caracterizado por repetições e paralelismos e avesso à linguagem ornamentada. Sua habilidade enquanto narrador consiste, como já apontado, na capacidade de coordenar as transições de espaço e tempo com maestria, sem perder de vista seus personagens.

[19] Cf. K. de Temmmermann (2008: 669): "Generally speaking, the high expectations set by the *praefatio* are met in the edition, which is, in my view, a far more accurate and better-documented edition of *Ephesiaca* than the previous ones. A striking pattern underlying this edition is shaped by O.'S. persistent effort to re-assess the reading of the *codex unicus* where it has been discarded by earlier editors". Cf. *idem*, p. 671: "To conclude: this edition is the most accurate, precise and detailed edition available of Xenophon's *Ephesiaca*. Of course, no written work is ever free from shortcomings, but this will rightly be the standard edition to turn to for every scholar working on Xenophon for many years to come".

[20] Há ainda a edição de D. Novakovič (Ksenofont Efeški. *Efeške price*. Zagreb: SNL, 1980). Como não tive acesso a ela, não vou considerá-la aqui.

ΕΦΕΣΙΑΚΑ* | EFESÍACAS

---

* Texto grego com base na edição de O'Sullivan. *De Antia et Habrocome Ephesiacorum Libri V* (Bibliotheca Teubneriana). Monachii et Lipsiae: K. G. Saur, 2005. Opções pontuais por outras edições do texto grego por parte da tradutora são assinaladas em nota de rodapé.

Λόγος πρῶτος

1. Ἦν ἐν Ἐφέσῳ ἀνὴρ τῶν τὰ πρῶτα ἐκεῖ δυναμένων, Λυκομήδης ὄνομα. τούτῳ τῷ Λυκομήδει ἐκ γυναικὸς ἐπιχωρίας Θεμιστοῦς γίνεται παῖς Ἁβροκόμης, μέγα δή τι χρῆμα ὡραιότητι σώματος ὑπερβαλλούσῃ, ⟨τοσούτου⟩ κάλλους οὔτε ἐν Ἰωνίᾳ οὔτε ἐν ἄλλῃ γῇ πρότερον γενομένου. οὗτος ὁ Ἁβροκόμης ἀεὶ μὲν καὶ καθ᾽ ἡμέραν εἰς κάλλος ηὔξετο, συνήνθει δὲ αὐτῷ τοῖς τοῦ σώματος καλοῖς καὶ τὰ τῆς ψυχῆς ἀγαθά· παιδείαν τε γὰρ πᾶσαν ἐμελέτα καὶ μουσικὴν ποικίλην ἤσκει, καὶ θήρα δὲ αὐτῷ καὶ ἱππασία καὶ ὁπλομαχία συνήθη γυμνάσματα. δὲ περισπούδαστος ἅπασιν Ἐφεσίοις, ἀλλὰ καὶ τοῖς τὴν ἄλλην Ἀσίαν οἰκοῦσι, καὶ μεγάλας εἶχον ἐν αὐτῷ τὰς ἐλπίδας ὅτι πολίτης ἔσοιτο διαφέρων. προσεῖχον δὲ ὡς θεῷ τῷ μειρακίῳ, καί εἰσιν ἤδη τινὲς οἳ καὶ προσεκύνησαν ἰδόντες καὶ προσηύξαντο. ἐφρόνει δὲ τὸ μειράκιον ἐφ᾽ ἑαυτῷ μεγάλα καὶ ἠγάλλετο μὲν καὶ τοῖς τῆς ψυχῆς κατορθώμασι, πολὺ δὲ μᾶλλον τῷ κάλλει τοῦ σώματος·

1 **Éfeso:** Cidade grega da Ásia Menor, importante centro político e comercial, situada no que hoje é a Turquia. Sede do templo de Ártemis, considerado uma das Sete Maravilhas do mundo antigo, também importante centro cristão. À época de Xenofonte, era a segunda maior cidade do Império Romano em população, perdendo apenas para Roma (Ladstätter, Büyükkolanci, Topal, Aktüre, 2016).

2 **Licomedes:** nome atestado em Éfeso cerca de II EC, cf. Machado (2022), nos *Atos Apócrifos de João*, onde é atribuído a um rico e desta-

Livro 1

1. Havia em Éfeso[1] um homem, que contava entre os mais influentes, Licomedes era seu nome.[2] Esse Licomedes teve com uma mulher da região, Temiste, um filho, Habrocomes, de beleza tão grande e excepcional que nem na Jônia, nem em outras terras, houvera antes igual.[3] Esse Habrocomes sempre e a cada dia crescia em beleza, florescia em beleza física bem como em dotes espirituais: cultivava uma educação ampla e praticava artes variadas, caça, equitação e táticas de combate eram para ele exercícios habituais. Era muito admirado por todos os efésios, mas também pelos demais habitantes da Ásia Menor, e nele tinham grandes esperanças de que viria a ser um cidadão notável. Devotavam-se ao rapaz como se fosse um deus e havia mesmo quem, ao vê-lo, se prosternasse e lhe dirigisse preces. O rapaz tinha grande orgulho de si mesmo e vangloriava-se por suas qualidades espirituais e, muito mais ainda, pela beleza física.

cado efésio. **Temiste:** é nome de uma Nereida, mencionada por Hesíodo na *Teogonia* 261, mas também tem registro histórico. **Habrocomes:** ver Introdução.

3   Nesse ponto, segue-se Henderson, adotando a recomendação de Tresling para suprimir o trecho entre colchetes [ὡραιότητι σώματος ὑπερβαλλούσῃ], em vista da sobreposição com o que vem na sequência.

πάντων δὲ τῶν ἄλλων, ὅσα δὴ ἐλέγετο καλά, ὡς ἐλαττόνων κατεφρόνει καὶ οὐδὲν αὐτῷ, οὐ θέαμα, οὐκ ἄκουσμα ἄξιον Ἁβροκόμου κατεφαίνετο· καὶ εἴ τινα ἢ παῖδα καλὸν ἀκοῦσαι ἢ παρθένον εὔμορφον, κατεγέλα τῶν λεγόντων ὡς οὐκ εἰδότων ὅτι εἷς καλὸς αὐτός, Ἔρωτά γε μὴν οὐδὲ ἐνόμιζεν εἶναι θεόν, ἀλλὰ πάντῃ ἐξέβαλεν ὡς οὐδὲν ἡγούμενος, λέγων ὡς οὐκ ἄν ποτε οὐ... τις ἐρασθείη οὐδὲ ὑποταγείη τῷ θεῷ μὴ θέλων· εἰ δέ που ἱερὸν ἢ ἄγαλμα Ἔρωτος εἶδε, κατεγέλα, ἀπέφαινέ τε ἑαυτὸν Ἔρωτος παντὸς κρείττονα καὶ κάλλει σώματος καὶ δυνάμει. καὶ εἶχεν οὕτως· ὅπου γὰρ Ἁβροκόμης ὀφθείη, οὔτε. ἄγαλμα κατεφαίνετο οὔτε εἰκὼν ἐπηγεῖτο.

2. Μηνιᾷ πρὸς ταῦτα ὁ Ἔρως· φιλόνεικος γὰρ ὁ θεὸς καὶ ὑπερηφάνοις ἀπαραίτητος· ἐζήτει δὲ τέχνην κατὰ τοῦ μειρακίου· καὶ γὰρ καὶ τῷ θεῷ δυσάλωτος ἐφαίνετο. ἐξοπλίσας οὖν ἑαυτὸν καὶ πᾶσαν δύναμιν ἐρωτικῶν φαρμάκων περιβαλόμενος ἐστράτευεν ἐφ' Ἁβροκόμην.

---

4 **Eros**: nas cosmogonias mais antigas, uma das divindades primordiais, a quem cabe promover a reunião e geração. É também considerado filho de Afrodite, deusa da paixão erótica, a quem serve. É representado como um menino alado, munido de arco e flecha, arma com que espalha a paixão. É figura central no romance grego de amor, como se pode constatar, notadamente, em *Quéreas e Calírroe* e *Dáfnis e Cloé*.

5 **Belicoso**: O termo *philóneikos* também é atribuído a Eros em *Quéreas e Calírroe*, romance de Cáriton de Afrodísias (cf. 1.1.4 e 6.4.5). Na minha tradução deste romance (Duarte, 2020), traduzi por "gosta de desafios ou de ser desafiado", aqui o contexto de hostilidade su-

Tudo quanto diziam ser belo menosprezava como inferior e nada visto ou relatado parecia estar à altura de Habrocomes. E se ouvia falar que um menino era belo ou uma moça, formosa, ria na cara dos que diziam por não verem que apenas ele era belo. Nem mesmo julgava que Eros era um deus, mas rejeitou-o por completo por considerá-lo nulo, dizendo que nunca alguém se apaixonaria e nem se submeteria ao deus se a pessoa não quisesse.[4] Se por acaso via um templo ou uma estátua de Eros, ria à solta e declarava que ele próprio era melhor que todo e qualquer Eros tanto pela beleza física quanto pelo poder. E era mesmo assim: onde Habrocomes se fazia avistar nem estátua se destacava, nem pintura recebia elogio.

2. Irou-se Eros diante disso, já que o deus tem ânimo belicoso[5] e é implacável com os arrogantes. Buscava, então, um ardil contra o rapaz, pois até mesmo para o deus ele parecia ser presa difícil. Após vestir armas e municiar-se com toda uma carga de poções de amor, declarou guerra a Habrocomes.[6]

    gere algo mais que o mero gosto pela disputa. O motivo do deus ofendido pela arrogância de um mortal é recorrente no mito e na literatura grega. Vale lembrar a indignação de Afrodite diante do desprezo de Hipólito, na tragédia homônima de Eurípides. Cueva (2004) vê aqui um eco dessa tragédia.

6 Sobressai aqui a tópica da *militia amoris* associada à elegia erótica e que consiste em comparar o amor à guerra. Explorada por Propércio (1.6.29-30) e Ovídio (*Amores* 1.9.1: "todo amante milita"), já se encontra na poesia de Safo (*Hino à Afrodite*, Fr. 1 Snell-Maehler, v. 28) em que se pede à deusa: "sê minha companheira de lutas" (*sýmmachos*).

ἤγετο δὲ τῆς Ἀρτέμιδος ἐπιχώριος ἑορτή· ἀπὸ τῆς πόλεως ἐπὶ
τὸ ἱερόν (στάδιοι δέ εἰσιν ἑπτά) ἔδει [δὲ] πομπεύειν πάσας
τὰς ἐπιχωρίους παρθένους κεκοσμημένας πολυτελῶς καὶ
τοὺς ἐφήβους, ὅσοι τὴν αὐτὴν ἡλικίαν εἶχον τῷ Ἁβρρκόμῃ.
ἦν δὲ αὐτὸς περὶ τὰ ἑξκαίδεκα ἔτη καὶ τῶν ἐφήβων
προσήπτετο καὶ ἐν τῇ πομπῇ τὰ πρῶτα ἐφέρετο. πολὺ δὲ
πλῆθος ἐπὶ τὴν θέαν ⟨παρῆν⟩, πολὺ μὲν ἐγχώρον, πολὺ
δὲ ξενικόν· καὶ γὰρ ἔθος ἦν ⟨ἐν⟩ ἐκείνῃ τῇ πανηγύρει καὶ
νυμφίους ταῖς παρθένοις εὑρίσκεσθαι καὶ γυναῖκας τοῖς
ἐφήβοις. παρῄεσαν δὲ κατὰ στίχον οἱ πομπεύοντες· πρῶτα
μὲν τὰ ἱερὰ καὶ δᾷδες καὶ κανᾶ καὶ θυμιάματα· ἐπὶ τούτοις
ἵπποι καὶ κύνες καὶ σκεύη κυνηγετικὰ †ὡδρί† πολεμικά
τὰ δὲ πλεῖστα εἰρηνικά.** ἑκάστη δὲ αὐτῶν οὕτως ὡς πρὸς
ἐραστὴν ἐκεκόσμητο. ἦρχε δὲ τῆς τῶν παρθένων τάξεως
Ἀνθία, θυγάτηρ Μεγαμήδους καὶ Εὐίππης, ἐγχωρίων. ἦν δὲ
τὸ κάλλος τῆς Ἀνθίας οἷον θαυμάσαι καὶ πολὺ τὰς ἄλλας
ὑπερεβάλετο παρθένους. ἔτη μὲν ὡς τεσσαρεσκαίδεκα
ἐγεγόνει, ἤνθει δὲ αὐτῆς τὸ σῶμα ἐπ' εὐμορφίᾳ, καὶ ὁ
τοῦ ἠσχήματος κόσμος πολὺς εἰς ὥραν, συνεβάλετο·

7 **Ártemis** é a divindade protetora da cidade de Éfeso, sede de um de seus templos mais imponentes, considerado uma das Sete Maravilhas do mundo antigo. O par protagonista recorrerá a ela durante suas desventuras (cf. 1.11, 2.11, 3.5). Os festivais são um bom lugar para encontros amorosos uma vez que, com a segregação entre os sexos como norma e maior restrição à liberdade feminina comum a várias cidades gregas, eram poucas as ocasiões em que os jovens podiam se encontrar sem a supervisão direta dos seus familiares. Assim os romances de amor elegem os festivais como cenário do primeiro encontro entre os pares amorosos, cf. *Quéreas & Calírroe*, 1.1.

8 **Efebos:** No período clássico, em Atenas, "efebo" designava o jovem, do sexo masculino, que tinha entre 16 e 18 anos e cumpria o treinamento militar. Depois passou a designar apenas os jovens das

Celebrava-se então o festival regional de Ártemis.[7] Da cidade até o templo (eram sete estádios), todas as moças da região, suntuosamente adornadas, deviam ir em procissão e também os efebos,[8] quantos tivessem a mesma idade de Habrocomes. Ele tinha por volta de dezesseis anos e já fazia parte do grupo de efebos, estando à testa da procissão. Uma multidão estava lá para assistir, muitos da região, muitos vindos de fora, já que era costume naquela festividade encontrar tanto noivos para as moças quanto esposas para os efebos.

Os membros da procissão desfilavam em fila, primeiro, os itens consagrados, tochas, cestas e incensos, e, na sequência, cavalos e cães, equipamento de caça e militar, a maior parte destinados aos tempos de paz. [...][9] cada moça estava assim adornada, como que para um namorado. Liderava a fileira das moças Ântia, filha de Megamedes e Euipe, habitantes locais.[10] A beleza de Ântia era de maravilhar e superava muito a das demais moças. Tinha quatorze anos e seu corpo desabrochava em formosura,[11] o adorno da veste contribuía muito para o ar gracioso.

famílias mais abastadas que se iniciavam na vida cívica. **Estádio**: medida grega equivalente a algo entre 150 m e 210 m. Sete estádios é cerca de 1100 m.

9 Os colchetes indicam uma lacuna textual.
10 **Ântia**: ver Introdução. **Megamedes** e **Euipe**: os dois nomes sugerem famílias aristocráticas, uma vez que os elementos de composição *mega* (grande) e -*ippe* (de *híppos*, cavalo), são frequentes nesse grupo. Veja-se, num tom cômico, o relato de Estrepsíades, personagem de *Nuvens* (vv. 60-70), de Aristófanes, sobre a escolha do nome do filho.
11 **Ântia ... desabrochava**: em grego, *Anthía énthei* (cf. *anthéo*, florescer), trocadilho que ressalta a intencionalidade dos nomes atribuídos aos personagens. Cf. Genter (2020).

κόμη ξανθή, ἡ πολλὴ καθειμένη, ὀλίγη πεπλεγμένη, πρὸς τὴν τῶν ἀνέμων φορὰν κινουμένη· ὀφθαλμοὶ γοργοί, φαιδροὶ μὲν ὡς καλῆς, φοβεροὶ δὲ ὡς σώφρονος· ἐσθὴς χιτὼν ἁλουργής, ζωστὸς εἰς γόνυ, μέχρι βραχιόνων καθειμένος, νεβρὶς περικειμένη· ὅπλα γωρυτὸς ἀνημμένος, τόξα, ἄκοντες φερόμενοι, κύνες ἑπόμενοι. πολλάκις αὐτὴν ἐπὶ τοῦ τεμένους ἰδόντες Ἐφέσιοι προσεκύνησαν ὡς Ἄρτεμιν. καὶ τοτ' οὖν ὀφθείσης ἀνεβόησε τὸ πῆθος, καὶ ἦσαν ποικίλαι παρὰ τῶν θεωμένων φωναί, τῶν μὲν ὑπ' ἐκπλήξεως τὴν θεὸν εἶναι λεγόντων, τῶν δὲ ἄλλην τινὰ ὑπὸ τῆς θεοῦ * περιποιημένην. προσηύχοντο δὲ πάντες καὶ προσεκύνουν καὶ τοὺς γονεῖς αὐτῆς ἐμακάριζον, ἦν δὲ διαβόητος τοῖς θεωμένοις ἅπασιν Ἀνθία ἡ καλή. ὡς δὲ παρῆλθε τὸ τῶν παρθένων πλῆθος, οὐδεὶς ἄλλο τι ἢ Ἀνθίαν ἔλεγεν ὡς δὲ Ἁβροκόμης μετὰ τῶν ἐφήβων ἐπέστη, τοὐνθένδε, καίτοι καλοῦ ὄντος τοῦ κατὰ τὰς παρθένους θεάματος, πάντες ἰδόντες Ἁβροκόμην ἐκείνων ἐπελάθοντο, ἔτρεψαν δὲ τὰς ὄψεις ἐπ' αὐτὸν βοῶντες ἀπὸ τῆς θέας ἐκπεπληγμένοι, "καλὸς Ἁβροκόμης" λέγοντες "καὶ οἷος οὐδὲ εἷς καλοῦ μίμημα θεοῦ." ἤδη δέ τινες καὶ τοῦτο προσέθεσαν· "οἷος ἂν γάμος γένοιτο Ἁβροκόμου καὶ Ἀνθίας."

Καὶ ταῦτα ἦν πρῶτα τῆς Ἔρωτος τέχνης μελετήματα. ταχὺ μὲν δὲ εἰς ἑκατέρους ἡ περὶ ἀλλήλων ἦλθε δόξα, καὶ ἥ τε Ἀνθία τὸν Ἁβροκόμην ἐπεθύμει ἰδεῖν, καὶ ὁ τέως ἀνέραστος Ἁβροκόμης ἤθελεν Ἀνθίαν ἰδεῖν.

---

12 **Nébride:** Pele de corça usada como sobreveste por caçadores, como é o caso da deusa Ártemis e seus seguidores. Outros atributos que compõem a imagem da deusa são o arco, a aljava, as setas e os cães, empregados na perseguição da presa.

Seu cabelo era loiro, a maior parte estava solta, parte menor estava trançada, e balançava ao sabor do vento. Os olhos eram vivazes, radiantes como os de uma beldade, mas tímidos como os de uma jovem recatada. Por veste tinha uma túnica púrpura, presa à altura do joelho, solta à altura dos braços, uma nébride a recobria; escudo, aljava a tiracolo; arco, setas nas mãos, cães seguiam-na de perto.[12] Não raro, efésios que a viam junto ao templo se prosternavam como se se tratasse de Ártemis. E então, quando ficou à vista, a multidão aclamou, e variavam as opiniões dos espectadores. Alguns dentre eles, tomados de estupor, diziam tratar-se da deusa mesma; outros, de uma outra que fora criada pela deusa, mas todos dirigiam-lhe preces, se prosternavam e cumprimentavam seus pais. Era exclamação geral entre todos os espectadores: "Ântia, a bela!".

Quando a multidão de moças desfilou, ninguém falava outra coisa que "Ântia", mas quando Habrocomes sucedeu-as na companhia dos efebos, a partir de então, embora fosse belo o espetáculo proporcionado pelas moças, diante de Habrocomes todos se esqueceram delas, voltaram os olhos para ele gritando sob o impacto da visão "belo Habrocomes!", dizendo "que incomparável cópia de um belo deus!" Alguns também já acrescentavam: "que casamento seria o de Habrocomes e Ântia!" E esse foi o primeiro movimento do ardil de Eros. Rapidamente a reputação de um alcançou o outro: Ântia desejou ver Habrocomes e o até então imune ao amor Habrocomes quis ver Ântia.

3. Ὡς οὖν ἐτετέλεστο μὲν ἡ πομπή, ἦλθον δὲ εἰς τὸ ἱερὸν θύσοντες ἅπαν τὸ πλῆθος καὶ ὁ τῆς πομπῆς κόσμος ἐλέλυτο, ᾔεσαν δὲ ἐς ταὐτὸν ἄνδρες καὶ γυναῖκες, ἔφηβοι καὶ παρθένοι, ἐνταῦθα ὁρῶσιν ἀλλήλους, καὶ ἁλίσκεται Ἀνθία ὑπὸ τοῦ Ἁβροκόμου, ἡττᾶται δὲ ὑπὸ Ἔρωτος Ἁβροκόμης καὶ ἐνεώρα τε συνεχέστερον τῇ κόρῃ καὶ ἀπαλλαγῆναι τῆς ὄψεως ἐθέλων οὐκ ἐδύνατο, κατεῖχε δὲ αὐτὸν ἐγκείμενος ὁ θεός. διέκειτο δὲ καὶ Ἀνθία πονήρως, ὅλοις μὲν καὶ ἀναπεπταμένοις τοῖς ὀφθαλμοῖς τὸ Ἁβροκόμου κάλλος εἰσρέον δεχομένη, ἤδη δὲ καὶ τῶν παρθένοις πρεπόντων καταφρονοῦσα· καὶ γὰρ ἐλάλησεν ἄν τι, ἵνα Ἁβροκόμης ἀκούσῃ, καὶ μέρη τοῦ σώματος ἐγύμνωσεν ἂν τὰ δυνατά, ἵνα Ἁβροκόμης ἴδῃ. ὁ δὲ αὐτὸν ἐδεδώκει πρὸς τὴν θέαν καὶ ἦν αἰχμάλωτος τοῦ θεοῦ.

Καὶ τότε μὲν θύσαντες ἀπηλλάττοντο λυπούμενοι καὶ τῷ τάχει τῆς ἀπαλλαγῆς μερφόγενοι· ἀλλήλους βλέπειν ἐθέλοντες, ἐπιστρεφόμενοι καὶ ὑφιστάμενοι πολλὰς προφάσεις διατριβῆς ηὕρισκον. ὡς δὲ ἦλθον ἑκάτερος παρ' ἑαυτόν, ἔγνωσαν τότε οἷ κακῶν ἐγεγόνεισαν, καὶ ἔννοια ἑκάτερον ὑπῄει τῆς ὄψεως θατέρου καὶ ὁ ἔρως ἐν αὐτοῖς ἀνεκαίετο καὶ τὸ περιττὸν τῆς ἡμέρας αὐξήσαντες τὴν ἐπιθυμίαν, ἐπειδὴ εἰς ὕπνον ᾔεσαν, ἐν ἀθρόῳ γίνονται τῷ δεινῷ, καὶ ὁ ἔρως ἐν ἑκατέροις ἦν ἀκατάσχετος.

---

13   Toda a passagem ecoa as concepções platônicas sobre o amor, que, segundo o filósofo, alcança a alma através dos olhos (cf. *Fedro* 251 b; *Crátilo* 420 a-b), assim, a visão do amado basta para o despertar da paixão, tornando efetivo o motivo do "amor à primeira vista". Para a recepção de Platão por Xenofonte, cf. Tagliabue (2017).

3. Concluída a procissão, toda a multidão foi ao templo para participar dos sacrifícios, a ordem desfez-se e dirigiram-se ao mesmo lugar homens e mulheres, efebos e moças. Lá veem uns aos outros e Ântia é capturada por Habrocomes, e derrotado por Eros está Habrocomes. Ele mirava fixa e ininterruptamente a menina e não podia afastar os olhos, mesmo querendo – impedia-o o deus que o perseguia. Ântia estava abatida também, todo o seu olhar buscava sem disfarces a beleza de Habrocomes, sorvendo-a, e já menosprezando o que é próprio às moças, falava para que Habrocomes escutasse e partes do corpo, as que podia, desnudava para que Habrocomes visse. E ele se entregou à contemplação e era prisioneiro do deus.[13]

E então, após terem sacrificado, afastaram-se pesarosos e cheios de censura à separação prematura. Como queriam ver um ao outro, voltando atrás e resistindo, encontravam pretextos para demorar-se. Quando cada um chegou em casa, reconheceu o mal que lhe afligia, a lembrança da visão de um se insinuava ao outro e a paixão ardia neles e, pelo resto do dia alimentado o desejo, quando foram dormir, estavam em um sofrimento atroz e a paixão era incontrolável para eles.[14]

---

14 Sobressai aqui a tópica, presente na lírica desde os poetas gregos do período arcaico, do *amor enquanto doença* que causa sofrimento físico e mental, prostrando os amantes.

4. Λαβὼν δὴ, τὴν κόμην ὁ Ἁβροκόμης καὶ σπαράξας ⟨καὶ Περιρρεξάμενος⟩ τὴν ἐσθῆτα "φεῦ μοι τῶν κακῶν" εἶπε, "τί πέπονθα ὁ δυστυχής; ὁ μέχρι νῦν ἀνδρικὸς Ἁβροκόμης, ὁ καταφρονῶν Ἔροωτος, ὁ τῷ θεῷ λοιδορούμενος ἑάλωκα καὶ νενίκημαι καὶ παρθένῳ δουλεύειν ἀναγκάζομαι, καὶ φαίνεταί τις ἤδη καλλίων ἐμοῦ καὶ θεὸν Ἔρωτα καλῶ. ὢ πάντα ἄνανδρος ἐγὼ καὶ πονηρός. οὐ καρτερήσω νῦν; οὐ μενῶ γεγνικός; οὐκ ἔσομαι κρείττων Ἔρωτος; νῦν οὐδὲν ὄντα θεὸν; νικῆσαί με δεῖ. καλὴ παρθένος. τί δέ; τοῖς σοῖς ὀφθαλμοῖς, Ἁβροκόμη, εὔμορφος Ἀνθία, ἀλλ', ἐὰν θέλῃς, οὐχὶ σοί. δεδόχθω ταῦτα οὐκ ἂν Ἔρως ποτέ μου κρατῆσαι."

Ταῦτα ἔλεγε, καὶ ὁ θεὸς σφοδρότερος αὐτῷ ἐνέκειτο καὶ εἷλκεν ἀντιπίπτοντα καὶ ὀδύνα μὴ θέλοντα. οὐκέτι δὴ καρτερῶν, ῥίψας ἑαυτὸν εἰς γῆν "νενίκηκας" εἶπεν, " Ἔρως. μέγα σοι τρόπαιον ἐγήγερται κατὰ Ἁβροκόμου τοῦ σώφρονος. ἱκέτην ἔχε κα⟨ὶ⟩ σῶσον τὸν ἐπὶ σὲ καταπεφευγότα τὸν πάντων δεσπότην. μή με περιίδῃς μηδὲ ἐπὶ πολὺ τιμωρήσῃ τὸν θρασύν. ἄπειρος ὦν, Ἔρως, ἔτι τῶν σῶν ὑπερηφάνουν· ἀλλὰ νῦν Ἀνθίαν ἡμῖν ἀπόδος· γενοῦ μὴ πικρὸς μόνον ἀντιλέγοντι, ἀλλ' εὐεργέτης ἡττωμένῳ θεός."

Ταῦτα ἔλεγεν, ὁ δὲ Ἔρως ἔτι ὠργίζετο καὶ μεγάλην τῆς ὑπεροψίας ἐνενοεῖτο τιμωρίαν [τὸ] πράξασθαι τὸν Ἁβροκόμην. διέκειτο δὲ καὶ ἡ Ἀνθία πονηρῶς καὶ οὐκέτι φέρειν δυναμένη ἐπεγείρει ἑαυτήν, πειρωμένη τοὺς παρόντας λανθάνειν.

---

15 **Escravo de uma moça**: mais um eco da elegia latina, em cujo *topos* do "escravo do amor" (*seruitium amoris*) o eu lírico se declara, de forma irônica, escravo de uma paixão ou de uma menina, a sua amada, atitude considerada pouco viril, já que se invertem os papéis e a mulher passa a dominante no relacionamento.

4. Enquanto puxava e arrancava os cabelos, e rasgava as roupas, Habrocomes dizia:

– Ai de mim! Que desgraça! O que se passa comigo, infeliz que sou? O até hoje másculo Habrocomes, que desprezava Eros, que insultava o deus, está cativo e foi vencido. À força sou escravo de uma moça e, ao que parece, já há alguém mais belo do que eu e chamo Eros um deus![15] Eu, desprovido de hombridade e covarde! Não hei de resistir nessa hora? Sendo nobre, não ficarei de pé? Não serei mais forte que Eros? Agora é meu dever vencer um deus, que nada vale. Bela é uma moça! E daí? Aos seus olhos, Habrocomes, Ântia é formosa, mas não para você, se quiser. Está decidido! Eros jamais me subjugará!

Mal tinha dito essas palavras, e o deus já investia violentamente contra ele e atormentava o que resistia e infligia-lhe dor por não querer. Sem mais esboçar resistência, Habrocomes atirou-se ao chão e disse:

– Você venceu, Eros! Em sua honra ergue-se grande troféu sobre Habrocomes, o casto! Receba um suplicante e salve o que busca refúgio em ti, senhor de tudo que há! Não me despreze nem puna com rigor o atrevido! Por inexperiência, Eros, fui arrogante contigo, mas agora, entregue-me Ântia! Não seja apenas cruel com o contestador, mas um deus benfeitor para com o derrotado.

Mal tinha dito essas palavras e Eros ainda estava encolerizado e planejava punir grandemente o desprezo de Habrocomes. Ântia estava abatida também e, sem poder mais suportar, levantou-se e, tentando passar despercebida aos de casa, disse:

"τί" φησιν "ὦ δυστυχὴς πέπονθα; παρθένος παρ' ἡλικίαν ἐρῶ καὶ ὀδυνῶμαι καινὰ καὶ κόρῃ μὴ πρέποντα. ἐφ' Ἁβροκόμῃ μαίνομαι, καλῷ μέν, ἀλλ' ὑπερηφάνῳ. καὶ τίς ἔσται ὁ τῆς ἐπιθυμίας ὅρος καὶ τί τὸ πέρας τοῦ κακοῦ; σοβαρὸς οὗτος ἐρώμενος, παρθένος ἐγὼ φρουρουμένη. τίνα βοηθὸν λήψομαι; τίνι πάντα κοινώσομαι; ποῦ δὲ Ἁβροκόμην ὄψομαι;"

5. Ταῦτα ἑκάτερος αὐτῶν δι' ὅλης νυκτὸς ὠδύρετο, εἶχον δὲ πρὸ ὀφθαλμῶν τὰ ὄψεις τὰς ἑαυτῶν, τὰς εἰκόνας ἐπὶ τῆς ψυχῆς ἀλλήλων ἀναπλάττοντες. ὡς δὲ ἡμέρα ἐγένετο, ᾔει μὲν Ἁβροκόμης ἐπὶ τὰ συνήθη γυμνάσματα, ᾔει δὲ ἡ παρθένος ἐπὶ τὴν ἐξ ἔθους θρησκείαν τῆς θεοῦ. ἦν δὲ αὐτοῖς καὶ τὰ σώματα ἐκ τῆς παρελθούσης νυκτὸς πεπονηκότα καὶ τὸ βλέμμα ἄθυμον καὶ οἱ χρῶτες ἠλλαγμένοι. καὶ τοῦτο ἐπὶ πολὺ ἐγίνετο καὶ πλέον οὐδὲν αὐτοῖς ἦν. ἐν τούτῳ ἐν τῷ ἱερῷ τῆς θεοῦ διημερεύοντες ἐνεώρων ἀλλήλοις, εἰπεῖν τὸ ἀληθὲς φόβῳ πρὸς ἑκατέρους αἰδούμενοι. τοσοῦτο δέ· ἐστέναξεν ἄν ποτε Ἁβροκόμης καὶ ἐδάκρυσε καὶ προσηύχετο τῆς κόρης ἀκουούσης ἐλεεινῶς· ἡ δὲ Ἀνθία ἔπασχε μὲν τὰ αὐτά, πολὺ δὲ μείζονι τῇ συμφορᾷ κατείχετο, εἰ δέ ποτε ἄλλας παρθένους ἢ γυναῖκας ἴδοι βλεπρούσας εἰς ἐκεῖνον (ἑώρων δὲ ἅπασαι Ἁβροκόμην), δήλη ἦν λυπουμένη, μὴ παρευδοκιμηθῇ φοβουμένη. εὐχαὶ δὲ αὐτοῖς ἑκατέροις ἦσαν πρὸς τὴν θεὸν κοινῇ, λανθάνουσαι μέν, ἀλλὰ ἐγίνοντο ὅμοιαι.

Χρόνου δὲ προϊόντος οὐκέτι τὸ μειράκιον ἐκαρτέρει, ἤδη δὲ αὐτῷ καὶ τὸ σῶμα πᾶν ἠφάνιστο καὶ ἡ ψυχὴ καταπεπτώκει, ὥστε ἐν πολλῇ ἀθυμίᾳ τὸν Λυκομήδην καὶ τὴν Θεμιστὼ γεγονέναι, οὐκ εἰδότας μὲν ὅ τι εἴη τὸ σύμβαῖνον Ἁβροκόμῃ, δεδοικότας δὲ ἐκ τῶν ὀρωμένων. ἐν ὁμοίῳ δὲ φόβῳ καὶ ὁ Μεγαμήδης καὶ ἡ Εὐίππη καὶ περὶ τῆς Ἀνθίας καθειστήκεισαν, ὁρῶντες αὐτῆς τὸ μὲν κάλλος μαραινόμενον, τὴν δὲ αἰτίαν οὐ φαινομένην τῆς συμφορᾶς.

– Ai, infeliz, o que se passa comigo? Uma moça, que nem idade tem ainda, estou apaixonada e padeço novas sensações que não convêm a uma menina! Perco o juízo por Habrocomes, que é belo, mas também arrogante! E qual será o limite do desejo e qual o fim do meu mal? É impetuoso o meu amado, e eu, uma moça a ser vigiada. De quem receberei ajuda? A quem farei confidências? Onde verei Habrocomes?

5. Assim cada um padeceu durante toda a noite, tinham diante dos olhos a visão do outro, moldando a imagem do outro na alma. Quando o dia nasceu, Habrocomes seguiu para os exercícios físicos habituais, enquanto a moça foi, como de costume, para o culto da deusa. Por causa da noite passada eles tinham o corpo fatigado, o olhar abatido e a aparência alterada, e isso tornou-se frequente e nada diferente lhes acontecia. Enquanto isso, passavam o dia no templo da deusa e viam-se, envergonhados, e com medo de dizer a verdade um ao outro. Habrocomes teria mesmo gemido, chorado e dirigido preces de maneira a dar dó ao ouvir a voz da menina. Ântia, por sua vez, sofria do mesmo modo, mas tocava-lhe mais um infortúnio maior. Se por acaso via outras moças ou mulheres olhando para ele (e todas dirigiam o olhar para Habrocomes), ficava clara sua perturbação, pois temia ser superada. Em público os dois faziam suas orações à deusa, que, sem que soubessem, resultavam idênticas.

Com o passar do tempo, o rapaz não podia mais resistir, seu corpo já definhava e o ânimo declinava, de modo que Licomedes e Temiste experimentavam grande desalento – eles não sabiam o que estava acontecendo com Habrocomes e temiam com base no que os olhos viam. O mesmo temor sentiam Megamedes e Euipe a respeito de Ântia – viam sua beleza consumir-se, mas a causa do infortúnio não era aparente.

εἰς τέλος εἰσάγουσι παρὰ τὴν Ἀνθίαν μάντεις καὶ ἱερέας, ὡς εὑρήσοντας λύσιν τοῦ δεινοῦ. οἱ δὲ ἐλθόντες ἔθυόν τε ἱερεῖα καὶ ποικίλα ἐπέσπενδον καὶ ἐπέλεγον φωνὰς βαρβαρικάς, ἐξιλάσκεσθαί τινας λέγοντες δαίμονας, καὶ προσεποιοῦν⟨το⟩ ὡς εἴη τὸ δεινὸν ἐκ τῶν ὑποχθονίων θεῶν. πολλὰ δὲ καὶ ὑπὲρ Ἀβροκόμου οἱ περὶ τὸν Λυκομήδην ἔθυόν τε καὶ ηὔχοντο, λύσις δὲ οὐδεμία τοῦ δεινοῦ οὐδὲ ἑτέρῳ αὐτῶν ἐγίνετο, ἀλλὰ καὶ ἔτι μᾶλλον ὁ ἔρως ἀνεκαίετο. ἔκειντο μὲν δὴ ἑκάτεροι νοσοῦντες, πάνυ ἐπισφαλῶς διακείμενοι, ὅσον οὐδέπω τεθνήξεσθαι προσδοκώμενοι, κατειπεῖν αὐτῶν τὴν συμφορὰν μὴ δυνάμενοι. τέλος πέμπουσιν οἱ πατέρες ἑκατέρων εἰς θεοὺς μαντευσόμενοι τήν τε αἰτίαν τῆς νόσου καὶ τὴν ἀπαλλαγήν.

6. Ὀλίγον δὲ ἀπέχει τὸ ἱερὸν τοῦ ἐν Κολοφῶνι Ἀπόλλωνος, διάπλουν ἀπὸν Ἐφέσου σταδίων ὀγοήκοντα. ἐνταῦθα οἱ παρ' ἑκατέρων ἀφικόμενοι δέονται τοῦ θεοῦ ἀληθῆ μαντεύσασθαι. ἐληλύθεσαν δὴ κατὰ ταὐτά, χρᾷ δὲ ὁ θεὸς κοινὰ ἀμφοτέροις τὰ μαντεύματα ἐμμέτρως. τὰ ⟨δὲ⟩ ἔπη τάδε·

> Τίπτε ποθεῖτε μαθεῖν νούσου τέλος ἠδὲ καὶ ἀρχήν;
> ἀμφοτέρους μία νοῦσος ἔχει· λύσις ἔνθεν ἔνεστι.
> δεινὰ δ' ὁρῶ τοῖσδεσσι πάθη καὶ ἀνήνυτα ἔργα·
> ἀμφότεροι φεύξονται ὑπεὶρ ἅλα λυσσοδίωκτοι,
> δεσμὰ δὲ μοχθήσουσι παρ' ἀνδράσι μιξοθαλάσσοις

16 **Fórmulas mágicas**: Literalmente, palavras bárbaras ou estrangeiras (*phonás barbarikás*), i.e., palavras cujo sentido não é compreensível ou inexiste, usadas em encantamentos, palavras mágicas.

17 Adoto aqui o texto de Henderson que traz correção de Cobet: εἰς θεοῦ por εἰς θεούς.

18 **Cólofon**: cidade da Ásia Menor em cujas proximidades, mais exatamente em Claros, ficava um antigo e importante templo dedicado

Por fim, levaram até Ântia adivinhos e sacerdotes, a fim de que encontrassem a solução do mal. Quando vieram, eles sacrificaram vítimas, fizeram libações variadas e pronunciaram fórmulas mágicas,[16] alegando apaziguar certas divindades, e supuseram que o mal decorria de divindades ínferas. Também os que eram próximos a Licomedes conduziram muitos sacrifícios e orações em intenção de Habrocomes, mas sem que houvesse nenhuma solução do mal, ao contrário, a paixão ardia ainda mais. Jazia cada qual adoentado, em estado de total precariedade, mais que nunca na expectativa da morte, sem conseguir relatar seu próprio infortúnio. Por fim, os pais deles mandaram emissários até o templo do deus[17] para consultar o oráculo sobre a causa da doença e sua cura.

6. O templo de Apolo em Cólofon[18] ficava perto, oitenta estádios por mar a partir de Éfeso. Ali os emissários de cada parte deviam buscar a palavra veraz do deus. Tinham ido com a mesma pergunta e o deus deu a ambos o mesmo oráculo, em versos[19]. Eis os versos:

> O fim da doença e seu começo, por que desejar saber?
> Para os dois uma única doença, eis aí a solução.
> Vejo sofrimentos pavorosos para eles e trabalhos sem fim.
> Ambos fugirão pelo salgado mar perseguidos pela loucura,
> enfrentarão cadeia junto a homens que vivem no mar

ao deus Apolo, irmão de Ártemis. Ali, através de sacerdotes, o deus se manifestava por meio de oráculos, respostas, em geral crípticas, às questões postas pelos consulentes.

19 **Em versos:** muitos dos registros remanescentes de oráculos, especialmente em fonte literária, são em versos hexâmetros e propõem um enunciado enigmático a ser interpretado pelo consulente. Xenofonte se mantém fiel a essa característica.

καὶ τάφος ἀμφοτέροις θάλαμος καὶ πῦρ ἀίδηλον.
ἀλλ' ἔτι που μετὰ πήματ' ἀρείονα πότμον ἔχουσι
καὶ ποταμοῦ Νείλου παρὰ ῥεύμασιν Ἴσιδι δεμνῇ
σωτείρῃ μετόπισθε παριστᾶσ' ὄλβια δῶρα.

7. Ταῦτα ὡς ἐκομίσθη τὰ μαντεύματα εἰς Ἔφεσον, εὐθὺς μὲν οἱ πατέρες αὐτῶν ἦσαν ἐν ἀμηχανίᾳ καὶ τὸ δεινὸν ὅ τι ἦν πάνυ ἠπόρουν, συμβάλλειν δὲ τὰ τοῦ θεοῦ λόγια οὐκ ἐδύναντο· οὔτε γὰρ τίς ἡ νόσος οὔτε τίς ἡ φυγὴ οὔτε τίνα τὰ δεσμὰ οὔτε ὁ τάφος τίς οὔτε ὁ ποταμὸς τίς οὔτε τίς ἡ ἐκ τῆς θεοῦ βοήθεια. ἔδοξεν οὖν αὐτοῖς πολλὰ βουλευομένοις παραμυθήσασθαι τὸν χρησμὸν ὡς οἷόν τε καὶ συζεῦξαι γάμῳ τοὺς παῖδας, ὡς τοῦτο καὶ τοῦ θεοῦ βουλομένου δι' ὧν ὁ ἐμαντεύσατο. ἐδόκει δὴ ταῦτα καὶ ὃ διέγνωσαν μετὰ τὸν γάμον ἐκπέμψαι χρόνῳ τινὶ ἀποδημήσοντας αὐτούς.

Μεστὴ μὲν ἤδη ἡ πόλις ἦν τῶν εὐωχουμένων, πάντα δ' ἦν ἐστεφανωμένα καὶ διαβόητος ὁ μέλλων γάμος, ἐμακαρίζετο δὲ ὑπὸ πάντων ὁ μὲν οἵαν ἄξεται γυναῖκα Ἀνθίαν, ἡ δὲ οἵῳ μειρακίῳ συγκατακλιθήσεται. ὁ δὲ Ἀβροκόμης ὡς ἐπύθετο καὶ τὸν χρησμὸν καὶ τὸν γάμον, ἐπὶ μὲν τῷ τὴν Ἀνθίαν ἕξειν μεγάλως ἔχαιρεν ἐφόβει δὲ αὐτὸν οὐδὲν τὰ μεμαντευμένα· ἀλλ' ἐδόκει παντὸς εἶναι δεινοῦ τὰ παρόντα ἡδίονα. κατὰ ταὐτὰ δὲ καὶ ἡ Ἀνθία ἥδετο μὲν ὅτι Ἀβροκόμην ἕξει, τίς δὲ ἡ φυγὴ ἢ τίνες αἱ συμφοραὶ κατεφρόνει, πάντων τῶν ἐσομένων κακῶν Ἀβροκόμην ἔχουσά παραμυθίαν.

20 Ísis: deusa egípcia cujo culto era amplamente difundido no período romano em todo o Mediterrâneo. A presença da deusa no romance, apenas comparável ao *Asno de Ouro*, de Apuleio, valeu-lhe a designação de romance isíaco. Para essa hipótese e sua discussão, cf. Ruiz-Montero (1994).

e o quarto nupcial para os dois será túmulo e fogo
[aniquilador.
Mas, depois dos sofrimentos, melhor destino os aguarda
e, junto às margens do rio Nilo, para Ísis veneranda,[20]
salvadora, mais tarde ofertem dons abundantes.

7. Assim que trouxeram esse oráculo a Éfeso, os pais deles logo ficaram sem reação e não sabiam o que fazer quanto ao perigo, o que quer que fosse aquilo tudo, também não eram capazes de interpretar a fala do deus: que doença?, que fuga?, que cadeia?, que túmulo?, qual rio?, que ajuda da parte da deusa? Deliberaram longamente e decidiram, no entanto, atenuar a profecia como fosse possível e unir os jovens em casamento, porque esse era o desejo do deus à vista do que profetizara. Decidiram assim e determinaram enviá-los, depois do casamento, em viagem para fora da cidade por um tempo.

A cidade estava tomada de festas, havia guirlandas por toda parte e o casamento vindouro era alardeado. Todos felicitavam o que conduziria uma esposa tal qual Ântia; e a ela, por partilhar o leito com tal rapaz. Habrocomes, quando soube tanto do oráculo quanto do casamento, exultou em demasia por ter Ântia, mas em nada temeu o que fora predito. Parecia-lhe que o presente era mais agradável que todo o perigo. Pelos mesmos motivos, Ântia alegrou-se, porque teria a Habrocomes, mas desprezou que fuga e que infortúnios eram aqueles, encontrando em Habrocomes consolo de todos os males futuros.

8. Ὡς οὖν ἐφέδτηκεν ὁ τῶν γάμων καιρός, παννυχίδες ἤγοντο καὶ ἱερεῖα πολλὰ ἐθύετο τῇ θεῷ. καὶ ἐπειδὴ ταῦτα ἐκτετέλεστο, ἠκούσης τῆς νυκτὸς (βραδύνειν δὲ πάντα ἐδόκει Ἀβροκόμῃ καὶ Ἀνθίᾳ) ἦγον τὴν κόρην εἰς τὸν θάλαμον μετὰ λαμπάδων, τὸν ὑμέναιον ᾄδοντες, ἐπευφημοῦντες, καὶ εἰσαγ⟨αγ⟩όντες κατέκλινον. ἦν δὲ αὐτοῖς ὁ θάλαμος ποηριμένος· κλίνη χρυσῇ στρώμασιν ἔστρωτο πορφυροῖς καὶ ἐπὶ τῆς κλίνης Βαβυλωνία ἐπεποίκιλτο σκηνή· παίζοντες Ἔρωτες, οἱ μὲν Ἀφροδίτην θεραπεύοντες (ἦν δὲ καὶ Ἀφροδίτης εἰκών), οἱ δὲ ἱππεύοντες ἀναβάται στρουθοῖς, οἱ δὲ στεφάνους πλέκοντες, οἱ δὲ ἄνθη φέροντες. ταῦτα ἐν τῷ ἑτέρῳ μέρει τῆς σκηνῆς. ἐν δὲ τῷ ἑτέρῳ Ἄρης ἦν, οὐχ ὡπλισμένος, ἀλλ' ὡς πρὸς ἐρωμένην τὴν Ἀφροδίτην κεκοσμημένος, ἐστεφανωμένος, χλαμύδα ἔχων. Ἔρως αὐτὸν ὡδήγει, λαμπάδα ἔχων ἡμμένην. ἐν ταύτῃ τῇ σκηνῇ κατέκλιναν τὴν Ἀνθίαν, ἀγαγόντες πρὸς τὸν Ἀβροκόμην, ἐπέκλεισάν τε τὰς θύρας.

9. Τοῖς δὲ ἑκατέροις πάθος συνέβη ταὐτόν, καὶ οὔτε προσειπεῖν ἔτι ἀλλήλους ἠδύναντο οὔτε ἀντιβλέψαι τοῖς ὀφθαλμοῖς, ἔκειντο δὲ ὑφ' ἡδονῆς παρειμένοι, αἰδούμενοι, φοβούμενοι, πνευστιῶντες, †ἡδόμενοι†· ἐπάλλετο δὲ αὐτοῖς τὰ σώματα καὶ ἐκραδαίνοντο αὐτοῖς αἱ ψυχαί. ὀψὲ δὲ ὁ Ἀβροκόμης ἀνενεγκὼν περιέλαβε τὴν Ἀνθίαν, ἡ δὲ ἐδάκρυε τῆς ψυχῆς αὐτῆς σύμβολα προπεμπούσης τῆς ἐπιθυμίας τὰ δάκρυα.

---

21 **Himeneu:** é o canto nupcial, mas também o deus do casamento a ser evocado durante a procissão em que a noiva era levada da casa dos seus pais até a de seu futuro marido.

22 Há aqui uma écfrase, ou seja, uma descrição do que está representado no dossel que recobre o leito nupcial, num dos raros exemplos de ornamentação do romance. Nele se representa a união de Ares

8.   Então, quando chegou o dia do casamento, celebravam-se festas noturnas e sacrificavam-se inúmeras vítimas para a deusa. E uma vez encerradas as cerimônias, quando a noite sobreveio (Habrocomes e Ântia estavam impacientes), conduziram a menina até o quarto nupcial à luz de tochas, entoando o himeneu,[21] proferindo votos de felicidade e, uma vez lá dentro, reclinaram-na no leito. O quarto estava preparado para eles: um leito de ouro estava coberto com lençóis tingidos com púrpura e acima do leito havia um dossel babilônio ricamente bordado: Amores brincando; uns, servindo Afrodite (havia também uma representação de Afrodite); outros, cavaleiros montando em pardais; outros, entrelaçando coroas; outros, carregando flores. Era assim em metade do dossel. Na outra, estava Ares, não em armas, mas como que enfeitado para a amada Afrodite, portando coroas, usando uma clâmide. Eros guiava-o, segurando uma tocha acessa.[22] Sob esse dossel reclinaram Ântia, após conduzi-la até Habrocomes, e fecharam a porta.

9.   A mesma emoção dominou cada um deles. Não conseguiam nem se falar, nem se olhar diretamente nos olhos, mas jaziam relaxados pelo prazer, tímidos, temerosos, sem ar. Tremiam seus corpos e fremia-lhes o ânimo. Por fim refeito, Habrocomes abraçou Ântia, e ela vertia lágrimas, índice de seu ânimo derrubado pelo desejo. E disse Habrocomes:

---

e Afrodite, com Eros conduzindo o amante à sua amada. O tema já está presente na *Odisseia* (8.266-366), em que o aedo Demódoco canta os amores ilícitos dos deuses. Para interpretação da evocação do casal divino como uma alusão ao *topos* do epitalâmio, a saber, o elogio dos noivos equiparados a deuses, cf. Duarte (2022).

καὶ ὁ Ἁβροκόμης "ὢ τῆς ἐμοί" φησι "ποθεινοτάτης νυκτός, ἣν μόλις ἀπείληφα, πολλὰς πρότερον νύκτας δυστυχήσας. ὢ φωτὸς ἡδίων ἐμοὶ κόρη καὶ τῶν πώποτε λαλουμένων εὐτυχεστέρα, τὸν ἐραστὴν ἔχεις ἄνδρα, μεθ' οὗ ζῆν καὶ ἀποθανεῖν ὑπάρξαι γυναικὶ σώφρονι." εἰπὼν κατεφίλει τε καὶ ὑπεδέχετο τὰ δάκρυα, καὶ αὐτῷ ἐδόκει παντὸς μὲν εἶναι νέκταρος ποτιμώτερα [τὰ δάκρυα], παντὸς δὲ τοῦ πρὸς ὀδύνην φαρμάκου δυνατώτερα. ἡ δὲ ὀλίγα αὐτὸν Προσφθεγξαμένη "ναί" φησιν, "Ἁβροκόμη, δοκῶ σοι καλή; καὶ μετὰ τὴν σὴν εὐμορφίαν ἀρέσκω σοι; ἄνανδρε καὶ δειλέ, πόσον ἐβράδυνας ἐρῶν χρόνον, πόσον ἡμέλ⟨λ⟩γησας; ἀπὸ τῶν ἐμαυτῆς κακῶν ἃ πέπονθας οἶδα. ἀλλ' ἰδού, δάκρυα μὲν ὑποδέχου τἀμά, καὶ ἡ καλῇ σου κόμη πινέτω πόμα τὸ ἐρωτικόν, καὶ συμφύντες ἀλλήλοις ἀναμιγῶμεν, καταβρέχωμεν δὲ καὶ τοὺς στεφάνους τοῖς παρ' ἀλλήλων δάκρυσιν, ἵν' ἡμῖν καὶ οὗτοι συνερῶσιν." εἰποῦσα, ἅπαν μὲν αὐτοῦ τὸ πρόσωπον ἠσπάζετο, ἅπασαν δὲ τὴν κόμην τοῖς αὐτῆς ὀφθαλμοῖς προσετίθει καὶ τοὺς στεφάνους ἀνελάμβανε καὶ τὰ χείλη τοῖς χείλεσι φιλοῦσα συνηρμόκει, καὶ ὅσα ἐνενόουν διὰ τῶν χειλέων ἐκ ψυχῆς εἰς τὴν θατέρου ψυχὴν διὰ τοῦ φιλήματος παρεπέμπετο. φιλοῦσα δὲ αὐτοῦ τοὺς ὀφθαλμοὺς

---

23 O texto traz apenas "das que alguma vez foram faladas" (*tôn pópote lalouménon*), mas dentro do contexto creio haver referência seja às heroínas dos poemas épicos, especialmente a Penélope, cuja comparação ocorrerá mais adiante, seja às amadas dos poetas elegíacos (Lésbia, Cíntia, Délia), imortalizadas em seus poemas.

24 A censura de Ântia está relacionada à falta de coragem ou *andreia* erótica, virtude dos amantes. Além de associada à resistência às

– Ó noite acima de tudo desejada, obtida a duras penas, depois do infortúnio das noites passadas! Ó menina, que me é mais doce que a luz e mais afortunada do que as de que falavam os poemas,[23] você tem seu amado como marido, que com ele possa viver e morrer como esposa casta.

Disse e beijou-a, recolheu as lágrimas e parecia-lhe serem mais doces as lágrimas do que todo e qualquer néctar, mais potentes que toda e qualquer droga contra a dor.

E ela, balbuciando, disse:

– Que assim seja, Habrocomes! Você me acha bonita? Com a sua formosura, eu te agrado? Sem hombridade e covarde, quanto tempo delongou sua paixão?[24] Quanto hesitou? Pelos meus males, sei o que você sofreu. Veja aqui, recolha as minhas lágrimas e deixe que sua bela cabeleira beba uma dose de paixão[25] e que possamos nos mesclar em um único ser, empapemos as coroas com lágrimas de um e de outro, a fim de que elas se juntem a nós em amor.

Enquanto falava acariciava seu rosto todo, colocava o próprio cabelo diante dos olhos, segurava as coroas e lábio nos lábios moldava, beijando, e o quanto pensava através dos lábios de uma alma a outra pelo beijo transmitia. Beijando-o nos olhos, disse:

adversidades e defesa da castidade, espera-se do amante que tome a iniciativa na realização da paixão, o que caberia, a princípio, ao homem. Cf. Genter (2020).

25 Imagem erótica em que o cabelo substitui Habrocomes por metonímia, já que o nome próprio contém o substantivo (*Habrokómes* e *kóme*, cabelo).

"ὦ" φησι "πολλάκις με λυπήσαντες ὑμεῖς, ὦ τὸ πρῶτον ἐνθέντες τῇ ἐμῇ κέντρον ψυχῇ, οἵ ποτε σοβαροὶ μέν, νῦν δὲ ἐρωτικοί, καλῶς μοι διηκονήσατε καὶ τὸν ἔρωτα τὸν ἐμὸν καλῶς εἰς τὴν Ἁβροκόμου ψυχὴν ὡδηγήσατε. τοιγαροῦν ὑμᾶς πολλὰ φιλῶ καὶ ὑμῖν ἐφαρμόζω τοὺς ὀφθαλμοὺς τοὺς ἐμούς, τοὺς Ἁβροκόμου διακόνους. ὑμεῖς δὲ ἀεὶ βλέποιτε ταῦτα καὶ μήτε Ἁβροκόμῃ ἄλλην δείξητε καλήν, μήτε ἐμοὶ δόξῃ τις ἄλλος εὔμορφος. ἔχετε ψυχάς ἃς αὐτοὶ ἐξεκαύσατε· ταύτας ὁμοίως τηρήσατε."

Ταῦτα εἶπε, καὶ περιφύντες ἀνεπαύοντο καὶ τὰ πρῶτα τῶν Ἀφροδίτης ἔργων ἀπήλαυνον, ἐφιλονείκουν δὲ δι' ὅλης νυκτὸς πρὸς ἀλλήλους, φιλοτιμούμενοι τίς φανεῖται μᾶλλον ἐρῶν.

10. Ἐπειδὴ δὲ ἡμέρα ἐγένετο, ἀνίσταντο πολὺ μὲν ἡδίονες, πολὺ δὲ εὐθυμότεροι, ἀπολαύσαντες ἀλλήλων ὧν ἐπεθύμησαν χρόνον καλῶν. ἑορτὴ δὲ ἦν ἅπας ὁ βίος αὐτοῖς καὶ μεστὰ εὐωχίας πάντα καὶ ἤδη καὶ τῶν μεμαντευμένων λήθη. ἀλλ' οὐχὶ τὸ εἱμαρμένον ἐπελέληστο, ἀλλ' οὐδὲ ὅτῳ ἐδόκει ταῦτα θεῷ ἠμέλει. χρόνου δὲ διελθόντος ὀλίγου ἔγνωσαν οἱ πατέρες ἐκπέμπειν αὐτοὺς τῆς πόλεως κατὰ τὰ βεβουλευμένα· ἤμελλόν τε γὰρ ἄλλην ὄψεσθαι γῆν καὶ ἄλλας πόλεις καὶ τὸν τοῦ θεοῦ χρησμόν, ὡς οἷόν τε ἦν, παραμυθήσασθαι ἀπαλλαγέντες χρόνῳ τυνὶ Ἐφέσου. παρεσκευάζετο δὴ πάντα αὐτοῖς πρὸς τὴν ἔξοδον· ναῦς τε μεγάλη καὶ ναῦται πρὸς ἀ⟨να⟩γωγὴν ἕτοιμοι, καὶ τὰ ἐπιτήδεια ἐνεβάλλοντο, πολλὴ μὲν ἐσθὴς καὶ ποικίλη, πολὺς δὲ ἄργυρος καὶ χρυσός, ἥ τε τῶν σιτίων ὑπερβάλλουσα ἀφθονία.

---

26 Ântia se dirige aos olhos como veículo da paixão, ecoando Platão.

— Vocês, que tantas vezes me fizeram sofrer, que primeiro puseram um aguilhão em minha alma, uma vez foram arrogantes, mas agora, apaixonados, prestaram-me bom serviço e a minha paixão guiaram bem até a alma de Habrocomes. É por isso que muito eu os beijo e atrelo a vocês meus próprios olhos, serviçais de Habrocomes. Que sempre possam olhar para o que está diante de vocês e nem mostrem outra bela moça a Habrocomes, nem um outro rapaz formoso a mim. Tomem posse das almas que vocês mesmos incendiaram, do mesmo modo guardem-nas.[26]

Disse isso e deitaram-se abraçados e desfrutaram pela primeira vez dos trabalhos de Afrodite, competiram toda a noite um com o outro, disputando quem aparentava estar mais apaixonado.

10. Quando veio o dia, levantaram-se muito mais contentes, muito mais animados, após terem desfrutado do que desejavam há tempos, da beleza um do outro. Para eles, a vida era uma festa cheia de banquetes e as profecias já estavam esquecidas. Mas não foi esquecido o que estava disposto pelo destino e nem parecia que o deus o tivesse negligenciado. Transcorrido um curto intervalo de tempo, os pais concordaram enviá-los para longe da cidade, como havia sido decidido. Estavam prestes a ver outra terra e outras cidades e atenuar o oráculo do deus, na medida do possível, afastando-se por um tempo de Éfeso. Prepararam tudo para a sua partida: um barco de bom tamanho e marinheiros dispostos a fazer-se ao mar; e embarcaram o que era necessário: muitas e variadas vestes, muita prata e ouro, uma carga excedente de alimentos.

θυσίαι δὲ πρὸ τῆς ἀ⟨να⟩γωγῆς τῇ Ἀρτέμιδι καὶ εὐχαὶ τοῦ δήμου παντὸς καὶ δάκρυα πάντων, ὡς μελλόντων ἀπαλλάττεσθαι παίδων κοινῶν. ἦν δὲ ὁ πλοῦς αὐτοῖς ἐπ' Αἴγυπτον παρέσκευασμένος. ὡς δ' ἦλθεν ἡ τῆς ἀναγωγῆς ἡμέρα, πολλοὶ μὲν οἰκέται, πολλαὶ δὲ θεράπαιναι ⟨ἐνεβιβάζοντο⟩, μελλούσης δὲ τῆς νεὼς ἐπανάγεσθαι, πᾶν μὲν τὸ Ἐφεσίων ⟨πλῆθος⟩ παρῆν παραπεμπόντων, πολλοὶ δὲ καὶ τῶν ⟨ξένων⟩ μετὰ λαμπάδων καὶ θυσιῶν. ἐν τούτῳ μὲν οὖν ὁ Λυκομήδης καὶ ἡ Θεμιστώ, πάντων ἅμα ἐν ὑπομνήσει γενόμενοι, τοῦ χρησμοῦ, τοῦ παιδός, τῆς ἀποδημίας, ἔκειντο εἰς γῆν ἀθυμοῦντες· ὁ δὲ Μεγαμήδης καὶ ἡ Εὐίππη ἐπεπόνθεσαν μὲν τὰ αὐτά, εὐθυμότεροι δὲ ἦσαν, τὰ τέλη σκοποῦντες τῶν μεμαντευμένων. ἤδη μὲν οὖν ἐθορύβουν οἱ ναῦται, καὶ ἐλύετο τὰ πρυμνήσια, καὶ ὁ κυβερνήτης τὴν αὑτοῦ χώραν κατελάμβανε, καὶ ἡ ναῦς ἀπεκινεῖτο· βοὴ δὲ τῶν ἀπὸ τῆς γῆς πολλὴ καὶ τῶν ἐν τῇ νηὶ συμμιγής, τῶν μὲν "ὦ παῖδες" λεγόντων "φίλτατοι, ἆρα ἔτι ὑμᾶς οἱ φύντες ὀψόμεθα;", τῶν δὲ "ὦ πατέρες, ἆρα ὑμᾶς ἀποληψόμεθα;" δάκρυα δὴ καὶ οἰμωγή, καὶ ἕκαστος ὀνομαστὶ τὸν οἰκεῖον ἐκάλει μέγα, εἰς ὑπόμνησιν ἀλλήλοις ἐγκαταλείποντες τὸ ὄνομα. ὁ δὲ Μεγαμήδης φιάλην λαβὼν καὶ ἐπισπένδων ηὔχετο ὡς ἐξάκουστον εἶναι τοῖς ἐν τῇ νηί, "ὦ παῖδες" λέγων, "μάλιστα μὲν εὐτυχοῖτε καὶ φύγοιτε τὰ σκληρὰ τῶν μαντευμάτων, καὶ ὑμᾶς ἀνασωθέντας ὑποδέξαιντο Ἐφέσιοι, καὶ τὴν φιλτάτην ἀπολάβοιτε πατρίδα· εἰ δὲ ἄλλο ⟨τι⟩ συμβαίη, τοῦτο μὲν ἴστε, οὐδὲ ἡμᾶς ἔτι ζησομένους· προΐεμεν δὲ ὑμᾶς ὁδὸν δυστυχῆ μὲν ἀλλ' ἀναγκαίαν."

27 **Egito**: Um dos principais destinos turísticos na Antiguidade, como demonstra o interesse de Heródoto, que lhe dedica o segundo livro das *Histórias*. Dentre as principais atrações, duas das Sete Maravi-

Houve sacrifícios a Ártemis antes da partida, preces de todo o povo e lágrimas de todos, como se estivessem prestes a se afastarem dos próprios filhos. A viagem que os aguardava era para o Egito.[27]

Quando chegou o dia da partida, muitos servos e muitas criadas subiam a bordo, estando o barco prestes a zarpar, todo o povo efésio estava lá para as despedidas e também muitos estrangeiros com tochas e vítimas sacrificiais. Enquanto isso, no entanto, Licomedes e Temiste, lembrando-se de tudo a uma só vez, do oráculo, do filho, da viagem, deixavam-se ficar por terra, desanimados. Megamedes e Euipe experimentavam as mesmas sensações, mas estavam cheios de coragem tendo em vista a parte final do oráculo. Os marinheiros já faziam algazarra, os cabos estavam soltos, o piloto assumia o seu posto, e o barco afastava-se. Houve grande alarido dos que estavam em terra misturado ao dos que estavam no barco. Enquanto uns diziam "Filhos amados, será que nos acontecerá de vê-los ainda?"; outros, "Pais, será que seremos separados de vocês?". Havia lágrimas e gemidos, e cada qual pelo nome chamava bem alto seu parente, deixando uns aos outros o nome na memória. Megamedes, pegando uma taça e libando, dirigia preces audíveis aos que estavam no barco. Dizia:

– Filhos, que sejam muitíssimo afortunados e possam evitar os rigores do oráculo! E que os efésios possam recebê-los sãos e salvos e que reencontrem a pátria amada. Se acontecer algo diferente, saibam o seguinte; não sobreviveremos! Fizemos que tomassem um caminho infortunado, mas inevitável.[28]

---

lhas do mundo antigo, o Farol de Alexandria e a Pirâmide de Gizé. Cf. Casson (1974).

28 **Cenas de despedida**: evidencia-se o elemento patético, essa cena específica ressoa a de *Quéreas e Calírroe* (3.5), um provável modelo.

11. Ἔτι λέγοντα ἐξιόντα ἐπέσχε τὰ δάκρυα. καί οἱ μὲν ἀπῄεσαν εἰς τὴν πόλιν, τοῦ πλήθους αὐτοὺς θαρρεῖν παρακαλοῦντος, ὁ δὲ Ἁβροκόμης καὶ ἡ Ἀνθία ἀλλήλοις περιφύντες ἔκειντο πολλὰ ἐννοοῦντες, τοὺς πατέρας οἰκτείροντες, τῆς πατρίδος ἐπιθυμοῦντες, τὸν χρησμὸν δεδοικότες, τὴν ἀποδημίαν ὑποπτεύοντες. παρεμυθεῖτο δ᾽ αὐτοὺς εἰς ἅπαντα ὁ μετ᾽ ἀλλήλων πλοῦς. κἀκείνην μὲν τὴν ἡμέραν οὐρίῳ χρησάμενοι πνεύματι, διανύσαντες τὸν πλοῦν εἰς Σάμον κατήντησαν τὴν τῆς Ἥρας ἱερὰν νῆσον κἀνταῦθα θύσαντες καὶ δειπνοποιησάμενοι, πολλὰ εὐξάμενοι τῇ θεῷ νυκτὸς ἐπιγινομένης ἐπανήγοντο. καὶ ἦν ὁ πλοῦς αὐτοῖς οὔριος, λόγοι δὲ ἐν αὐτοῖς πολλοὶ πρὸς ἀλλήλους· "ἆρα ἡμῖν ὑπάρξει συγκαταβιῶναι μετ᾽ ἀλλήλων;" καὶ δή ποτε ὁ Ἁβροκόμης μέγα ἀναστενάξας, ἐν ὑπομνήσει τῶν ἑαυτοῦ γενόμενος "᾽Ανθία" ἔφησε, "τῆς ψυχῆς μοι ποθεινοτέρα, μάλιστα μὲν εὐτυχεῖν εἴη καὶ σῴζεσθαι μετ᾽ ἀλλήλων, ἂν δ᾽ ἄρα τι ᾖ πεπρωμένον παθεῖν, καί πως ἀλλήλων ἀπαλλαγῶμεν, ὀμόσωμεν ἑαυτοῖς, φιλτάτη, ὡς σὺ μὲν ἐμοὶ μενεῖς ἁγνὴ καὶ ἄλλον ἄνδρα οὐχ ὑπομενεῖς, ἐγὼ δὲ ὅτι οὐκ ⟨ἂν⟩ ἄλλῃ γυναικὶ συνοικήσαιμι." ἀκούουσα δὲ Ἀνθία μέγα ἀνωλόλυξε καὶ "τί ταῦτα" ἔφησεν, "Ἁβροκόμη; πεπίστευκας ὅτι ἐὰν ἀπαλλαγῶ σου, περὶ ἀνδρὸς ἔτι καὶ γάμου σκέψομαι, ἥτις οὐδὲ ζήσομαι τὴν ἀρχὴν ἄνευ σοῦ; ὡς ὀμνύω τέ σοι τὴν πάτριον ἡμῖν θεόν, τὴν μεγάλην Ἐφεσίων Ἄρτεμιν,

---

29 **Samos**: a ilha era sede de um importante templo dedicado a Hera, sua protetora. É um destino apropriado em uma viagem de núpcias, uma vez que a deusa zela pelos casamentos.

11. As lágrimas brotaram e impediram que continuasse a falar. E enquanto eles voltavam para a cidade, recebendo o encorajamento da multidão, Habrocomes e Ântia jaziam abraçados um ao outro, muito refletindo: lamentando pelos pais, ansiando pela terra natal, temendo o oráculo, desconfiados da viagem. Mas, acima de tudo, animava-os que o cruzeiro fosse na companhia um do outro. E naquele dia, embalados por um vento favorável, tendo completado o trajeto até Samos, chegaram à ilha sagrada de Hera, onde sacrificaram, fizeram a refeição e dirigiram muitas preces à deusa.[29] Na noite seguinte, fizeram-se de novo ao mar.

E a viagem lhes era favorável e trocavam muitas palavras entre eles: "Acaso nos será dado passar a vida na companhia um do outro?". E então, após muito ter se lamentado e recordando-se de sua situação, Habrocomes disse:

– Ântia, a quem desejo mais do que a própria vida, tomara sejamos afortunados e nos mantenhamos sãos e salvos na companhia um do outro, mas, se for nosso destino sofrer e formos separados um do outro, juremos para nós mesmos, querida, que você se manterá casta para mim e não cederá a outro homem e eu, que não me unirei a outra mulher.[30]

Após escutá-lo, Ântia soltou um grito e disse:

– Habrocomes, você ainda duvida que, se for separada de você, cuidarei de marido ou casamento? Eu, que sem você sequer ficarei viva? Assim eu juro para você pela deusa de nossos antepassados, pela grande Ártemis de Éfeso,

---

30 As juras recíprocas de fidelidade constituem um *topos* do romance grego de amor.

καὶ ταύτην ἣν διανύομεν θάλατταν καὶ τὸν ἐπ' ἀλλήλοις ἡμᾶς καλῶς ἐκμήναντα θεόν, ὡς ἐγὼ καὶ βραχύ τι ἀποσπασθεῖσά σου οὔτε ζήσομαι οὔτε τὸν ἥλιον ὄψομαι." ταῦτα ἔλεγεν ἡ Ἀνθία, ἐπώμνυε δὲ καὶ ὁ Ἀβροκόμης, καὶ ὁ καιρὸς αὐτῶν ἐποίει τοὺς ὅρκους φοβερωτέρους.

Ἐν τούτῳ δὲ ἡ ναῦς Κῶ μὲν παραμείβει καὶ Κνίδον, κατεφαίνετο δὲ ἡ Ῥοδίων νῆσος, μεγάλη καὶ καλή, καὶ αὐτοὺς ἐνταῦθα ἔδει καταχθῆναι πάντως· δεῖν γὰρ ἔφασκον οἱ ναῦται καὶ ὑδρεύσασθαι καὶ αὐτοὺς ἀναπαύσασθαι, μέλλοντας εἰς μακρὸν ἐμπεσεῖσθαι πλοῦν.

12. Κατήγετο δὲ ἡ ναῦς εἰς Ῥόδον καὶ ἐξέβαινον οἱ ναῦται, ἐξῄει δὲ καὶ ὁ Ἀβροκόμης ἔχων μετὰ χεῖρα τὴν Ἀνθίαν. συνῄεσαν δὲ πάντες οἱ Ῥόδιοι, τὸ κάλλος τῶν παίδων καταπεπληγότες, καὶ οὐκ ἔστιν ὅστις τῶν ἰδόντων παρῆλθε σιωπῶν, ἀλλ' οἱ μὲν ἔλεγον ἐπιδημίαν ἐκ τῶν θεῶν, οἱ δὲ προσεκύνουν καὶ προσηύχοντο. ταχὺ δὲ δι' ὅλης τῆς πόλεως διεπεφοιτήκει τὸ ὄνομα Ἀβροκόμου καὶ Ἀνθίας, ἐπεύχονται δὲ αὐτοῖς δημοσίᾳ καὶ θυσίας τε θύουσι πολλὰς καὶ ἑορτὴν ἄγουσι τὴν ἐπιδημίαν αὐτῶν. οἱ δὲ τήν τε πόλιν ἅπασαν ἐξιστόρησαν καὶ ἀνέθεσαν εἰς τὸ τοῦ Ἡλίου ἱερὸν πανοπλίαν χρυσῆν καὶ ἐπέγραψαν εἰς ὑπόμνημα ἐπίγραμμα τῶν ἀναθέντων·

Οἱ ξεῖνοι [κλεινοὶ] τάδε σοι χρυσήλατα τεύχε' ἔθηκαν,
Ἀνθία Ἀβροκόμης θ', ἱερῆς Ἐφέσοιο πολῖται.

31 Possível alusão irônica a *Quéreas e Calírroe*, cuja heroína casa-se novamente quando separada de seu marido. Não deve passar despercebida a devoção a Ártemis, deusa virgem, em um contraste com Afrodite onipresente no romance de Cáriton.

32 **Rodes**: a ilha era sede de um importante templo dedicado a Hélio, o Sol, seu protetor, a quem dedicaram uma estátua colossal.

por esse mar que atravessamos e pelo deus que nos tornou loucos um pelo outro, que, separada de você mesmo que brevemente, nem ficarei viva nem verei a luz do sol.[31]

Enquanto Ântia dizia essas palavras, Habrocomes também jurava e, com o tempo, seus juramentos tornaram-se mais impressionantes.

Nisso, o barco costeou Cós e Cnidos e a ilha de Rodes fez-se ver, grande e bela, e nela deviam necessariamente aportar.[32] Os marinheiros alegavam que precisavam reabastecer-se de água e repousar, estando prestes a lançar-se em uma longa travessia.

12. O barco aportou em Rodes e os marinheiros desembarcaram; Habrocomes saiu também, de braços dados com Ântia. Reuniram-se todos os ródios, impressionados com a beleza dos jovens, e não havia quem calasse, dentre os que vieram vê-los. Uns diziam que eram uma manifestação dos deuses, outros prosternavam-se e dirigiam-lhe preces. Rápido o nome de Habrocomes e Ântia tinha se espalhado por toda cidade e rezavam por eles em público, ofereciam inúmeros sacrifícios e davam festas em honra de sua visita. Eles exploraram toda a cidade e depositaram uma armadura de ouro completa no templo de Hélio e como lembrança da oferenda fizeram gravar uma inscrição:[33]

> Os estrangeiros estas armas em ouro forjadas a ti ofertaram,
> Ântia e Habrocomes, da sacrossanta Éfeso cidadãos.

O Colosso de Rodes não existia mais à época de Xenofonte, mas a ilha era um centro importante de comércio, dada a sua posição estratégica.

33 **Inscrição**: em grego, um epigrama, ou seja, inscrição em oferenda ou monumento, aqui em hexâmetros.

Ταῦτα ἀναθέντες, ὀλίγας ἡμέρας ἐν τῇ νήσῳ μείναντες, ἐπειγόντων τῶν ναυτῶν ἀνήγοντο ἐπισιτισάμενοι, παρέπεμπε δὲ αὐτοὺς ἅπαν τὸ Ῥοδίων πλῆθος. καὶ τὰ μὲν πρῶτα ἐφέροντο οὐρίῳ πνεύματι, καὶ ἦν αὐτοῖς ὁ πλοῦς ἀσμένοις, κἀκείνην τε τὴν ἡμέραν καὶ τὴν ἐπιοῦσαν νύκτα ἐφέροντο ἀναμετροῦντες τὴν Αἰγυπτίαν καλουμένην θάλατταν· τῇ δὲ δευτέρᾳ ἐπέπαυτο μὲν ὁ ἄνεμος, γαλήνη δὲ καὶ ὁ πλοῦς βραδὺς καὶ ναυτῶν ῥᾳθυμία καὶ πότος ἐν τούτῳ καὶ μέθη καὶ ἀρχὴ τῶν μεμαντευμένων. τῷ δὲ Ἁβροκόμῃ ⟨κοιμωμένῳ⟩ ἐφίσταται γυνὴ ὀφθῆναι φοβερά, τὸ μέγεθος ὑπὲρ ἄνθρωπον, ἐσθῆτα ἔχουσα φοινικῆν· ἐπιστᾶσα⟨ν⟩ δὲ τὴν ναῦν ἐδόκει καίειν καὶ τοὺς μὲν ἄλλους ἀπόλλυσθαι, αὐτὸν δὲ μετὰ τῆς Ἀνθίας διανήχεσθαι. ταῦτα ὡς εὐθὺς εἶδεν, ἐταράχθη καὶ προσεδόκα τι δεινὸν ἐκ τοῦ ὀνείρατος, καὶ τὸ δεινὸν ἐγίνετο.

13. Ἔτυχον μὲν ἐν Ῥόδῳ πειραταὶ παρορμοῦντες αὐτοῖς, Φοίνικες τὸ γένος, ἐν τριήρει μεγάλῃ (παρώρμουν δὲ ὡς φορτίον ἔχοντες) καὶ πολλοὶ καὶ γεννικοί. οὗτοι καταμεμαθήκεσαν ⟨ἐν⟩ τῇ νηὶ ὅτι χρυσὸς καὶ ἄργυρος καὶ ἀνδράποδα, πολλὰ καὶ τίμια. Διέγνωσαν οὖν ἐπιθέμενοι τοὺς μὲν ἀντιμαχομένους ἀποκτιννύειν, τοὺς δὲ ἄλλους ἄγειν εἰς Φοινίκην πραθησομένους καὶ τὰ χρήματα. κατεφρόνουν δὲ ὡς οὐκ ἀξιομάχων αὐτῶν. τῶν δὲ πειρατῶν ὁ ἔξαρχος Κόρυμβος ἐκαλεῖτο, νεανίας ὀφθῆναι μέγας, φοβερὸς τὸ βλέμμα· κόμη ἦν αὐτῷ αὐχμηρὰ καθειμένη.

---

34 **Sonho**: recurso tópico do romance antigo, de caráter premonitório, tem função narrativa, criando expectativas em relação à trama. Cf. Garrido (2003).

Após terem dedicado a oferenda e ficado na ilha uns poucos dias, reabasteceram e zarparam sob pressão dos marinheiros. Toda a população de Rodes veio despedir-se deles.

De início foram levados por um vento favorável e a travessia era-lhes agradável, naquele dia e na noite subsequente, e chegaram dentro do previsto ao chamado mar do Egito. No segundo dia, porém, o vento cessou. Com a calmaria, o barco ia lento, havia indolência dos marinheiros e, enquanto isso, bebida e embriaguez, e era o começo do que previra o oráculo... Durante o sono, postou-se diante dos olhos de Habrocomes uma mulher assustadora, mais alta que um homem normal, trajando veste púrpura. Parecia reter o navio, incendiá-lo e matar todos, e que somente ele e Ântia escapavam a nado. Viu tais coisas num átimo, ficou perturbado e na expectativa de que algo pavoroso adviesse do sonho.[34] E o pavor sobreveio.

13. Aconteceu de haver piratas fenícios fundeados perto deles em Rodes, em uma grande trirreme – estavam fundeados como se tivessem carga.[35] Eles estavam em grande número e eram destemidos. Ficaram sabendo que no barco havia ouro e prata, além de pessoas que podiam ser escravizadas, muitas e valiosas. Decidiram, então, que, após o ataque, matariam os que resistissem, mas levariam os demais à Fenícia para ser vendidos, além de, é claro, seus bens. Nutriam por eles desprezo, como se não constituíssem adversários de valor. O chefe dos piratas chamava-se Corimbo, a olhos vistos um rapaz forte, com uma cara de assustar, cabelo solto e desgrenhado.

35 **Piratas**: outro motivo bastante frequente no romance antigo, reflete sua presença histórica no Mediterrâneo, podendo ser caracterizados como pequenos empreendedores que lucram com o tráfico de gente e de mercadorias pilhadas, de acordo com de Souza (2002).

ὡς δὲ ταῦτα οἱ πειραταὶ ἐβουλεύσαντο, τὰ μὲν πρῶτα παρέπλεον ἡσυχῇ τοῖς περὶ Ἀβροκόμην, τελευταῖον δέ (ἦν μὲν περὶ μέσον ἡμέρας, ἔκειντο δὲ πάντες οἱ ἐν τῇ νηὶ ὑπὸ μέθης καὶ ῥᾳθυμίας, οἱ μὲν καθεύδοντες, οἱ δὲ ἀλύοντες) ἐφίστανται δὴ αὐτοῖς οἱ περὶ τὸν Κόρυμβον ἐλαυνομένῃ τῇ νηὶ (τριήρης ⟨δὲ⟩ ἦν) σὺν ὀξύτητι πολλῇ. ὡς δὲ πλησίον ἐγένοντο, ἀνεπήδησαν ἐπὶ τὴν ναῦν ὡπλισμένοι, τὰ ξίφη γυμνὰ ἔχοντες. κἀνταῦθα οἱ μὲν ἐρρίπτουν ἑαυτοὺς ὑπ' ἐκπλήξεως εἰς τὴν θάλασσαν καὶ ἀπώλλυντο, οἱ δὲ ἀμύνεσθαι θέλοντες ἀπεσφάζοντο. ὁ δὲ Ἀβροκόμης καὶ ἡ Ἀνθία προστρέχουσι τῷ Κορύμβῳ τῷ πειρατῇ καὶ λαβόμενου τῶν γονάτων αὐτοῦ "τὰ μὲν χρήματα" ἔφασαν, "ὦ δέσποτα, καὶ ἡμᾶς οἰκέτας ἔχε, φεῖσαι δὲ τῆς ψυχῆς καὶ μηκέτι φόνευε τοὺς ἑκόντας ὑποχειρίους σοι γενομένους. μὴ πρὸς αὐτῆς θαλάσσης, μὴ πρὸς δεξιᾶς τῆς σῆς, ἀγαγὼν δὲ ἡμᾶς ὅποι θέλεις, ἀπόδου τοὺς σοὺς οἰκέτας. μόνον οἴκτειρον ἡμᾶς ὑφ' ἑνὶ ποιήσας δεσπότῃ."

14. Ἀκούσας ὁ Κόρυμβος εὐθὺς μὲν ἐκέλευσε παύσασθαι φονεύοντας, μεταθέμενος δὲ τὰ τιμιώτερα τῶν φορτίων καὶ τὸν Ἀβροκόμην καὶ τὴν Ἀνθίαν ἄλλους τέ τινας τῶν οἰκετῶν ὀλίγους ἐνέπρησε τὴν ναῦν, καὶ οἱ λοιποὶ πάντες κατεφλέχθησαν· τὸ γὰρ πάντας ἄγειν οὔτε ἐδύνατο οὔτε ἀσφαλὲς ἑώρα. ἦν δὲ τὸ θέαμα ἐλεεινόν, τῶν μὲν ἐν τῇ τριήρει ἀναγομένων, τῶν δὲ ἐν τῇ νηὶ φλεγομένων, τὰς χεῖρας ἐκτεινόντων, ὀλοφυρομένων.

---

36 **Piedade**: Para Aristóteles (*Poética*, 1449b 24), a catarse, finalidade da obra artística, no que respeita à tragédia é suscitada pela piedade e pelo terror (*di'eléou kaì phóbou*). Xenofonte busca o envolvimento emocional (*páthos*) ao apelar inicialmente para o "pavor" (*tò deinón*, cf. 1.12) e, em seguida, para a "piedade" (*eleeinón*).

Quando os piratas traçaram esse plano, primeiro navegaram tranquilamente ao lado da embarcação de Habrocomes; por fim (era quase meio-dia e todos no navio estavam sob efeito da embriaguez e da indolência; enquanto uns dormiam, outros estavam entregues ao torpor), os homens de Corimbo lançaram-se contra eles com o navio à toda velocidade – era uma trirreme, afinal. Quando chegaram perto, tomaram de assalto o barco, usando armadura completa, com os punhais desembainhados. Os marinheiros, então, tomados de pavor, jogaram-se ao mar e morreram, outros foram degolados ao tentar se defender. Habrocomes e Ântia correram para o pirata Corimbo e, abraçados aos seus joelhos, disseram:

– Senhor, fique com nossas coisas e conosco como escravos, mas poupe-nos as vidas e não mate os que voluntariamente se colocam em suas mãos. Pelo mar, ele próprio, pela sua destra, leve-nos aonde queira e venda-nos como se fôssemos seus escravos, mas que seja somente, por piedade, a um mesmo senhor.

14. Após escutá-los, Corimbo imediatamente ordenou que cessassem a matança. Uma vez concluída a transferência da carga mais valiosa, bem como de Habrocomes, Ântia e uns poucos escravos, ateou fogo à embarcação e os restantes todos queimaram vivos. O fato era que não podia levar todos e nem via como seguro fazê-lo.

O espetáculo era digno de piedade,[36] tanto dos que eram conduzidos na trirreme, quanto dos que estavam em chamas no barco, mãos estendidas para o alto, lamentando-se.

καὶ οἱ μὲν ἔλεγον· "ποῖ ποῖε ἀχθήσεσθε, δεσπόται; τίς ὑμᾶς ὑποδέξεται γῆ, καὶ τίνα πόλιν οἰκήσετε;", οἱ δέ· "ὦ μακάριοι, μέλλοντες ἀποθνήσκειν εὐτυχῶς πρὸ τοῦ πειραθῆναι δεσμῶν, πρὸ τοῦ δουλείαν ληστρικὴν ἰδεῖν." ταῦτα λέγοντες οἱ μὲν ἀνήγοντο, οἱ δὲ κατεφλέγοντο. ἐν τούτῳ δὲ ὁ τροφεὺς τοῦ Ἀβροκόμου πρεσβύτης ἤδη, σεμνὸς ἰδεῖν καὶ διὰ τὸ γῆρας ἐλεεινός, οὐκ ἐνεγκὼν ἀναγόμενον τὸν Ἀβροκόμην, ῥίψας ἑαυτὸν εἰς τὴν θάλασσαν ἐνήχετο ὡς καταληψόμενος τὴν τριήρη, "τί μὲ καταλείπεις, τέκνον" λέγων, "τὸν γέροντα, τὸν παιδαγωγόν; ποῖ δὲ ἀπερχόμενος, Ἀβροκόμη; αὐτὸς ἀπόκτεινόν με τὸν δυστυχῆ καὶ θάψον· τί γάρ ἐστί μοι ζῆν ἄνευ σοῦ;" ταῦτα ἔλεγε καὶ τέλος ἀπελπίσας ἔτι Ἀβροκόμην ὄψεσθαι, παραδοὺς ἑαυτὸν τοῖς κύμασιν ἀπέθανε. τοῦτο δὲ καὶ Ἀβροκόμῃ πάντων ἦν ἐλεεινότατον· καὶ γὰρ τὰς χεῖρας ἐξέτεινε τῷ πρεσβύτῃ καὶ τοὺς πειρατὰς ἀναλαμβάνειν παρεκάλει. οἱ δὲ οὐδένα λόγον ποιησάμενοι, διανύσαντες ἡμέραις τρισὶ τὸν πλοῦν κατήχθησαν εἰς πόλιν τῆς Φοινίκης Τύρον, ἔνθα ἦν τοῖς πειραταῖς τὰ οἰκεῖα. ἦγον δὲ αὐτοὺς εἰς αὐτὴν μὲν τὴν πόλιν οὐχί, εἰς πλησίον δέ τι χωρίον ἀνδρὸς ἄρχοντος ληστηρίου, Ἀψύρτου τοὔνομα, οὗ καὶ ὁ Κόρυμβος ἦν ὑπηρέτης ἐπὶ μισθῷ καὶ μέρει τῶν λαμβανομένων. ἐν δὲ τῷ τοῦ πλοὸς διαστήματι ἐκ πολλῆς τῆς καθ' ἡμέραν ὄψεως ἐρᾷ ὁ Κόρυμβος τοῦ Ἀβροκόμου καὶ σφοδρὸν ἔρωτα, καὶ αὐτὸν ἡ πρὸς τὸ μειράκιον συνήθεια ἐπὶ πλέον ἐξέκαιε.

37 **Tiro, na Fenícia**: grande centro comercial na Antiguidade, ligada no imaginário antigo à pirataria.

Enquanto uns diziam: "Para onde afinal serão transportados, senhores? Que terra os acolherá? Que cidade virão a habitar?"; os outros respondiam: "Venturosos, vocês que vão morrer uma morte afortunada, antes de provar das correntes, antes de conhecer a escravidão por mãos de piratas!" Diziam essas palavras, uns quando eram levados; outros, queimados vivos.

Nisso, o tutor de Habrocomes, um velho já, que inspirava respeito e piedade por sua idade avançada, sem suportar que Habrocomes fosse levado mar adentro, atirou-se na água e pôs-se a nadar para alcançar a trirreme, dizendo:

– Por que você está me abandonando, filho? A mim, seu velho pedagogo? Para onde você parte, Habrocomes? Que você mesmo me mate, desafortunado que sou, e enterre. Por que devo viver sem você?

Dizia essas palavras e, por fim, perdida a esperança de voltar a ver Habrocomes, entregou-se às ondas e morreu. E isso, para Habrocomes, de tudo foi o mais digno de piedade. E estendeu suas mãos para o velho, e pedia aos piratas que o recolhessem. Eles, contudo, fazendo pouco de suas palavras, concluíram a viagem em três dias e desembarcaram em Tiro, cidade fenícia, onde os piratas tinham negócios.[37]

Não os levaram para a cidade mesma, mas para uma propriedade vizinha a ela, de um líder do bando de piratas chamado Apsirto, de quem Corimbo era mero subalterno, para receber pagamento e fazer a partilha do que fora tomado. Durante a viagem, por força de muito vê-lo todos os dias, Corimbo foi tomado por uma violenta paixão por Habrocomes e a proximidade com o jovem punha ainda mais fogo nele.

15. Καὶ ἐν μὲν τῷ πλῷ οὔτε πεῖσαι δυνατὸν ἐδόκει εἶναι· ἑώρα γὰρ ὡς διάκειται μὲν ὑπὸ ἀθυμίας πονήρως, ἑώρα δὲ καὶ τῆς Ἀνθίας ἐρῶντα· ἀλλὰ καὶ τὸ βιάζεσθαι χαλεπὸν εἶναι αὐτῷ κατεφαίνετο· ἐδεδοίκει γὰρ μή τι ἑαυτὸν ἐργάσηται δεινόν· ἐπεὶ δὲ κατήχθησαν εἰς Τύρον, οὐκέτι καρτερῶν τὰ μὲν πρῶτα ἐθεράπευε τὸν Ἁβροκόμην καὶ θαρρεῖν παρεκάλει καὶ πᾶσαν ἐπιμέλειαν προσέφερεν· ὁ δὲ ἐλεοῦντα τὸν Κόρυμβον ἐνόμιζεν αὐτοῦ ποιεῖσθαι τὴν ἐπιμέλειαν· τὸ δεύτερον δὲ ἀνακοινοῦται ὁ Κόρυμβος τὸν ἔρωτα τῶν συλληστῶν τινι, Εὐξείνῳ τὸ ὄνομα, καὶ δεῖται βοηθὸν γενέσθαι καὶ συμβουλεῦσαι τίνι τρόπῳ δυνήσεται πεῖσαι τὸ μειράκιον. ὁ δὲ Εὔξεινος ἄσμενος ἀκούει τὰ περὶ τοῦ Κορύμβου· καὶ γὰρ αὐτὸς ἐπ' Ἀνθίᾳ διέκειτο πονήρως καὶ ἤρα τῆς κόρης σφοδρὸν ἔρωτα· λέγει δὲ πρὸς τὸν Κόρυμβον καὶ τὰ αὐτοῦ καὶ συνεβούλευσε μὴ ἐπὶ πλέον ἐπανιᾶσθαι, ἀλλὰ ἔργου ἔχεσθαι· "καὶ γὰρ" ἔφη "σφόδρα ἀγεννὲς κινδυνεύοντας καὶ παραβαλλομένους μὴ ἀπολαύειν μετὰ ἀδείας ὧν ἐκτησάμεθα πόνῳ. δυνησόμεθα δὲ αὐτοὺς" ἔλεγεν "ἐξαιρέτους παρὰ Ἀψύρτου λαβεῖν δωρεάν." ταῦτα εἰπὼν ῥᾳδίως ἔπειθεν αὐτὸν ἐρῶντα. καὶ δὴ συντίθενται κατὰ ταῦτα τοὺς ὑπὲρ ἀλλήλων ποιήσασθαι λόγους καὶ πείθειν οὗτος μὲν Ἁβροκόμην, Κόρυμβος δὲ Ἀνθίαν.

16. ⟨Ὁ δὲ Ἁβροκόμης καὶ ἡ Ἀνθία⟩ ἐν τούτῳ τῷ χρόνῳ ἔκειντο ἄθυμοι, πολλὰ προσδοκῶντες, ἀλλήλοις διαλεγόμενοι, συνεχὲς ὀμνύοντες τηρήσειν τὰ συγκείμενα. ἔρχονται δὴ πρὸς αὐτοὺς ὁ Κόρυμβος καὶ ὃ Εὔξεινος καὶ φράσαντες ἰδίᾳ τι θέλειν εἰπεῖν, ἀπάγουσι καθ' αὑτοὺς ὁ μὲν τὴν Ἀνθίαν, ὁ δὲ τὸν Ἁβροκόμην. τοῖς δὲ αἵ τε ψυχαὶ ἐκραδαίνοντο καὶ οὐδὲν ὑγιὲς ὑπενόουν.

15. Enquanto estavam no mar, não lhe parecia possível seduzi-lo, pois via que estava entregue a um desânimo profundo, mas também via que estava apaixonado por Ântia. Era evidente para ele que era difícil submetê-lo à força, já que temia que cometesse violência contra si próprio. Quando desembarcaram em Tiro, contudo, sem poder mais suportar, primeiro passou a dedicar-se a Habrocomes, incitava-o a aguentar firme e era todo prestativo. E aquele pensava que Corimbo, por ter pena dele, era-lhe prestativo. Depois, Corimbo comunicou sua paixão a um de seus camaradas piratas, chamado Euxino, e pediu ajuda e conselho sobre de que modo poderia seduzir o rapaz. Euxino ouviu de bom grado a confissão de Corimbo, pois também ele estava fortemente inclinado para Ântia e fora tomado por uma violenta paixão pela menina. Disse para Corimbo o que se passava com ele e aconselhou-o a não se deixar mais atormentar, mas a passar à ação. Ele disse:

– Não tirar proveito com segurança do que adquirimos com esforço, depois de tantos riscos e perigos, é bastante abjeto. Acho que Apsirto nos dará de presente, se os escolhermos.

Dizendo essas palavras, seduzia com facilidade o apaixonado. E combinaram que um argumentaria pelo outro e seduziria, esse, Habrocomes, Corimbo, Ântia.

16. Enquanto isso, Habrocomes e Ântia jaziam desanimados, sem saber direito o que esperar, conversando um com o outro, jurando constantemente manter o que haviam combinado. Então, Corimbo e Euxino foram até eles e, declarando que queriam falar algo em particular, levaram-nos: um, a Ântia; o outro, a Habrocomes. Seu ânimo esmoreceu e suspeitaram por sua segurança.

Λέγει οὖν ὁ Εὔξεινος πρὸς τὸν Ἁβροκόμην ὑπὲρ Κορύμβου· "μειράκιον, εἰκὸς μὲν ἐπὶ τῇ συμφορᾷ φέρειν χαλεπῶς, οἰκέτην μὲν ἐξ ἐλευθέρου γενόμενον, πένητα δὲ ἀντ' εὐδαίμονος, δεῖ δέ σε τῇ τύχῃ πάντα λογίσασθαι καὶ στέργειν τὸν κατέχοντα δαίμονα καὶ τοὺς γενομένους δεσπότας ἀγαπᾶν· ἴσθι γὰρ ὡς ἔνεστί σοι καὶ εὐδαιμοσύνην καὶ ἐλευθερίαν ἀπολαβεῖν, εἰ θελήσεις πείθεσθαι τῷ δεσπότῃ Κορύμβῳ· ἐρᾷ γάρ σου σφοδρὸν ἔρωτα καὶ πάντων ἕτοιμός ἐστὶ δεσπότην ποιεῖν τῶν ἑαυτοῦ. πείσῃ δὲ χαλεπὸν μὲν οὐδέν, εὐνούστερον δὲ σεαυτῷ τὸν δεσπότην ἐργάσῃ. ἐννόησον δὲ ἐν οἷς ὑπάρχεις· βοηθὸς μὲν οὐδείς, γῆ δὲ αὕτη ξένη καὶ δεσπόται λησταὶ καὶ οὐδεμία τιμωρίας ἀποφυγὴ ὑπερηφανήσαντι Κόρυμβον. τί δέ σοι γυναικὸς δεῖ νῦν καὶ πραγμάτων, τί δὲ ἐρωμένης τηλικῷδε ὄντι; πάντα ἀπόρριψον· πρὸς μόνον δεῖ σε τὸν δεσπότην βλέπειν, τούτῳ κελεύσαντι ὑπακούειν." ἀκούσας ὁ Ἁβροκόμης εὐθὺς μὲν ἀχανὴς ἦν καὶ οὐδέ τι ἀποκρίνεσθαι ηὕρισκεν, ἐδάκρυσε δὲ καὶ ἀνέστενε πρὸς αὐτὸν ἀφορῶν, εἰς οἷα ἄρα ἐλήλυθε. καὶ δὴ λέγει πρὸς τὸν Εὔξεινον· "ἐπίτρεψον, δέσποτα, βουλεύσασθαι βραχύ, καὶ πρὸς πάντα ἀποκρινοῦμαί σοι τὰ ῥηθέντα."

Καὶ ὁ μὲν Εὔξεινος ἀνεχώρει· ὁ δὲ Κόρυμβος τῇ Ἀνθίᾳ διείλεκτο τὸν ἔρωτα τὸν Εὐξείνου καὶ τὴν παροῦσαν ἀνάγκην καὶ ὅτι δεῖ πάντως αὐτὴν πείθεσθαι τοῖς δεσπόταις. ὑπέσχετο δὲ πολλά, καὶ γάμον νόμιμον καὶ χρήματα πεισθείσῃ καὶ περιουσίαν. ἡ δὲ αὐτῷ τὰ ὅμοια ἀπεκρίνατο, αἰτησαμένη βραχὺν βουλεύσασθαι χρόνον. καὶ ὁ μὲν Εὔξεινος καὶ ὁ Κόρυμβος μετ' ἀλλήλων ἦσαν περιμένοντες ὅ τι ἀκούσονται, ἤλπιζον δὲ αὐτοὺς ῥᾳδίως πείσειν.

Euxino, então, fala com Habrocomes em nome de Corimbo:

– Meu rapaz, é natural que você suporte com dificuldade as adversidades – de homem livre tornado escravo, em vez de afortunado, um miserável –, mas é preciso que você atribua tudo à fortuna, goste do destino que lhe foi aposto e se afeiçoe a quem vier a ser seu senhor. Saiba que é possível recuperar sua felicidade e liberdade, se quiser obedecer ao senhor Corimbo. Ele nutre uma violenta paixão por você e está disposto a fazê-lo senhor de todos os seus bens. Você não enfrentará dificuldades, mas fará com que o senhor seja o mais benevolente para consigo. Pense no que está adiante. Não há ninguém que o ajude, essa terra é estrangeira, e seus senhores são piratas, e não existe nenhum modo de escapar à vingança para quem trata Corimbo com arrogância. Por que você precisa agora de mulher ou compromissos? Para que uma amada sendo que você é tão jovem? Deixe tudo para trás! Você deve mirar apenas uma pessoa, seu senhor, acatar apenas suas ordens.

Depois de ouvi-lo, Habrocomes ficou pasmo e não encontrava resposta, chorou e lamentou-se contemplando a situação na qual se metera. E disse para Euxino:

– Senhor, conceda-me um tempo para pensar e a tudo que disse responderei.

E Euxino retirou-se. Corimbo falou a Ântia da paixão de Euxino e da necessidade presente e lembrou que ela devia obediência completa a seus senhores. Prometeu muitas coisas, um casamento legítimo e riquezas, se se submetesse, e garantiu sua sobrevivência. E ela lhe deu uma resposta igual, pedindo um tempo maior para pensar. Euxino e Corimbo, na companhia um do outro, esperavam pelas respostas na esperança de tê-los convencido com facilidade.

Λόγος δεύτερος

1. Ὁ δὲ Ἁβροκόμης καὶ ἡ Ἀνθία ἧκον εἰς τὸ δωμάτιον ἔνθα συνήθως διῃτῶντο, καὶ πρὸς ἀλλήλους εἰπόντες ἅπερ ἠκηκόεσαν, καταβαλόντες ἑαυτοὺς ἔκλαιον, ὠδύροντο, "ὦ πάτερ" ἔλεγον, "ὦ μῆτερ, ὦ πατρὶς φιλτάτη καὶ οἰκεῖοι καὶ συγγενεῖς." τελευταῖον δὲ ἀνενεγκὼν ὁ Ἁβροκόμης "ὦ κακοδαίμονες" ἔφησεν "ἡμεῖς, τί ἄρα πεισόμεθα ἐν γῇ βαρβάρων [πειρατῶν], ὕβρει παραδοθέντες πειρατῶν; ἄρχεται τὰ μεμαντευμένα· τιμωρίαν ἤδη με ὁ θεὸς τῆς ὑπερηφανίας εἰσπράττει· ἐρᾷ Κόρυμβος ἐμοῦ, σοῦ δὲ Εὔξεινος. ὢ τῆς ἀκαίρου πρὸς ἑκατέρους εὐμορφίας· εἰς τοῦτο ἄρα μέχρι νῦν σώφρων ἐτηρήθην, ἵνα ἐμαυτὸν ὑποθῶ λῃστῇ ἐρῶντι τὴν αἰσχρὰν ἐπιθυμίαν; καὶ τίς ἐμοὶ βίος περιλείπεται πόρνῃ μὲν ἀντὶ ἀνδρὸς γενομένῳ, ἀποστερηθέντι δὲ Ἀνθίας τῆς ἐμῆς; ἀλλ᾽ οὐ μὰ τὴν μέχρις ἄρτι σωφροσύνην ἐκ παιδός μοι σύντροφον, οὐκ ἂν ἐμαυτὸν ὑποθείην Κορύμβῳ, τεθνήξομαυν δὲ πρότερον καὶ φανοῦμαι νεκρὸς σώφρων." ταῦτα ἔλεγε καὶ ἐπεδάκρυεν. ἡ δὲ Ἀνθία, "φεῦ τῶν κακῶν" εἶπε, "ταχέως γε τῶν ὅρκων ἀνα⟨μνησθῆναι ἀνα⟩γκαζόμεθα, ταχέως τῆς δουλείας πειρώμεθα· ἐρᾷ τις ἐμοῦ καὶ πείσειν ἐλπίζει ⟨καὶ⟩ εἰς εὐνὴν ἐλεύσεσθαι τὴν ἐμὴν μετὰ Ἁβροκόμην καὶ συγκατακλιθήσεσθοι καὶ ἀπολαύσειν ⟨τῆς⟩ ἐπιθυμίας. ἀλλὰ μὴ οὕτως ἐγὼ φιλόζωος γενοίμην μηδ᾽ ὑπομείναιμι ὑβρισθεῖσα ἰδεῖν τὸν ἥλιον. δεδόχθω ταῦτα· ἀποθνήσκωμεν, Ἁβροκόμη. ἕξομεν ἀλλήλους μετὰ θάνατον, ὑπ᾽ οὐδενὸς ἐνοχλούμενοι."

Livro 2

1. Habrocomes e Ântia foram para o aposento que costumeiramente ocupavam. Depois de contar um ao outro o que haviam escutado, choraram abraçados e lamentaram-se:

– Ó pai, ó mãe! – diziam. Pátria amada, familiares, parentes!

Habrocomes, recuperado por fim, falou:

– Desgraçados de nós! O que será que sofreremos em terra de bárbaros, entregues à insolência de piratas? É o início do que foi profetizado. O deus já exige vingança por minha arrogância! Corimbo está apaixonado por mim; por você, Euxino. Ó, beleza inoportuna para nós! Foi por isso que até agora permaneci casto? Para me submeter ao desejo vergonhoso de um pirata apaixonado? E que vida me resta se, em vez de homem, me tornar um prostituído, privado de minha Ântia? Não, pela castidade que é minha companheira desde a infância até hoje! Jamais me submeteria a Corimbo, mas antes poria fim à minha vida e me provaria um cadáver casto!

Dizia essas palavras e chorava. E Ântia disse:

– Ai, que males! Tão cedo somos forçados a lembrar dos juramentos, tão cedo postos à prova pela escravidão! Quem está apaixonado por mim espera seduzir-me e entrar em meu leito depois de Habrocomes, deitar comigo e satisfazer seu desejo. Tomara não ame eu a vida a tal ponto, tomara não continue a ver a luz do sol após ter sido violada. Está decidido: vamos morrer, Habrocomes! Teremos um ao outro após a morte, sem que ninguém nos incomode!

2. Καὶ τοῖς μὲν ταῦτα ἐδέδοκτο, ἐν δὲ τούτοις Ἄψυρτος ὃ προεστὼς τοῦ ληστηρίου πυθόμενος ὅτι τε ἥκουσιν οἱ περὶ τὸν Κόρυμβον καὶ ὅτι πολλὰ εἶεν καὶ θαυμάσια κομίζοντες χρήματα, ἧκεν εἰς τὸ χωρίον καὶ εἶδέ τε τοὺς περὶ Ἁβροκόμην καὶ κατεπλάγη τὴν εὐμορφίαν καὶ εὐθὺς μέγα κέρδος νομίζων ᾐτήσατο ἐκείνους. τὰ μὲν ἄλλα χρήματα καὶ κτήματα καὶ παρθένους ὅσαι συνελήφθησαν διένειμε τοῖς περὶ τὸν Κόρυμβον πειραταῖς, ὁ δὲ Εὔξεινος καὶ ὁ Κόρυμβος ἄκοντες μὲν συνεχώρουν τοὺς περὶ τὸν Ἁβροκόμην τῷ Ἀψύρτῳ, συνεχώρουν δ' οὖν ἀνάγκῃ. καὶ οἱ μὲν ἀπηλλάσσοντο, ὁ δὲ Ἄψυρτος παραλαβὼν τὸν Ἁβροκόμην καὶ τὴν Ἀνθίαν καὶ οἰκέτας δύο, Λεύκωνα καὶ Ῥόδην, ἤγαγεν εἰς τὴν Τύρον. περίβλεπτος δὲ ἦν αὐτῶν ἡ πομπὴ καὶ πάντες ἐτεθαυμάκεσαν τὸ κάλλος, καὶ ἄνθρωποι βάρβαροι μήπω πρότερον τοσαύτην ἰδόντες εὐμορφίαν θεοὺς ἐνόμιζον εἶναι τοὺς βλεπομένους, ἐμακάριζον δὲ τὸν Ἄψυρτον, οἵους οἰκέτας εἴη κεκτημένος. ἀγαγὼν δὲ αὐτοὺς εἰς τὴν οἰκίαν παραδίδωσιν οἰκέτῃ πιστῷ δι' ἐπιμελείας κελεύσας ἔχειν, ὡς μεγάλα κερδανῶν εἰ ἀπόδοιτο τῆς ἀξίας αὐτοὺς τιμῆς.

3. Καὶ οἱ μὲν περὶ τὸν Ἁβροκόμην ἐν τούτοις ἦσαν, ἡμερῶν δὲ διαγενομένων ὀλίγων ὁ μὲν Ἄψυρτος ἐπ' ἄλλην ἐμπορίαν εἰς Συρίαν ἀπῆλθε, θυγάτηρ δὲ αὐτοῦ, Μαντὼ ὄνομα, ἠράσθη τοῦ Ἁβροκόμου. ἦν δὲ καλὴ καὶ ὡραία γάμων ἤδη, πολὺ δὲ τοῦ Ἀνθίας κάλλους ὑπελείπετο. αὕτη ἡ Μαντὼ ἐκ τῆς συνήθους μετὰ τοῦ Ἁβροκόμου διαίτης ἁλίσκεται καὶ ἀκατασχέτως εἶχε καὶ ἠπόρει ὅ τι ποιῆσαι· οὔτε γὰρ πρὸς τὸν Ἁβροκόμην εἰπεῖν ἐτόλμα, γυναῖκα εἰδυῖα ἔχοντα καὶ πείσειν οὐδέποτε ἐλπίζουσα, οὔτε ἄλλῳ τινὶ τῶν ἑαυτῆς δέει τοῦ πατρός·

2. E foi isso o que decidiram, mas, nesse meio tempo, quando Apsirto, o chefe do bando de ladrões, foi informado que os homens de Corimbo estavam de volta e que haviam trazido muitas coisas, extraordinárias e preciosas, foi até a propriedade e viu Habrocomes cercado pelos seus. Foi tomado de espanto com sua beleza e, intuindo imediatamente um grande lucro, requisitou-os. O restante do dinheiro e dos bens, assim como quantas moças foram capturadas, dividiu com os piratas do bando de Corimbo. Euxino e Corimbo, contra vontade, cederam Habrocomes e seus próximos a Apsirto; cederam por coação, portanto. E eles apressaram-se em partir, mas Apsirto, ao receber Habrocomes e Ântia, além de dois escravos, Leucon e Rhoda, levou-os para Tiro. Formavam um cortejo admirável e todos maravilharam-se com sua beleza. Como os bárbaros jamais antes tinham visto tal formosura, julgaram ser deuses os que tinham diante dos olhos e felicitaram Apsirto pelos escravos de que era proprietário. Após levá-los para casa, ele os entregou a um criado de confiança, ordenando que os mantivesse sob seus cuidados, pois projetava grande lucro se os vendesse pelo preço que valiam.

3. Habrocomes e seus próximos encontravam-se nessa situação quando, passados poucos dias, Apsirto foi tratar de outro negócio na Síria e sua filha, de nome Manto, apaixonou-se pelo rapaz. Ela era bela e já estava em idade de se casar, mas deixava muito a desejar diante da beleza de Ântia. Esta tal Manto foi arrebatada pelo convívio diário com Habrocomes e, sem poder se refrear, estava num impasse sobre o que fazer. O fato era que nem ousava falar diretamente com Habrocomes, pois sabia que tinha esposa e não tinha esperança alguma de seduzi-lo, nem a nenhum outro entre seus conhecidos por medo de seu pai.

δι' ἃ δὴ καὶ μᾶλλον ἀνεκαίετο καὶ διέκειτο πονήρως. καὶ οὐκέτι καρτεροῦσα ἔγνω πρὸς τὴν Ῥόδην, τὴν σύντροφον τῆς Ἀνθίας, οὖσαν ἡλικιῶτιν καὶ κόρην, κατειπεῖν τὸν ἔρωτα· ταύτην γὰρ μόνην ἤλπιζε συνεργήσειν αὐτῇ πρὸς τὴν ἐπιθυμίαν. καὶ δὴ σχολῆς λαβομένη ἄγει τὴν κόρην πρὸς τὰ πατρῷα ἐπὶ τῆς οἰκίας ἱερὰ καὶ δεῖται μὴ κατειπεῖν αὐτῆς καὶ ὅρκους λαμβάνει καὶ λέγει τὸν ἔρωτα τὸν Ἁβροκόμου καὶ ἱκετεύει συλλαβέσθαι καὶ πολλὰ ὑπέσχετο συλλαβομένῃ. ἔφη δ'· "Ἴσθι μὲν οἰκέτις οὖσα ἐμή, ἴσθι δὲ ὀργῆς πειρασομένη βαρβάρου καὶ ἠδικημένης." ταῦτα εἰποῦσα ἀπέπεμπε τὴν Ῥόδην. ἡ δὲ ἐν ἀμηχάνῳ κακῷ ἐγεγόνει· τό τε γὰρ εἰπεῖν Ἁβροκόμῃ παρῃτεῖτο, φιλοῦσα τὴν Ἀνθίαν, πάνυ δὲ ἐδεδοίκει τῆς βαρβάρου τὴν ὀργήν. ἔδοξεν οὖν αὐτῇ καλῶς ἔχειν Λεύκωνι πρῶτον ἀνακοινῶσαι τὰ ὑπὸ τῆς Μαντοῦς εἰρημένα. ἦν δὲ καὶ τῇ Ῥόδῃ κοινωνήματα ἐξαιρέτως γενόμενα πρὸς Λεύκωνα καὶ συνῇσαν ἀλλήλοις ἔτι ἐν Τύρῳ. τότε δὴ λαβομένη μόνου "ὦ Λεύκων" ἔφη, "ἀπωλώλαμεν τελέως νῦν οὐκέτι τοὺς συντρόφους ἕξομεν· ἡ τοῦ δεσπότου θυγάτηρ Ἀψύρτου ἐρᾷ μὲν Ἁβροκόμου σφοδρὸν ἔρωτα, ἀπειλεῖ δέ, εἰ μὴ τύχῃ, δεινὰ ἡμᾶς ἐργάσασθαι. σκόπει τοίνυν τί, δεῖ ποιεῖν· τὸ γὰρ ἀντειπεῖν τῇ βαρβάρῳ σφαλερόν, τὸ δὲ ἀποζεῦξαι Ἁβροκόμην Ἀνθίας ἀδύνατον." ἀκούσας ὁ Λεύκων δακρύων ἐπλήσθη, μεγάλας ἐκ τούτων συμφορὰς προσδοκῶν. ὀψὲ δὲ ἀνενεγκὼν "σιώπα" ἔφη, " Ῥόδη, ἐγὼ γὰρ ἕκαστα διοικήσω."

38 **Hysteron proteron**: figura de linguagem em que a ordem natural das ideias ou termos é invertido para dar destaque ao argumento. A ordem natural seria: "pediu que jurasse que não contaria nada".

Por isso se consumia e estava abatida. E não sendo mais capaz de resistir, decidiu confessar sua paixão a Rhoda, a criada de Ântia, uma moça da mesma idade, pois esperava que ela se tornasse sua cúmplice na realização de seu desejo. E surpreendendo-a num momento de folga, levou a moça até a propriedade paterna e o templo doméstico e pediu que nada contasse e jurasse.[38] Falou da paixão por Habrocomes, suplicou que colaborasse e prometeu muitas coisas, caso o fizesse. E disse:

– Saiba que você é minha escrava; saiba também que conhecerá a ira dos bárbaros, caso eu seja ultrajada.

Dizendo essas palavras, dispensou Rhoda. E essa ficou numa dificuldade irremediável: evitava falar com Habrocomes, por ser devotada a Ântia, mas temia a ira dos bárbaros. Decidiu que seria melhor compartilhar primeiro com Leucon o que Manto havia dito. Rhoda tinha se tornado íntima de Leucon e eles estavam ainda mais juntos em Tiro. Surpreendendo-o sozinho, disse:

– Estamos definitivamente perdidos, Leucon! Agora não mais teremos os companheiros. A filha do patrão, de Apsirto, nutre uma violenta paixão por Habrocomes e ameaça, caso não tenha sucesso, fazer coisas horríveis conosco. Considere então o que devemos fazer: contrariar a bárbara é arriscado; separar Habrocomes de Ântia é impossível.

Leucon ouviu e encheu-se de lágrimas, antevendo grandes infortúnios advindos dessa situação. Por fim refeito, disse:

– Cale-se, Rhoda, eu vou cuidar de tudo!

4. Ταῦτα εἰπὼν ἔρχεται πρὸς Ἁβροκόμην. τῷ δὲ ἄρα οὐδὲν ἔργον ἦν ἢ φιλεῖν Ἀνθίαν καὶ ὑπ' ἐκείνης φιλεῖσθαι καὶ λαλεῖν ἐκείνῃ καὶ ἀκούειν λαλούσης. ἐλθὼν δὲ παρ' αὐτοὺς "τί" ⟨φησι⟩ "ποιοῦμεν, σύντροφοι; τί δὲ βουλευόμεθα, οἰκέται; δοκεῖς τινι τῶν δεσποτῶν, Ἁβροκόμη, καλὸς ἡ θυγάτηρ ἡ Ἀψύρτου πονήρως ἐπὶ σοὶ διάκειται, καὶ ἀντειπεῖν ἐρώσῃ βαρβάρῳ παρθένῳ χαλεπόν. σὺ οὖν ὅπως σοι δοκεῖ βουλευσάμενος σῶσον ἡμᾶς ἅπαντας καὶ μὴ περιίδῃς ὀργῇ δεσποτῶν ὑποπεσόντας."

Ἀκούσας ὁ Ἁβροκόμης εὐθὺς μὲν ὀργῆς ἐνεπλήσθη, ἀναβλέψας δὲ ἀτενὲς εἰς τὸν Λεύκωνα "ὦ πονηρὲ" ἔφη "καὶ Φοινίκων τῶν ἐνταῦθα βαρβαρώτερε, ἐτόλμησας εἰπεῖν πρὸς Ἁβροκόμην τοιαῦτα ῥήματα καὶ παρούσης Ἀνθίας ἄλλην παρθένον μοι διηγῇ; δοῦλος μέν εἰμι, ἀλλὰ συνθήκας οἶδα τηρεῖν. ἔχουσιν ἐξουσίαν μου τοῦ σώματος, τὴν ψυχὴν δὲ ἐλευθέραν ἔχω. ἀπειλείτω νῦν, εἰ θέλει, Μαντὼ ξίφη καὶ βρόχους καὶ πῦρ καὶ πάντα ὅσα δύναται σῶμα ἐνεγκεῖν οἰκέτου· οὐ γὰρ ἄν ποτε πεισθείην ἑκὼν . Ἀνθίαν ἀδικῆσαι." ὁ μὲν ταῦτα ἔλεγεν, ἡ δὲ Ἀνθία ὑπὸ ⟨τῆς⟩ συμφορᾶς ἔκειτο ἀχανής, οὐδὲ προσφθέγξασθαί τι δυναμένη. ὀψὲ δὲ καὶ μόλις αὐτὴν ἐγείρασα "ἔχω μέν" φησιν, "Ἁβροκόμη, τὴν εὔνοιαν τὴν σὴν καὶ στέργεσθαι διαφερόντως ὑπὸ σοῦ πεπίστευκα, ἀλλὰ δέομαί σου, τῆς ψυχῆς καὶ τῆς ἐμῆς δέσποτα, μὴ προδῷς ἑαυτὸν μηδὲ εἰς ὀργὴν ἐμβάλῃς βαρβαρικήν, συγκατάθου δὲ τῇ τῆς δεσποίνης ἐπιθυμίᾳ· κἀγὼ ὑμῖν ἄπειμι ἐκποδών, ἐμαυτὴν ἀποκτείνασα. τοσοῦτόν σου δεήσομαι· θάψον αὐτὸς καὶ φίλησον πεσοῦσαν καὶ μέμνησο Ἀνθίας."

39 Apresenta-se aqui a tópica do "amor além da morte", bastante presente na elegia, notadamente em Propércio (I.19), note-se, contudo, que novamente invertem-se as convenções de gênero pois é a mulher, Ântia, quem se imagina morta.

4. Dizendo essas palavras, vai até Habrocomes. Para ele não havia então nenhuma ocupação além de amar Ântia e ser por ela amado; conversar com ela e escutá-la falar. Foi até eles e disse:

– O que fazer, colegas? Quais os planos, escravos? Habrocomes, um dos patrões acha que você é belo. A filha de Apsirto está prostrada por sua causa e contrariar uma moça bárbara apaixonada é difícil. Considere, então, após refletir, como salvar todos nós e não fique indiferente enquanto sucumbimos à ira dos patrões.

Ao ouvir, Habrocomes imediatamente encheu-se de ira. Olhando fixamente para Leucon, disse:

– Seu desgraçado, mais bárbaro do que os fenícios daqui! Você ousou dirigir a Habrocomes palavras tais e, estando Ântia presente, entrar em detalhes comigo a respeito de outra moça? Sou um escravo, mas sei manter meus votos. Eles têm posse do meu corpo, mas minha alma, tenho-a livre. Que Manto ameace agora mesmo, se quiser, com faca, forca e fogo, tudo quanto pode o corpo de um escravo aturar; jamais serei persuadido a, de livre vontade, ultrajar Ântia.

E enquanto ele dizia essas palavras, Ântia jazia boquiaberta diante do infortúnio, incapaz mesmo de pronunciar um som. Por fim, ela se recuperou com dificuldade e disse:

– Gozo de sua afeição, Habrocomes, e estou convencida de ser especialmente querida por você, mas eu te peço, senhor de minha alma, não traia a si mesmo nem recaia em ira de bárbaros, ceda ao desejo da patroa! Quanto a mim, saio do caminho, matando-me. Só peço o seguinte: que você mesmo me enterre, beije-me quando estiver por terra e lembre-se de Ântia.[39]

Ταῦτα πάντα εἰς μείζονα συμφορὰν τὸν Ἁβροκόμην ἦγε καὶ ἠπόρει ὅστις γένηται.

5. Καὶ οἱ μὲν ἐν τούτοις ἦσαν, ἡ δὲ Μαντὼ χρονιζούσης τῆς Ῥόδης οὐκέτι καρτεροῦσα γράφει γραμμάτιον πρὸς τὸν Ἁβροκόμην. ἦν δὲ τὰ ἐγγεγραμμένα τοιάδε·

"Ἁβροκόμῃ τῷ καλῷ δέσποινα ἡ σὴ χαίρειν.

Μαντὼ ἐρᾷ σου. μηκέτι φέρειν δυναμένη ἀπρεπὲς μὲν ἴσως παρθένῳ, ἀναγκαῖον δὲ φιλούσῃ δέομαι. μή μὲ παρίδῃς μηδὲ ὑβρίσῃς τὴν τὰ σὰ ᾑρημένην· ἐὰν γὰρ πεισθῇς, πατέρα τὸν ἐμὸν Ἄψυρτον ἐγῷ πείσω σοί με συνοικίσαι, καὶ τὴν νῦν σοι γυναῖκα ἀποσκευασόμεθα, πλουτήσεις δὲ καὶ μακάριος ἔσῃ· ἐὰν δὲ ἀντείπῃς, ἐννόει μὲν οἷα πείσῃ τῆς ὑβρισμένης ἑαυτὴνἐκδικούσης, οἷα δὲ οἱ μετὰ σοῦ, κοινωνοὶ τῆς σῆς ὑπερηφανίας ⟨καὶ⟩ σύμβουλον γενόμενοι."

Τοῦτο τὸ γράμμα χαβοῦσα καὶ κατασημηναμένη δίδωσι θεραπαίνῃ τινὶ ἑαυτῆς βαρβάρῳ, εἰποῦσα Ἁβροκόμῃ κομίζειν. ὁ δὲ ἔλαβε καὶ ἀνέγνω καὶ πᾶσι μὲν ἤχθετο τοῖς ἐγγεγραμμένοις, μάλιστα δὲ αὐτὸν ἐλύπει τὰ περὶ τῆς Ἀνθίας. κἀκείνην μὲν τὴν πινακίδα κατέχει, ἄλλην δὲ ἐγγράφει καὶ δίδωσι τῇ θεραπαίνῃ. ἦν δὲ τὰ γεγραμμένα ⟨τοιάδε⟩·

"δέσποινα, ὅ τι βούλει ποίει καὶ χρῶ σώματι ὡς οἰκέτου· καὶ εἴτε ἀποκτείνειν θέλεις, ἕτοιμος, εἴτε βασανίζειν, ὅπως ἐθέλεις βασάνιζε· εἰς εὐνὴν δὲ τὴν σὴν ob ἂν ἔλθοιμι οὔτε ἂν τοιαῦτα πεισθείην κελευούσῃ."

---

40 A edição de O'Sullivan traz: ... ἀναγκαῖον δὲ φιλούσῃ δέομαι. Em Henderson está: ...ἀναγκαῖον δὲ φιλούσῃ. δέομαι... Sigo a segunda leitura.

Tudo isso levou Habrocomes ao maior dos infortúnios e ele estava sem saber o que seria dele.

5. E enquanto eles se encontravam nessa situação, como Rhoda delongasse, Manto, sem poder se refrear, escreve uma carta a Habrocomes. O conteúdo era o seguinte:

> "Ao belo Habrocomes saúda sua senhora e dona.
> Manto está apaixonada por você. Sem poder mais suportar, de forma indecorosa, talvez, para uma moça solteira, mas forçosa para a que ama, peço que não me menospreze, nem trate mal aquela que o escolheu.[40] De fato, se você concordar, eu convencerei Apsirto, meu pai, a nos unir em casamento e nos desembaraçaremos de sua atual mulher. Você terá uma vida rica e opulenta. Mas caso se oponha, considere o quanto sofrerá da parte da ofendida quando ela se vingar, o quanto também sofrerão seus companheiros, que são sócios na sua arrogância e seus conselheiros."

Com a carta em mãos, aplicou-lhe um selo e deu-a a uma de suas criadas bárbaras, dizendo que a entregasse a Habrocomes. Após a receber e ler, ele afligiu-se com tudo que lá estava, mas inquietava-se sobretudo a respeito de Ântia. Ele reteve aquela tabuinha, escreveu em outra sua resposta e deu à criada. O conteúdo era o seguinte:

> "Senhora, o que queira, faça e valha-se de meu corpo como se o de um escravo fosse. E mesmo que queira matar-me, estou preparado; mesmo que queira torturar-me, do modo que for, torture. Em seu leito não entraria e nem obedeceria a tais ordens mesmo que mandasse."

Λαβοῦσα ταῦτα τὰ γράμματα ἡ Μαντὼ ἐν ὀργῇ ἀκατασχέτῳ γίνεται καὶ ἀναμίξασα πάντα, φθόνον [καὶ], ζηλοτυπίαν, λύπην, φόβον, ἐνενόει ὅπως τιμωρήσαυτο τὸν ὑπερηφανοῦντα.

Καὶ δὴ καὶ ἐν τούτῳ ἔρχεται μὲν ἀπὸ Συρίας Ἄψυρτος, ἄγων τινὰ τῇ θυγατρὶ νυμφίον ἐκεῖθεν, Μοῖριν ὄνομα, ὡς δὲ ἀφίκετο, εὐθὺς ἡ Μαντὼ τὴν κατὰ Ἀβροκόμου τέχνην συνετάττετο καὶ σπαράξασα τὰς κόμας καὶ περιρρηξαμένη τὴν ἐσθῆτα, ὑπαντήσασα τῷ πατρὶ καὶ προσπεσοῦσα πρὸς τὰ γόνατα "οἴκτειρον" ἔφη, "πάτερ, θυγατέρα τὴν σὴν ὑβρισμένην ὑπὸ οἰκέτου· ὁ γὰρ σώφρων Ἀβροκόμης ἐπείρασε μὲν παρθενίαν τὴν ἐμὴν ἀφανίσαι, ἐπεβούλευσε δὲ καὶ σοί, λέγων ἐρᾶν μου. σὺ οὖν ὑπὲρ τηλικούτων τετολμημένων εἴσπραξαι παρ' αὐτοῦ τιμωρίαν τὴν ἀξίαν, ἢ εἰ δίδως ἔκδοτον θυγατέρα τὴν σὴν τοῖςοἰκέταις, ἐμαυτὴν φθάσασα ἀποκτενῶ."

6. Ἀκούσας ὁ Ἄψυρτος καὶ δόξας ἀληθῆ λέγειν αὐτὴν ἠρεύνησε μὲν τὸ πραχθὲν οὐκέτι, μεταπεμψάμενος δὲ τὸν Ἀβροκόμην "ὦ πονηρὰ καὶ μιαρὰ" εἶπεν "κεφαλή, ἐτόλμησας εἰς δεσπότας τοὺς σοὺς ὑβρίσαι καὶ διαφθεῖραι παρθένον ἠθέλησας οἰκέτης ὤν; ἀλλ' οὔτι χαιρήσεις· ἐγὼ γάρ σε τιμωρήσομαι καί τοῖς ἄλλοις οἰκέταις τὴν σὴν αἰκίαν ποιήσομαι παράδειγμα." εἰπὼν, οὐκέτι ἀνασχόμενος οὐδὲ λόγου ἀκοῦσαν ἐκέλευε περιρρῆξαι τὴν ἐσθῆτα αὐτοῦ τοῖς οἰκέταις καὶ φέρειν πῦρ καὶ μάστιγας καὶ παίειν τὸ μειράκιον. ἦν δὲ τὸ θέαμα ἐλεεινόν·

---

41 Apresenta-se aqui o motivo da mulher de Potifar, assim denominado a partir do episódio bíblico de José com a mulher do chefe da Guarda do Faraó (*Gênesis* 39). O mesmo motivo, da vingança ca-

Ao receber a carta, Manto foi tomada de uma ira incontrolável e, em meio a uma confusão de sentimentos – inveja, ciúme, dor, medo –, refletiu como se vingaria do arrogante.

E inclusive, naquele dia, Apsirto voltou da Síria, trazendo de lá um noivo para a filha, cujo nome era Méris. Assim que ele chegou, Manto pôs em prática o ardil contra Habrocomes. Desgrenhando os cabelos e rasgando as vestes, foi ao encontro do pai e, caindo aos seus joelhos, disse:

– Pai, tem piedade de sua filha, ultrajada por um escravo! O casto Habrocomes tentou roubar-me a virgindade e, ao dizer-se apaixonado por mim, intentou contra você também. Em vista de tamanha audácia, aplique-lhe um castigo digno, ou, se você entrega sua filha de bandeja aos escravos, antes me mato![41]

6. Após ouvir e julgar que ela falava a verdade, Apsirto não investigou os fatos. Mandando buscar Habrocomes, disse:

– Tipo vil e asqueroso! Você ousou ultrajar os seus patrões e quis atentar contra uma moça virgem? Você, um escravo? Mas sua alegria vai durar pouco, pois vou me vingar e farei de seu tormento exemplo para os outros escravos.

Disse e, recusando-se a escutar explicações, ordenou aos escravos que lhe rasgassem as vestes, trouxessem fogo e açoites e que batessem no rapaz. Foi um espetáculo digno de piedade!

luniosa de uma amante desprezada, encontra-se, entre os gregos, em Homero, na relação entre Anteia e Belerofonte (*Ilíada* 6.160) e na tragédia *Hipólito*, de Eurípides.

αἵ τε γὰρ πληγαὶ τὸ σῶμα πᾶν ἠφάνιζον βασάνων ἄηθες ὂν οἰκετικῶν, τό τε αἷμα κατέρρει πᾶν καὶ τὸ κάλλος ἐμαραίνετο. προσῆγεν αὐτῷ καὶ δεσμὰ φοβερὰ καὶ πῦρ καὶ μάλιστα ἐχρῆτο ταῖς βασάνοις κατ' αὐτοῦ τῷ νυμφίῳ τῆς θυγατρὸς ἐνδεικνύμενος ὅτι σώφρονα παρθένον ἄξεται. ἐν τούτῳ ἡ Ἀνθία προσπίπτει τοῖς γόνασι τοῦ Ἀψύρτου καὶ ἐδεῖτο ὑπὲρ Ἁβροκόμου, ὁ δὲ "ἀλλὰ καὶ μᾶλλον" ἔφη "διὰ σὲ κολασθήσεται, ὅτι καὶ σὲ ἠδίκησε, γυναῖκα ἔχων ἄλλης ὁ ἐρῶν." καὶ τότε ἐκέλευσε δήσαντας αὐτὸν ἐγκαθεῖρξαί τινι οἰκήματι σκοτεινῷ.

7. Καὶ ὁ μὲν ἐδέδετο καὶ ἦν ἐν εἱρκτῇ, δεινὴ δὲ αὐτὸν ἀθυμία καταλαμβάνει καὶ μάλιστα ἐπεὶ Ἀνθίαν οὐχ ἑώρα, ἐζήτει δὲ θανάτου τρόπους πολλούς, ἀλλ' εὕρισκεν οὐδένα, πολλῶν τῶν φρουρούντων ὄντων· ὁ δὲ Ἄψυρτος ἐποίει τῆς θυγατρὸς τοὺς γάμους καὶ ἑώρταζον πολλαῖς ἡμέραις. Ἀνθίᾳ δὲ πάντα πένθος ἦν, καὶ εἴποτε δυνηθείη πεῖσαι τοὺς ἐπὶ τοῦ δεσμωτηρίου, εἰσῄει πρὸς Ἁβροκόμην λανθάνουσα καὶ κατωδύρετο τὴν συμφοράν. ὡς δὲ ἤδη παρεσκευάζοντο εἰς Συρίαν ἀπιέναι, προέπεμψεν ὁ Ἄψυρτος τὴν θυγατέρα μετὰ δώρων πολλῶν· ἐσθῆτάς τε τὰς Βαβυλωνίους καὶ χρυσὸν ἄφθονον καὶ ἄργυρον ἐδίδου, ἐδωρήσατο δὲ τῇ θυγατρὶ Μαντοῖ ⟨καὶ⟩ τὴν Ἀνθίαν καὶ τὴν Ῥόδην καὶ τὸν Λεύκωνα. ὡς οὖν ταῦτα ἔγνω ἡ Ἀνθία καὶ ὅτι εἰς Συρίαν ἀναχθήσεται μετὰ Μαντοῦς, δυνηθεῖσα εἰσελθεῖν εἰς τὸ δεσμωτήριον, περιπλεξαμένη τῷ Ἁβροκόμῃ "δέσποτα" εἶπεν, "Εἰς Συρίαν ἄγομαι δῶρον δοθεῖσα τῇ Μαντοῖ καὶ εἰς χεῖρας τῆς ζηλοτυπούσης παραδίδομαι, σὺ δὲ ἐν τῷ δεσμωτηρίῳ μείνας οἰκτρῶς ἀποθνήσκεις, οὐκ ἔχων οὐδὲ ὅστις σου τὸ σῶμα κοσμήσει. ἀλλ' ὀμνύω σοι τὸν ἀμφοτέρων δαίμονα ὡς ἐγὼ μενῶ σὴ καὶ ζῶσα κἂν ἀποθανεῖν δεήσῃ."

Os golpes deformavam o corpo desacostumado às torturas usuais aos escravos; o sangue escorria por toda parte e a beleza era consumida. Aplicou-lhe correias temíveis e fogo, valeu-se dos piores castigos para mostrar ao noivo da filha que a moça era casta.

Nisso, Ântia caiu aos joelhos de Apsirto e suplicou por Habrocomes. E ele lhe disse:

– Por sua causa ele será mais castigado, porque também errou com você em, mesmo tendo uma esposa, apaixonar-se por outra mulher.

E então ordenou que o amarrassem e detivessem em uma cela escura.

7. E ele estava amarrado e na cadeia. Um desânimo terrível tomava conta dele, já que estava privado da visão de Ântia, e procurava a morte de muitas maneiras, mas não encontrava nenhuma – eram muitos os guardas. Enquanto isso, Apsirto realizou o casamento da filha e festejaram por muitos dias. Para Ântia, a dor era absoluta e, caso conseguisse persuadir os encarregados da prisão, ia até Habrocomes sem ser notada e lamentava seu infortúnio. Quando já preparavam o regresso para Síria, Apsirto mandou com a filha muitos presentes; dava vestes babilônicas, ouro e prata sem fim, também deu de presente à sua filha, Manto, Ântia, Rhoda e Leucon. Quando Ântia soube disso, que seria levada à Síria com Manto, como pôde entrar na prisão, abraçando Habrocomes, disse:

– Senhor meu, sou levada a Síria, pois fui dada como presente a Manto e estou entregue nas mãos da ciumenta. E você, ao permanecer na prisão, morre lamentavelmente, sem ter ao menos quem ministre os últimos cuidados ao seu corpo. Mas juro a você, pela divindade que nos protege, que eu permanecerei sua quer viva, quer seja necessário morrer.

Ταῦτα λέγουσα ἐφίλει τε αὐτὸν καὶ περιέβαλλε καὶ τὰ δεσμὰ ἠσπάζετο καὶ τῶν ποδῶν προὐκυλίετο.

8. Τέλος δὲ ἡ μὲν ἔξῄει τοῦ δεσμωτηρίου, ὁ δὲ ὡς εἶχεν ἑαυτὸν ἐπὶ γῆς ῥίψας ἔστενεν, ἔκλαιεν "ὦ πάτερ" λέγων "φίλτατε, ὦ μῆτερ Θεμιστώ, ποῦ μὲν ἡ ἐν Ἐφέσῳ δοκοῦσά ποτε εὐδαιμονία; ποῦ δὲ οἱ λαμπροὶ καὶ οἱ περίβλεπτοι Ἀνθία καὶ Ἁβροκόμης οἱ καλοί; ἡ μὲν οἴχεται πόρρω ποι τῆς γῆς αἰχμάλωτος, ἐγὼ δὲ καὶ τὸ μόνον ἀφῄρημαι παραμύθιον καὶ τεθνήξομαι δυστυχὴς ἐν δεσμωτηρίῳ μόνος."

Ταῦτα λέγοντα αὐτὸν ὕπνος καταλαμβάνει, καὶ αὐτῷ ὄναρ ἐφίσταται· ἔδοξεν ἰδεῖν αὐτοῦ τὸν πατέρα Λυκομήδη ἐν ἐσθῆτι μελαίνῃ πλανώμενον κατὰ πᾶσαν γῆν καὶ θάλατταν, ἐπιστάντα δὲ τῷ δεσμωτηρίῳ λῦσαί τε αὐτὸν καὶ ἀφιέναι ἐκ τοῦ οἰκήματος· αὐτὸν δὲ ἵππον γενόμενον ἐπὶ πολλὴν φέρεσθαι γῆν διώκοντα ἵππον ἄλλην θήλειαν καὶ τέλος εὑρεῖν τὴν ἵππον καὶ ἄνθρωπον γενέσθαι. ταῦτα ὡς ἔδοξεν ἰδεῖν, ἀνέθορέ τε καὶ μικρὰ εὔελπις ἦν.

9. Ὁ μὲν οὖν ἐν τῷ δεσμωτηρίῳ κατεκέκλειστο, ἡ δὲ Ἀνθία εἰς Συρίαν ἤγετο καὶ ὁ Λεύκων καὶ ἡ Ῥόδη. ὡς δὲ ἧκον οἱ περὶ τὴν Μαντὼ εἰς Ἀντιόχειαν (ἐκεῖθεν γὰρ ἦν Μοῖρις), ἐμνησικάκει μὲν καὶ τὴν Ῥόδην, ἐμίσει δὲ καὶ τὴν Ἀνθίαν. καὶ δὴ τὴν μὲν Ῥόδην εὐθὺς μετὰ τοῦ Λεύκωνος κελεύει ἐμβιβάσαντάς τινας πλοίῳ πορρωτάτω τῆς Συρίων ἀποδόσθαι γῆς, τὴν δὲ Ἀνθίαν οἰκέτῃ συνουσιάζειν ἐνενόει καὶ ταῦτα τῶν ἀτιμοτάτων, αἰπόλῳ τινὶ ἀγροίκῳ, ἡγουμένη διὰ τούτου τιμωρήσασθαι αὐτήν. μεταπέμπεται δὲ τὸν αἰπόλον, Λάμπωνα τοὔνομα,

---

42 Consumada a separação do par amoroso, nota-se a preocupação em indicar a sincronicidade das ações de Ântia e Habrocomes através do emprego das partículas correlativas *mén* e *dé*.

Ao dizer essas palavras, beijava e abraçava-o, agarrava-se a suas correntes e rolava aos seus pés.

8. Por fim, assim que ela deixou a prisão, ele atirou-se ao chão, como estava, lamentava e chorava, dizendo:

– Pai querido, mãe Temiste! Cadê a felicidade que nos foi um dia reputada em Éfeso? Cadê os ilustres e admirados Ântia e Habrocomes, os belos? Ela, cativa, parte para bem longe, enquanto eu sou privado do meu único consolo e, miserável, estarei fadado à morte na prisão, sozinho.

Ao dizer essas palavras, o sono apoderou-se dele e um sonho pôs-se a seu lado. Julgou ver seu pai, Licomedes, vestido de preto, vagando por toda terra e mar. Posto junto à prisão, desamarrava e libertava-o da cela e ele, transformando-se em um cavalo, percorria muitas terras perseguindo outro cavalo, uma fêmea. Por fim, encontrava a égua e voltava à forma humana. Por julgar ter tido tais visões, pôs-se de pé num pulo e ficou um pouco mais esperançoso.

9. Enquanto ele estava encarcerado na prisão, Ântia seguia para Síria com Leucon e Rhoda.[42] Quando os acompanhantes de Manto chegaram a Antioquia (Méris era de lá), ela ainda guardava rancor contra Rhoda, tinha ódio também de Ântia. Deu ordens que embarcassem Rhoda, e junto com ela Leucon, em um navio, e os vendessem o mais longe possível da Síria. Quanto a Ântia, planejou fazê-la concubina de um servo e dos mais desprezíveis, um rude pastor, imaginando com isso vingar-se dela. Mandou chamar o pastor, de nome Lampão,

καὶ, παραδίδωσι τὴν Ἀνθίαν καὶ κελεύει γυναῖκα ἔχειν, καὶ ἐὰν ἀπειθῇ προσέταττε βιάζεσθαι. καὶ ἡ μὲν ἤγετο ἐπ' ἀγρὸν συνεσομένη τῷ αἰπόλῳ, γενομένη δὲ ἐν τῷ χωρίῳ ἔνθα ὁ Λάμπων ἔνεμε τὰς αἶγας, προσπίπτει τοῖς γόνασιν αὐτοῦ καὶ ἱκετεύει κατοικτεῖραι, καὶ τηρῆσαι ⟨ἁγνήν⟩. διηγεῖται δὲ ἥτις ἦν, τὴν προτέραν εὐγένειαν, τὸν ἄνδρα, τὴν αἰχμαλωσίαν. ἀκούσας δὲ ὁ Λάμπων οἰκτείρει τὴν κόρην καὶ ὄμνυσιν ἦ μὴν φυλάξειν ἀμόλυντον, καὶ θαρρεῖν παρεκελεύετο.

10. Καὶ ἡ μὲν παρὰ τῷ αἰπόλῳ ἦν ἐν τῷ χωρίῳ πάντα χρόνον Ἁβροκόμην θρηνοῦσα, ὁ δὲ Ἄψυρτος ἐρευνώμενος τὸ οἰκημάτιον ἔνθα ὁ Ἁβροκόμης πρὸ τῆς κολάσεως διῆγεν, ἐπιτυγχάνει τῷ γραμματιδίῳ τῷ Μαντοῦς πρὸς Ἁβροκόμην καὶ γνωρίζει τὰ γράμματα, καὶ ὅτι ἀδίκως Ἁβροκόμην τιμωρεῖται, ἔμαθεν. εὐθὺς οὖν λῦσαί τε αὐτὸν προσέταξε καὶ ἀγαγεῖν εἰς ὄψεις. πονηρὰ δὲ καὶ ἐλεεινὰ πεπονθὼς προσπίπτει τοῖς γόνασι τοῖς Ἀψύρτου, ὁ δὲ αὐτὸν ἀνίστησι καὶ "θάρσει" ἔφη, "ὦ μειράκιον· ἀδίκως σου κατέγνων πεισθεὶς θυγατρὸς λόγοις, ἀλλὰ νῦν μέν σε ἐλεύθερον ἀντὶ δούλου ποιήσω, δίδωμι δέ σοι τῆς οἰκίας ἄρχειν τῆς ἐμῆς καὶ γυναῖκα ἄξομαι τῶν πολιτῶν τινος θυγατέρα. σὺ δὲ μὴ μνησικακήσῃς τῶν γεγενημένων· οὐ γὰρ ἑκὼν σε ἠδίκησα." ταῦτα ἔλεγεν ὁ Ἄψυρτος. ὁ δὲ Ἁβροκόμης "ἀλλὰ χάρις" ἔφη "σοι, δέσποτα, ὅτι καὶ τὸ ἀληθὲς ἔμαθες καὶ τῆς σωφροσύνης ἀμείβῃ με."

43 A situação de Ântia frente ao pastor remete à de Electra, na tragédia homônima de Eurípides. Forçada por Egisto e Clitemnestra a desposar um servo da casa, um honrado camponês, Electra ganha a simpatia do marido que a mantém casta, elegível para um futuro matrimônio digno de sua condição social.

entregou-lhe Ântia e ordenou que a tomasse por mulher, e se desobedecesse, mandou que a forçasse. E ela foi levada ao campo para coabitar com o pastor. Chegando à terra onde Lampão apascentava as cabras, deixou-se cair aos seus joelhos e suplicou que tivesse piedade e guardasse sua castidade. Contou quem era, de sua origem ilustre, de seu marido, da captura. Depois de ouvi-la, Lampão apiedou-se da moça, jurou mantê-la intocada, e recomendou que tivesse coragem.[43]

10. E enquanto ela estava na companhia do pastor, o tempo todo pranteando Habrocomes, Apsirto dá uma busca no aposento ocupado por ele antes da punição. Depara-se com a carta de Manto para Habrocomes, reconhece a letra e compreende que se vingara dele injustamente. Assim, imediatamente manda que o soltem e conduzam-no a sua presença.

Abatido e digno de piedade, deixou-se cair aos joelhos de Apsirto. Ele o ergueu e falou:

– Coragem, meu rapaz! Reconheço que fui injusto com você ao dar crédito às alegações de minha filha. Mas agora, em lugar de escravo, farei de você um homem livre, entrego-lhe a administração de minha casa e celebrarei seu casamento com a filha de um dos cidadãos. Quanto a você, não guarde rancor pelo acontecido. Foi sem querer que lhe fiz mal.

Mal Apsirto dizia essas palavras, Habrocomes falou:

– Agradeço-lhe, senhor, por ter compreendido a verdade e buscar recompensar-me pelo meu comedimento.

ἔχαιρον δὴ πάντες οἱ κατὰ τὴν οἰκίαν ὑπὲρ Ἁβροκόμου καὶ χάριν ᾔδεσαν ὑπὲρ αὐτοῦ τῷ δεσπότῃ. αὐτὸς δὲ ἐν μεγάλῃ συμφορᾷ κατὰ Ἀνθίαν ἦν, ἐνενόει δὲ πρὸς ἑαυτὸν πολλάκις· "τί δὲ ἐλευθερίας ἐμοί; τί δὲ πλούτων καὶ ἐπιμελείας τῶν Ἀψύρτου χρημάτων; οὐ τοιοῦτον εἶναί με δεῖ· ἐκείνην καὶ ζῶσαν καὶ τεθνεῶσαν εὕροιμι."

Ὁ μὲν οὖν ἐν τούτοις ἦν, διοικῶν μὲν τὰ Ἀψύρτου, ἐννοῶν δὲ ὁπότε καὶ ποῦ τὴν Ἀνθίαν εὑρήσει ὁ δὲ Λεύκων καὶ ἡ Ῥόδη ἤχθησαν εἰς Λυκίαν εἰς πόλιν Ξάνθον (ἀνώτερον δὲ θαλάσσης ἡ πόλις) κἀνταῦθα ἐπράθησαν πρεσβύτῃ τινί, ὃς αὐτοὺς εἶχε μετὰ πάσης ἐπιμελείας, παῖδας αὐτοῦ νομίζων· καὶ γὰρ ἄτεκνος ἦν· διῆγον δὲ ἐν ἀφθόνοις μὲν πᾶσιν, ἐλύπουν δὲ αὐτοὺς Ἀνθία καὶ Ἁβροκόμης οὐχ ὁρώμενοι.

11. Ἡ δὲ Ἀνθία ἦν μέν τινα χρόνον παρὰ τῷ αἰπόλῳ, συνεχὲς δὲ ὁ Μοῖρις ὁ ἀνὴρ τῆς Μαντοῦς εἰς τὸ χωρίον ἐρχόμενος ἐρᾷ τῆς Ἀνθίας σφοδρὸν ἔρωτα. καὶ τὰ μὲν πρῶτα ἐπειρᾶτο λανθάνειν, τελευταῖον δὲ λέγει τῷ αἰπόλῳ τὸν ἔρωτα καὶ πολλὰ ὑπισχνεῖτο συγκρύψαντι. ὁ δὲ τῷ μὲν Μοίριδι συντίθεται, δεδοικὼς δὲ τὴν Μαντὼ ἔρχεται πρὸς αὐτὴν καὶ λέγει τὸν ἔρωτα τὸν Μοίριδος. ἡ δὲ ἐν ὀργῇ γενομένη "πασῶν" ἔφη "δυστυχεστάτη γυναικῶν ἐγώ· τὴν ζήλην περιάζομαι, δι' ἣν τὰ μὲν πρῶτα ἐν Φοινίκῃ ἀφῃρέθην ἐρωμένου, νυνὶ δὲ κινδυνεύω τοῦ ἀνδρός. ἀλλ' οὐ χαίρουσά γε Ἀνθία φανεῖται καλὴ καὶ Μοίριδι· ἐγὼ γὰρ αὐτὴν καὶ ὑπὲρ τῶν ἐν Τύρῳ πράξομαι δίκας."

---

44 Xanto, a principal cidade da Lícia, corresponde hoje a Kinik, na Turquia.

E todos que habitavam a casa alegraram-se por Habrocomes e ficaram agradecidos ao patrão por sua causa. Ele, no entanto, estava em grande aflição por causa de Ântia e pensava consigo mesmo vezes seguidas:

– Para que a liberdade? Para que riqueza e o cuidado com os bens de Apsirto? Não preciso disso para viver. Quem dera eu a encontre, viva ou morta!

E ele estava nisso, administrando os bens de Apsirto, pensando quando e onde buscaria Ântia. Leucon e Rhoda foram levados para a cidade de Xanto, na Lícia (a cidade ficava longe do mar),[44] e lá foram vendidos a um senhor idoso, que lhes dispensava todo cuidado, como se fossem seus filhos, já que não os tinha. Levavam a vida sem qualquer privação, mas entristecia-os não ter a companhia de Ântia e Habrocomes.

11. Ântia vivia já há algum tempo na companhia do pastor, mas Méris, o marido de Manto, que vinha assiduamente ao campo, foi tomado de uma violenta paixão por ela. Num primeiro momento tentou ignorá-la, mas, por fim, falou ao pastor de sua paixão e prometeu muitos favores se ele encobrisse o caso. E ele entrou em acordo com Méris, mas, com medo de Manto, foi até ela e contou que seu marido estava apaixonado. Tomada de ira, disse:

– De todas as mulheres sou a mais desgraçada! Trarei sempre comigo a rival? Por sua causa, antes, na Fenícia, fiquei sem o amante e agora corro o risco de ficar sem o marido. Mas Ântia não terá do que se alegrar por parecer bela também a Méris. Eu vou puni-la por isso e também pelo acontecido em Tiro.

Τότε μὲν οὖν τὴν ἡσυχίαν ἤγαγεν, ἀποδημήσαντος δὲ τοῦ Μοίριδος μεταπέμσεται τὸν αἰπόλον καὶ κελεύει λαβόντα τὴν Ἀνθίαν εἰς τὸ δασύτατον ἀγαγόντα τῆς ὕλης. ἀποκτεῖναι καὶ τούτου μισθὸν αὐτῷ δώσειν ὑπέσχετο. ὁ δὲ οἰκτείρει μὲν τὴν κόρην, δεδοικὼς δὲ τὴν Μαντὼ ἔρχεται παρὰ τὴν Ἀνθίαν καὶ λέγεν τὰ κατ᾽ αὐτῆς δεδογμένα. ἡ δὲ ἀνεκώκυσέ τε καὶ ἀνωδύρετο, "φεῦ" λέγουσα "τοῦτο τὸ κάλλος ἐπίβουλον ἀμφοτέροις πανταχοῦ· διὰ τὴν ἄκαιρον εὐμορφίαν Ἁβροκόμης μὲν ἐν Τύρῳ τέθνηκεν, ἐγὼ δὲ ἐνταῦθα. ἀλλὰ δέομαί σου, Λάμπων αἰπόλε, ὡς μέχρι νῦν εὐσέβησας, ἂν ἀποκτείνῃς, κἂν ὀλίγον θάψον με τῇ παρακειμένῃ γῇ καὶ ὀφθαλμοῖς τοῖς ἐμοῖς χεῖρας ἐπίβαλε τὰς σὰς καὶ θάπτων συνεχὲς Ἁβροκόμην κάλει· αὕτη γένοιτ᾽ ἂν εὐδαίμων ἐμοὶ μετὰ Ἁβροκόμου ταφή."

Ἔλεγε ταῦτα, ὁ δὲ αἰπόλος εἰς οἶκτον ἔρχεται ἐννοῶν ὡς ἀνόσιον ἔργον ἐργάσεται κόρην οὐδὲν ἀδικοῦσαν ὁ ἀποκτείνας οὕτω καλήν. λαβὼν δὲ τὴν κόρην ὁ αἰπόλος φονεῦσαι μὲν οὐκ ἠνέσχετο, φράζει δὲ πρὸς αὐτὴν τάδε· "Ἀνθία, οἶδας ὅτι ἡ δέσποινα Μαντὼ ἐκέλευσέ μοι λαβεῖν καὶ φονεῦσαί, σε. ἐγὼ δὲ καὶ θεοὺς δεδιὼς καὶ τὸ κάλλος οἰκτείρας βούλομαί σε μᾶλλον πωλῆσαι πόρρω ποῦ τῆς γῆς ταύτης, μὴ μαθοῦσα ἡ Μαντὼ ὅτι οὐ τέθνηκας, ἐμὲ μᾶλλον κακῶς διαθήσει." ἡ δὲ μετὰ δακρύων λαβομένη τῶν ποδῶν αὐτοῦ ἔφη·

---

45 Essa oração é bem ilustrativa do processo de composição de Xenofonte, que usa uma escrita altamente convencional, fundada em expressões recorrentes. Por exemplo: "E ele apiedou-se da moça" retoma 2.9.4, com a variante "Lampão apiedou-se..."

E então ela permaneceu calma, mas, quando Méris viajou para fora da cidade, mandou chamar o pastor e ordenou que pegasse Ântia e, levando-a à parte mais densa da floresta, a matasse. E prometeu-lhe um pagamento por isso. E ele apiedou-se da moça, mas, com medo de Manto, foi até Ântia e contou o que fora decidido a seu respeito.⁴⁵ E ela soltou um grito lancinante e desatou a chorar, dizendo:

– Ai, ai! Como é traiçoeira a beleza para nós dois em toda parte! Por causa da formosura ímpar, Habrocomes encontrou a morte em Tiro, e eu, aqui. Mas eu te peço, pastor Lampão, que até agora teve atitude respeitosa, se me matar, enterre-me mesmo que em cova rasa em terra próxima daqui, coloca suas mãos sobre os meus olhos e, ao sepultar-me, chama Habrocomes repetidamente. Feliz sepultura seria esta para mim, junto de Habrocomes!

Enquanto dizia essas palavras, o pastor comovia-se, refletindo que ato ímpio obraria matando uma moça tão bela que não cometera crime algum. Com ela entre as mãos, o pastor não concebia assassiná-la, mas disse-lhe o seguinte:

– Ântia, você sabe que Manto, nossa senhora, ordenou-me que a pegasse e assassinasse. Eu, contudo, por medo dos deuses e por me apiedar de sua beleza, prefiro vendê-la para algum lugar bem longe dessa terra. Temo que Manto, se souber que você não está morta, me trate de forma cruel.

E ela, em lágrimas, enquanto segurava os pés dele, dizia:

(ὁ δὲ / ὁ Λάμπων οἰκτείρει τὴν κόρην); enquanto "mas, com medo de Manto, foi até Ântia e contou", aparece logo acima em 2.11.2, com a variante "foi até ela", i. e. Manto (δεδοικὼς δὲ τὴν Μαντὼ ἔχεται παρὰ τὴν Ἀνθίαν / πρός αὐτὴν καὶ λέγει).

"θεοὶ καὶ Ἄρτεμι πατρῷα, τὸν αἰπόλον ὑπὲρ τούτων τῶν ἀγαθῶν ἀμείψασθε", καὶ παρεκάλει πραθῆναι. ὁ δὲ αἰπόλος λαβόμενος τῆς Ἀνθίας ᾤχετο ἐπὶ τὸν λιμένα, εὑρὼν δὲ ἐκεῖ ἐμπόρους ἄνδρας Κίλικας ἀπέδοτο τὴν κόρην καὶ λαβὼν τὴν ὑπὲρ αὐτῆς τιμὴν ἧκεν εἰς τὸν ἀγρόν. οἱ δὲ ἔμποροι λαβόντες τὴν Ἀνθίαν εἰς τὸ πλοῖον ἦγον καὶ νυκτὸς ἐπελθούσης ᾔεσαν τὴν ἐπὶ, Κιλικίας. ἐναντίῳ δὲ πνεύματι κατεχόμενοι καὶ τῆς νεὼς διαρραγείσης μόλις ἐν σανίσι τινὲς σωθέντες ἐπ' αἰγιαλοῦ τινος ἦλθον· εἶχον δὲ καὶ τὴν Ἀνθίαν. ἦν δὲ ἐν τῷ τόπῳ ἐκείνῳ ὕλη δασεῖα. τὴν οὖν νύκτα ἐκείνην πλανώμενοι ἐν ταύτῃ τῇ ὕλῃ ὑπὸ τῶν περὶ τὸν Ἱππόθοον τὸν λῃστὴν συνελήφθησαν.

12. Ἐν δὲ τούτοις ἧκεν ἀπὸ τῆς Συρίας οἰκέτης [ὑπὸ] τῆς Μαντοῦς γράμματα κομίζων τῷ πατρὶ Ἀψύρτῳ τοιάδε·

"Ἔδωκάς με ἀνδρὶ ἐν ξένῃ. Ἀνθίαν δέ, ἣν μετὰ τῶν ἄλλων οἰκετῶν ἐδωρήσω μοι, πολλὰ διαπραξαμένην κακὰ εἰς ἀγρὸν οἰκεῖν ἐκελεύσαμεν. ταύτην συνεχῶς ἐν τῷ χωρίῳ θεώμενος ὁ καλὸς Μοῖρις ἐρᾷ, μηκέτι δὲ φέρειν δυναμένη μετεπεμψάμην τὸν αἰπόλον καὶ τὴν κόρην πραθῆναι πάλιν ἐκέλευσα ἐν πόλει τινὶ τῆς Συρίας."

Ταῦτα μαθὼν ὁ Ἀβροκόμης οὐκέτι μένειν ἐκαρτέρει. λαθὼν οὖν τὸν Ἄψυρτον καὶ πάντας τοὺς κατὰ τὸν οἶκον [εἰς] ἐπὶ ζήτησιν τῆς Ἀνθίας ἔρχεται. ἐλθὼν οὖν ⟨εἰς Ἀντιόχειαν, ἐγένετο⟩ ἐν τῷ ἀγρῷ ἔνθα μετὰ τοῦ αἰπόλου

---

46 A Cilícia era uma região ao sul da Ásia Menor onde hoje se situa a porção mediterrânica da Turquia. Na Antiguidade estava associada aos piratas.

47 **Hipótoo:** o nome, atestado, significa cavalo veloz. Assim como os piratas investiam contra os navios no mar, bandos de salteadores

— Deuses e Ártemis Patrona, recompensem o pastor por sua bondade!

E pediu para ser vendida.

O pastor, em posse de Ântia, foi até o porto e, encontrando por lá mercadores da Cilícia, vendeu a moça.[46] Após receber o preço por ela, retornou ao campo.

Os mercadores, em posse de Ântia, levaram-na para o navio e, quando veio a noite, seguiram rumo a Cilícia. Retidos por um vento adverso e com o barco destroçado, foi com dificuldade que alguns salvaram-se agarrados às pranchas e alcançaram a costa. Tinham também a Ântia. Havia naquele lugar uma floresta espessa. Naquela noite, vagando por essa floresta, foram surpreendidos pelo bando de Hipótoo, o bandido.[47]

12. Enquanto isso chegou da Síria um escravo trazendo a seguinte carta de Manto para seu pai, Apsirto:

> "Você me deu um marido em terra estrangeira. Ântia, que com outros escravos era parte de meu dote, depois de praticar muitas vilezas, mandei-a viver no campo. À força de vê-la com assiduidade na fazenda, o belo Méris apaixona-se. Sem poder suportar mais, mandei chamar o pastor e ordenei que fosse vendida novamente em alguma cidade síria."

Ao saber disto, Habrocomes não suportou ficar mais. Sem ser notado por Apsirto e pelos demais habitantes da casa, partiu em busca de Ântia. Chegando a Antioquia, apresentou-se no campo, ali onde Ântia havia vivido em companhia do pastor.

---

atacavam os viajantes por terra. A trajetória de Hipótoo, líder dos fora da lei, se cruzará à de Ântia e Habrocomes diversas vezes ao longo da narrativa. Sobre a bandidagem no império romano, cf. Riess (2010).

ἡ Ἀνθία διέτριβεν. ἄγει δὴ ⟨ἑαυτὸν⟩ παρὰ τὸν αἰπόλον τὸν Λάμπωνα [τὸν αἰπόλον], ᾧ πρὸς γάμον ἐδεδώκει τὴν Ἀνθίαν ἡ Μαντώ, ἐδεῖτο δὲ τοῦ Λάμπωνος εἰπεῖν αὐτῷ εἴ τι οἶδε περὶ κόρης ἐκ Τύρου. ὁ δὲ αἰπόλος καὶ τὸ ὄνομα εἶπεν ὅτι [καὶ] Ἀνθία καὶ τὸν γάμον καὶ τὴν εὐσέβειαν τὴν παρ' αὐτοῦ καὶ τὸν Μοίριδος ἔρωτα καὶ τὸ πρόσταγμα τὸ κατ' αὐτῆς καὶ τὴν εἰς Κιλικίαν ὁδόν, ἔλεγέ τε ὡς ἀεί τινος Ἁβροκόμου μέμνηται ἡ κόρη. ὁ δὲ αὐτὸν ὅστις ἦν οὔ λέγει, ἕωθεν δὲ ἀναστὰς ἤλαυνε τὴν ἐπὶ Κιλικίαν ἐλπίζων Ἀνθίαν εὑρήσειν ἐκεῖ.

13. Οἱ δὲ περὶ τὸν Ἱππόθοον τὸν λῃστήν. ἐκείνης μὲν τῆς νυκτὸς ἔμειναν εὐωχούμενοι, τῇ δ' ἑξῆς περὶ τὴν θυσίαν ἐγίνοντο, παρεσκευάζετο δὲ πάντα, καὶ ἀγάλματα τοῦ Ἄρεος καὶ ξύλα καὶ στεφανώματα. ἔδει δὲ τὴν θυσίαν γενέσθαι τρόπῳ τῷ συνήθει· τὸ μέλλον ἱερεῖον θύεσθαι, εἴτε ἄνθρωπος εἴτε βόσκημα εἴη, κρεμάσαντες ἐκ δένδρου καὶ διαστάντες ἠκόντιζον, καὶ ὁπόσοι μὲν ἐπέτυχον, τούτων ὁ θεὸς ἐδόκει δέχεσθαι τὴν θυσίαν, ὁπόσοι δὲ ἀπέτυχον, αὖθις ἐξιλάσκοντο. ἔδει δὲ τὴν Ἀνθίαν οὕτως ἱερουργηθῆναι. ὡς δὲ πάντα ἕτοιμα ἦν καὶ κρεμᾶν τὴν κόρην ἤθελον, ψόφος τῆς ὕλης ἠκούετο καὶ ἀνθρώπων κτύπος. ἦν δὲ ὁ τῆς εἰρήνης τῆς ἐν Κιλικίᾳ προεστώς, Περίλαος τοὔνομα, ἀνὴρ τῶν τὰ πρῶτα ἐν Κιλικίᾳ δυναμένων. οὗτος ἐπέστη τοῖς λῃσταῖς ὁ Περίλαος μετὰ πλήθους πολλοῦ καὶ πάντας τε ἀπέκτεινεν,

---

48 Não há registro de sacrifícios humanos entre os gregos no período histórico e, portanto, toda a passagem serve para caracterizar a selvageria sem limites desses bandidos. Notar semelhança com *O asno de ouro* (4.22), inclusive ao apresentar Ares/Marte como o patrono dos salteadores.

Foi até a casa de Lampão, o pastor a quem Manto dera Ântia em casamento, e pediu que lhe contasse qualquer coisa que soubesse sobre a moça de Tiro. E o pastor falou que seu nome era Ântia, falou do casamento e da atitude respeitosa de sua parte, da paixão de Méris, da ordem dada contra ela, da viagem para a Cilícia. Falou também como a moça sempre recordava um certo Habrocomes. Ele não disse quem era e, levantando-se logo cedo, dirigiu-se a Cilícia na expectativa de encontrar Ântia ali.

13. Naquela noite, o bando de Hipótoo, o bandido, ficou ali, celebrando. No dia seguinte, realizaram um sacrifício. Prepararam tudo, tanto as estátuas de Ares, quanto a lenha e as coroas. Deviam sacrificar seguindo determinado costume. Depois de suspenderem em uma árvore a vítima a ser sacrificada, quer humana, quer animal, tomavam distância e atiravam-lhe lanças. Quantos acertavam o alvo, destes o deus parecia aceitar o sacrifício, mas quantos erravam, tentavam apaziguá-lo novamente. Ântia devia ser consagrada como uma vítima desse tipo.[48]

Quando tudo estava pronto e quiseram suspender a moça, um ruído vindo da floresta se fez escutar e um rumor de vozes. Era o Comissário de Paz para a Cilícia, de nome Perilau, homem dentre os mais poderosos na região.[49] Este Perilau investiu contra os bandidos com muitos homens e matou todos,

---

49 A referência ao Comissário de Paz ou irenarco (*ho tês eirénes proestós*) é apontada como indício para datar o romance no século II EC uma vez que se encontra menção ao cargo em inscrições na Ásia Menor no ano de 116.

ὀλίγους δὲ καὶ ζῶντας ἔλαβε. μόνος δὲ ὁ Ἱππόθοος ἠδυνήθη διαφυγεῖν ἀράμενος τὰ ὅπλα. ἔλαβε δὲ τὴν Ἀνθίαν Περίλαος καὶ πυθόμενος τὴν μέλλουσαν συμφορὰν ἠλέησεν· εἶχε δὲ ἄρα μεγάλης ἀρχὴν συμφορᾶς ὁ ἔλεος Ἀνθίᾳ· ἄγει δὲ αὐτὴν καὶ τοὺς συλληφθέντας τῶν ληστῶν εἰς Ταρσὸν τῆς Κιλικίας. ἡ δὲ συνήθης αὐτῷ τῆς κόρης ὄψις εἰς ἔρωτα ἤγαγε, καὶ κατὰ μικρὸν ἑαλώκει Περίλαος Ἀνθίας. ὡς δὲ ἧκον εἰς Ταρσόν, τοὺς μὲν λῃστὰς εἰς τὴν εἱρκτὴν παρέδωκε, τὴν δὲ Ἀνθίαν ἐθεράπευεν. ἦν δὲ οὔτε γυνὴ τῷ Περιλάῳ οὔτε παῖδες, καὶ περιβολὴ χρημάτων οὐκ ὀλίγη. ἔλεγεν οὖν πρὸς τὴν Ἀνθίαν ὡς πάντα ἂν αὐτὴ γένοιτο Περιλάῳ, γυνὴ καὶ δεσπότις καὶ παῖδες. ἡ δὲ τὰ μὲν πρῶτα ἀντεῖχεν, οὐκ ἔχουσα δὲ ὅ τι ποιήσει, βιαζομένῳ καὶ πολλὰ ἐγκειμένῳ, δείσασα μὴ καί τι τολμήσῃ βιαιότερον, συγκατατίθεται μὲν τὸν γάμον, ἱκετεύει δὲ αὐτὸν ἀναμεῖναι χρόνον ὀλίγον ὅσον ἡμερῶν τριάκοντα καὶ ἄχραντον τηρῆσαι, καὶ σκήπτεται**. ὁ δὲ Περίλαος πείθεται καὶ ἐπόμνυται τηρήσειν αὐτὴν γάμων ἁγνὴν εἰς ὅσον ἂν ὁ χρόνος διέλθῃ.

14. Καὶ ἡ μὲν ἐν Ταρσῷ. ἦν μετὰ Περιλάου, τὸν χρόνον ἀναμένουσα τοῦ γάμου, ὁ δὲ Ἁβροκόμης ᾔει τὴν ἐπὶ Κιλικίας ὁδὸν καὶ οὐ πρὸ πολλοῦ τοῦ ἄντρου τοῦ λῃστρικοῦ (ἐπεπλάνητο γὰρ καὶ αὐτὸς τῆς ἐπ' εὐθὺ ὁδοῦ) συντυγχάνει τῷ Ἱπποθόῳ ὡπλισμένῳ. ὁ δὲ αὐτὸν ἰδὼν προ⟨σ⟩τρέχει τε καὶ φιλοφρονεῖται καὶ δεῖται κοινωνὸν γενέσθαι τῆς ὁδοῦ·

---

50 O texto está corrompido nessa passagem. Os editores sugerem complementar com algo genérico como ⟨μέν τι⟩ (Henderson, Hemst); ⟨πιθάνον τι⟩ (Brunck); ⟨εὐχὴν⟩ (Jackson). O'Sullivan, que

exceto uns poucos que capturou vivos. Somente Hipótoo conseguiu fugir, levando consigo suas armas. Perilau também se apossou de Ântia e, ao ser informado do infortúnio que a aguardava, apiedou-se. Assim, a piedade por Ântia marcou o começo de um infortúnio maior.

Conduziu-a, bem como os bandidos que foram capturados, a Tarso da Cilícia. De tanto olhar a moça foi levado à paixão e, aos poucos, Perilau foi conquistado por Ântia. Quando chegaram a Tarso, colocou os bandidos na cadeia, mas tratou de cuidar pessoalmente de Ântia. Ele não tinha mulher, nem filhos, e não era pequeno o montante de sua riqueza. Dizia então a Ântia que ela se tornaria tudo para Perilau: sua mulher, sua senhora, seus filhos. Num primeiro momento ela resistiu, mas sem ter o que fazer diante da coerção e de sua grande insistência, temendo que ele ousasse algo mais violento, concordou com o casamento, mas suplicou que ele o adiasse um pouco, cerca de trinta dias, e guardasse sua castidade. Ela alegou algum pretexto;[50] Perilau cedeu e jurou guardá-la pura de relações até que tivesse transcorrido aquele intervalo de tempo.

14. E enquanto ela estava em Tarso, com Perilau, aguardando a data do casamento, Habrocomes estava a caminho da Cilícia. Não muito longe da caverna dos bandidos, pois também ele tomara o caminho direto, encontrou Hipótoo armado. Este, ao avistá-lo, correu em sua direção, saudou-o com efusão e pediu que se tornassem companheiros de viagem:

não oferece emenda, não informa o tamanho da lacuna, mas pelas sugestões no aparato crítico, não devia ser grande. Adoto a leitura de Henderson *apud* Hemst.

"ὁρῶ γάρ σε, ὦ μειράκιον, ὅστις ποτὲ εἶ, καὶ ὀφθῆναι καλὸν καὶ ἄλλως ἀνδρικόν, καὶ ἡ πλάνη Φαίνεται πάντως ἀδικουμένου. ἴωμεν οὖν Κιλικίαν μὲν ἀφέντες ἐπὶ Καππαδοκίαν καὶ τὸν ἐκεῖ Πόντον· λέγονται γὰρ οἰκεῖν ἄνδρες εὐδαίμονες ⟨ἐνταῦθα⟩." ὁ δὲ Ἀβροκόμης τὴν μὲν Ἀνθίας ζήτησιν οὐ λέγει, συγκατατίθεται δὲ ἀναγκάζοντι τῷ Ἱπποθόῳ, καὶ ὅρκους ποιοῦσι συνεργήσειν τε καὶ συλλήψεσθαι. ἤλπιζε δὲ καὶ ὁ Ἀβροκόμης ἐν τῇ πολλῇ πλάνῃ τὴν Ἀνθίαν εὑρήσειν. ἐκείνην μὲν οὖν τὴν ἡμέραν ἐπανελθόντες εἰς τὸ ἄντρον, εἴ τι αὑτοῖς ἔτι περιττὸν ἦν, αὑτοὺς καὶ τοὺς ἵππους ἀνελάμβανον (ἦν γὰρ τῷ Ἱπποθόῳ ἵππος ἐν τῇ ὕλῃ κρυπτόμενος).

– Olho para você, rapaz, quem quer que você seja, e a meus olhos revela-se alguém belo e corajoso e sua andança indica alguém que foi vítima de injustiça. Deixemos a Cilícia e partamos para a Capadócia e dali para o Ponto. Dizem que lá moram homens abastados.

Habrocomes não contou da busca por Ântia e concordou com Hipótoo, porque ele o coagia. E fizeram um juramento de atuarem juntos e se ajudarem mutuamente. Habrocomes também esperava encontrar Ântia nessa longa andança. Durante aquele dia recolheram-se à caverna e, as provisões que acaso sobraram, tomaram-nas para si e para os cavalos – pois Hipótoo tinha um cavalo escondido na floresta.

Λόγος τρίτος

1. Τῇ δὲ ἑξῆς παρῇεσαν μὲν Κιλικίαν, ἐποιοῦντο δὲ τὴν ὁδὸν ἐπὶ Μάζακον, πόλιν τῆς Καππαδοκίας μεγάλην καὶ καλήν· ἐκεῖθεν γὰρ Ἱππόθοος ἐνενόει συλλεξάμενος νεανίσκους ἀκμάζοντας συστήσασθαι πάλιν τὸ ληστήριον· ἰοῦσι δὲ αὐτοῖς διὰ κωμῶν μεγάλων πάντων ἦν ἀφθονία τῶν ἐπιτηδείων· καὶ γὰρ ὁ Ἱππόθοος ἐμπείρως εἶχε τῆς Καππαδοκῶν φωνῆς, καὶ αὐτῷ πάντες ὡς οἰκείῳ προσεφέροντο. διανύσαντες δὲ τὴν ὁδὸν ἡμέραις δέκα εἰς Μάζακον ἔρχονται κἀνταῦθα πλησίον τῶν πυλῶν εἰσῳκίσαντο καὶ ἔγνωσαν ἑαυτοὺς ἡμερῶν τινων ἐκ τοῦ καμάτου θεραπεῦσαι. καὶ δὴ εὐωχουμένων αὐτῶν ἐστέναξεν ὁ Ἱππόθοος καὶ ἐπεδάκρυσεν, ὁ δὲ Ἁβροκόμης ἤρετο αὐτὸν τίς ἡ αἰτία τῶν δακρύων. καὶ ὅς "μεγάλα" ἔφη "τἀμὰ διηγήματα καὶ πολλὴν ἔχοντα τραγῳδίαν." ἐδέετο Ἁβροκόμης εἰπεῖν, ὑπισχνούμενος καὶ τὰ καθ' αὑτὸν διηγήσασθαι, ὁ δὲ ἀναλαβὼν ἄνωθεν (μόνοι δὲ ἐτύγχανον ὄντες) ἐξηγεῖται τὰ καθ' αὑτόν.

2. "Ἐγὼ" ἔφη "εἰμὶ τὸ γένος πόλεως Περίνθου (πλησίον δὲ τῆς Θρᾴκης ἡ πόλις) τῶν τὰ πρῶτα ἐκεῖ δυναμένων. ἀκούεις δὲ καὶ τὴν Πέρινθον ὡς ἔνδοξος, καὶ τοὺς ἄνδρας ὡς εὐδαίμονες ἐνταῦθα. ἐκεῖ νέος ὢν ἠράσθην μειρακίου καλοῦ,

---

51 **Capadócia:** Região na Anatólia turca, conhecida por suas formações rochosas. Mázaca ou Cesareia, nome que adotou em homenagem a Augusto ou a Tibério, era centro comercial importante.

Livro 3

1. No dia seguinte deixaram a Cilícia e percorreram o caminho até Mázaca, uma grande e bela cidade na Capadócia.[51] Ali Hipótoo tinha em mente reunir jovens na flor da idade e formar novamente um bando. Em sua passagem por grandes aldeias, eles tinham ao seu dispor grande quantidade de víveres, já que Hipótoo falava bem o idioma local e todos negociavam com ele como se fosse do lugar.

   Concluído o trajeto em dez dias, chegaram a Mázaca, fixaram residência perto das Portas e decidiram se refazer do cansaço por uns dias. Enquanto banqueteavam-se, Hipótoo suspirou e deixou escapar umas lágrimas. Habrocomes perguntou-lhe por que chorava. E ele disse:

   – É uma longa história a minha e tem muito de tragédia.

   Habrocomes insistiu que falasse, prometendo que também contaria a sua própria história. Estavam sozinhos e ele, começando do princípio, narrou a sua parte.

2. – Minha família é de Perinto, cidade que fica quase na Trácia, e contava entre as mais influentes dali. Certamente você já ouviu falar da reputação de Perinto e da prosperidade de seus habitantes. Lá, quando jovem, apaixonei-me por um belo rapaz,

ἦν δὲ τὸ μειράκιον τῶν ἐπιχωρίων· ὄνομα Ὑπεράνθης ἦν αὐτῷ. ἠράσθην δὲ τὰ πρῶτα ἐν γυμνασίοις διαπαλαίοντα ἰδὼν καὶ οὐκ ἐκαρτέρησα· ἑορτῆς ἀγομένης ἐπιχωρίου καὶ παννυχίδος, ἐν αὐτῇ πρόσειμι τῷ Ὑπεράνθῃ καὶ ἱκετεύω κατοικτεῖραι, ἀκοῦσαν δὲ τὸ μειράκιον πάντα ὑπισχνεῖται κατελεῆσάν με. καὶ τὰ πρῶτά γε τοῦ ἔρωτος †ὁδοιπορεῖ† φιλήματα καὶ ψαύσματα καὶ πολλὰ παρ' ἐμοῦ δάκρυα, τέλος δὲ ἠδυνήθημεν καιροῦ λαβόμενοι γενέσθαι μετ' ἀλλήλων μόνου καὶ τὸ τῆς ἡλικίας ἀλλήλοις ⟨ὅμοιον⟩ ἀνύποπτον ἦν. καὶ χρόνῳ συνῆμεν πολλῷ, στέργοντες ἀλλήλους διαφερόντως, ἕως δαίμων τις ἡμῖν ἐνεμέσησε. καὶ ἔρχεταί τις ἀπὸ Βυζαντίου (τλησίον δέ τὸ Βυζάντιον τῇ Περίνθῳ), ἀνὴρ τῶν τὰ πρῶτα ἐκεῖ δυναμένων, ὃς ἐπὶ πλούτῳ καὶ περιουσίᾳ μέγα φρογῶν Ἀριστόμαχος ἐκαλεῖτο. οὗτος ἐπιβὰς εὐθὺς τῇ Περίνθῳ, ὡς ὑπό τινος ἀπεσταλμένος κατ' ἐμοῦ θεοῦ, ὁρᾷ τὸν Ὑπεράνθην σὺν ἐμοὶ καὶ εὐθέως ἁλίσκεται, τοῦ μειρακίου θαυμάσας τὸ κάλλος, πάντα ὁντινοῦν ἐπάγεσθαι δυνάμενον. ἐρασθεὶς δὲ οὐκέτι μετρίως κατεῖχε τὸν ἔρωτα, ἀλλὰ τὰ μὲν πρῶτα τῷ μειρακίῳ προσέπεμπεν, ὡς δὲ ἀδύνατον ἦν αὐτῷ (ὁ γὰρ Ὑπεράνθης διὰ τὴν πρὸς ἐμὲ εὔνοιαν οὐδένα προσίετο), πείθει τὸν πατέρα αὐτοῦ, πονηρὸν ἄνδρα καὶ ἐλάττονα χρημάτων. ὁ δὲ αὐτῷ δίδωσι τὸν Ὑπεράνθην προφάσει διδασκαλίας· ἔλεγε γὰρ εἶναι λόγων τεχνίτης· παραλαβὼν δὲ αὐτὸν τὰ μὲν πρῶτα κατάκλειστον εἶχε, μετὰ τοῦτο δὲ ἀπῆρεν ἐς Βυζάντιον. εἱπόμην κἀγώ, πάντων καταφρονήσας τῶν ἐμαυτοῦ, καὶ ὅσα ἐδυνάμην, συνήμην τῷ μειρακίῳ.

52 **Hiperanto**: O nome, que significa coberto de flores, ecoa o de Ântia, numa sugestão de que a história de Hipótoo serve como lição a Habrocomes sobre como deve agir um amante em face a seu ama-

também dali. Seu nome era Hiperanto.[52] Foi amor à primeira vista: assim que o vi praticar a luta no ginásio, não pude resistir. Por ocasião do festival local e da vigília noturna, procurei Hiperanto e implorei que tivesse pena de mim e o rapaz, após escutar, tudo me prometeu, apiedado. Primeiro trilhamos o caminho do amor através dos beijos, das carícias e das lágrimas, que da minha parte eram muitas. Por fim, quando tivemos oportunidade, conseguimos ficar sozinhos na companhia um do outro – éramos da mesma idade e não atraíamos suspeitas. E passávamos juntos muito tempo, gozando intensamente um do outro, até que uma divindade ficou com inveja de nós. Veio um homem de Bizâncio (Bizâncio fica perto de Perinto), um dos mais influentes dali. Chamava-se Aristômaco e era arrogante por sua riqueza e posses. Assim que pisou em Perinto, como se enviado por um deus contra mim, avista Hiperanto comigo e imediatamente fica cativo, admirado com a beleza do rapaz, capaz de atrair qualquer um. Apaixonado, não conteve a paixão dentro do razoável, mas de início declarou-se através de emissários. Como era impossível (pois Hiperanto, por sua dedicação a mim, não se aproximava de ninguém), convence seu pai, um homem sem caráter e com um fraco por dinheiro. Ele lhe confia Hiperanto sobre pretexto de tutoria, pois alegava ser mestre em retórica. Ao se apoderar dele, primeiro o mantinha trancado, depois levou-o para Bizâncio. Fui atrás, negligenciando tudo que era meu, e o quanto podia, convivia com o rapaz.

do. Como exemplo, note como Hipótoo toma a iniciativa. Esse relacionamento homoerótico é excepcional no romance antigo que privilegia uniões heterossexuais.

ἐδυνάμην δὲ ὀλίγα, καί μοι φίλημα σπάνιον ἐγίνετο καὶ λαλιὰ δυσχερής· ἐφρουρούμην δὲ ὑπὸ πολλῶν. τελευταῖον οὐκέτι καρτερῶν, ἐμαυτὸν παροξύνας ἐπάνειμι εἰς Πέρινθον καὶ πάντα ὅσα ἦν μοι κτήματα ἀποδόμενος, συλλέξας ἄργυρον εἰς Βυζάντιον ἔρχομαι καὶ λαβὼν ξιφίδιον (συνδοκοῦν τοῦτο καὶ τῷ Ὑπεράνθῃ). εἴσειμι νύκτωρ εἰς τὴν οἰκίαν τοῦ Ἀριστομάχου καὶ εὑρίσκω συγκατακείμενον τῷ παιδὶ καὶ ὀργῆς πλησθεὶς παίω τὸν Ἀριστόμαχον καιρίαν. ἡσυχίας δὲ οὔσης καὶ πάντων ἀναπαυομένων ἔξειμι ὡς εἶχον λαθών, ἐπαγόμενος καὶ τὸν Ὑπεράνθην, καὶ δι' ὅλης νυκτὸς ὁδεύσας εἰς Πέρινθον, εὐθὺς νεὼς ἐπιβὰς οὐδενὸς εἰδότος ἔπλεον εἰς Ἀσίαν. καὶ μέχρι μέν τινος διήνυστο εὐτυχῶς ὁ πλοῦς, τελευταῖον δὲ κατὰ Λέσβον ἡμῖν γενομένοις ἐμπίπτει πνεῦμα σφοδρὸν καὶ ἀνατρέπει τὴν ναῦν. κἀγὼ μὲν τῷ Ὑπεράνθῃ συνενηχόμην ὑπιὼν αὐτῷ καὶ κουφοτέραν τὴν νῆξιν ἐποιούμην, νυκτὸς δὲ γενομένης οὐκέτι ἐνεγκὸν τὸ μειράκιον παρείθη τῷ κολύμβῳ καὶ ἀποθνήσκει. ἐγὼ δὲ τοσοῦτον ἠδυνήθην τὸ σῶμα διασῶσαι ἐπὶ τὴν γῆν καὶ θάψαι. καὶ πολλὰ δακρύσας καὶ στενάξας, ἀφελὼν λείψανα καὶ δυνηθεὶς εὐπορῆσαί που ἑνὸς ἐπιτηδείου λίθου στήλην ἐπέστησα τῷ τάφῳ καὶ ἐπέγραψα εἰς μνήμην τοῦ δυστυχοῦς μειρακίου ἐπίγραμμα, παρ' αὐτὸν ἐκεῖνον τὸν καιρὸν πλασάμενος·

53 **Lesbos**: ilha do Egeu, célebre pelos seus poetas, especialmente Alceu e Safo, ambos do séc. VII AEC. A escolha do cenário para o desfecho dessa trágica história de amor não parece ser acidental. As *Vidas Antigas* relatam que Safo afogou-se no mesmo mar, ao se lançar de um penhasco, por decepção amorosa.

Mas eu podia pouco, e para mim eram raros os beijos e difíceis as conversas – já que eu era severamente vigiado. Por fim, sem poder suportar mais, num rompante, retornei a Perinto e, após vender todos os meus pertences e recolher o dinheiro, vou para Bizâncio. Em posse de um punhal (tinha combinado isso com Hiperanto), à noite entrei na casa de Aristômaco e encontrei-o deitado ao lado do menino. Tomado de raiva, firo de morte Aristômaco. Como tudo estava tranquilo e todos dormiam, saí do jeito que estava, sem ser notado. Levei comigo Hiperanto e durante toda a noite rumei para Perinto. Tão logo desci do navio, sem que ninguém soubesse, embarquei para a Ásia. Por certo tempo a viagem transcorreu bem, mas no final um forte vento abateu-se sobre nós quando estávamos junto de Lesbos e virou o navio.[53] E eu tratei de nadar sustentando Hiperanto e tornando mais leve seu esforço, mas quando veio a noite, sem que o rapaz pudesse aguentar mais, submergiu e morreu. E eu tanto consegui resgatar o corpo até a terra firme, quanto sepultá-lo. E após chorar e lamentá-lo, deixando seus restos mortais, tendo sido capaz de encontrar por ali uma pedra apropriada, estabeleci-a como lápide para a sepultura e inscrevi em memória do desafortunado rapaz um epigrama, composto para aquela ocasião.[54] Ei-lo:

---

54 **Epigrama**: como visto anteriormente, originalmente tratava-se de inscrição votiva ou fúnebre. Aqui cumpre papel de epitáfio, mas é composição de qualidade poética. Note-se a colocação dos nomes dos amantes na primeira e última posição do primeiro verso, e a comparação entre o amado (*Hyperánthes*) e a flor (*ánthos*), em que há um trocadilho. Novamente empregam-se os versos hexâmetros. Sobre o epigrama, cf. Cesila (2017).

Ἱππόθοος κλεινῷ τεῦξεν τόδ⟨ε σῆμ'⟩ Ὑπεράνθῃ,
†οὗ τάφον ἐκ θανάτου ἀγαθὸν ἱεροῖο πολίτου
ἐς βάθος ἐκ γαίης†, ἄνθος κλυτὸν, ὅν ποτε δαίμων
ἥρπασεν ἐν πελάγει μεγάλου πνεύσαντος ἀήτου.

τοὐντεῦθεν δὲ εἰς μὲν ἐν πέρινθον ἐλθεῖν οὐ διέγνων, ἐτράπην δὲ δι' Ἀσίας ἐπὶ Φρυγίαν τὴν μεγάλην καὶ Παμφυλίαν, κἀνταῦθα ἀπορίᾳ βίου καὶ ἀθυμίᾳ τῆς συμφορᾶς ἐπέδωκα ἐμαυτὸν λῃστηρίῳ. καὶ τὰ μὲν πρῶτα ὑπηρέτης λῃστηρίου γενόμενος, τὸ τελευταῖον δὲ περὶ Κιλικίαν αὐτὸς συνεστησάμην λῃστήριον εὐδοκιμῆσαν ἐπὶ πολύ, ἕως ἐλήφθησαν οἱ σὺν ἐμοὶ οὐ πρὸ πολλοῦ τοῦ σε ἰδεῖν. αὕτη μὲν ἡ τῶν ἐμῶν διηγημάτων τύχη, σὺ δέ, ὦ φίλτατε, εἰπέ μοι τὰ ἑαυτοῦ· δῆλος γὰρ εἶ μεγάλῃ τινὶ ἀνάγκῃ τῇ κατὰ τὴν πλάνην χρώμενος."

3. Λέγει δὲ ὁ Ἀβροκόμης ὅτι Ἐφέσιος καὶ ὅτι ἠράσθη κόρης καὶ ὅτι ἔγημεν αὐτὴν καὶ τὰ μαντεύματα καὶ τὴν ἀποδημίαν καὶ τοὺς πειρατὰς καὶ τὸν Ἄψυρτον καὶ τὴν Μαντὼ καὶ τὰ δεσμὰ καὶ τὴν φυγὴν καὶ τὸν αἰπόλον καὶ τὴν μέχρι Κιλικίας ὁδόν. ἔτι λέγοντος αὐτοῦ συνανεθρήνησεν ὁ Ἱππόθοος λέγων "ὦ πατέρες ἐμοί, ὦ πατρίς, ἣν οὔποτε ὄψομαι, ὦ πάντων μου Ὑπεράνθη φίλτατε· σὺ μὲν οὖν, Ἀβροκόμη, καὶ ὄψει τὴν ἐρωμένην καὶ ἀπολήψῃ χρόνῳ ποτέ, ἐγὼ δὲ Ὑπεράνθην ἰδεῖν οὐκέτι δυνήσομαι." λέγων ἐδείκνυέ τε τὴν κόμην καὶ ἐπεδάκρυεν αὐτῇ. ὡς δὲ ἱκανῶς ἐθρήνησαν ἀμφότεροι, ἀποβλέψας εἰς τὸν Ἀβροκόμην ὁ Ἱππόθοος

---

55 **Grande Frígia e a Panfília:** regiões que fazem parte da Turquia hoje. A Panfília situa-se próxima ao litoral, e a Frígia, no interior.

Hipótoo erigiu este jazigo para o célebre Hiperanto,
indigno sepulcro de um cidadão sacrossanto,
que, do chão para o abismo, o deus colheu um dia,
[ilustre flor,
quando no oceano o vento soprava com máximo furor.

Desde então, determinado a não voltar a Perinto, embrenhei-me através da Ásia até a Grande Frígia e a Panfília.⁵⁵ Ali, em vista da dificuldade em garantir meu sustento e por força das circunstâncias, entreguei-me à bandidagem. Para começar, juntei-me a um bando de ladrões; por fim, nas cercanias da Cilícia formei o meu próprio, que gozava de grande reputação até que foram capturados os que iam comigo, não muito antes de eu te encontrar. E são essas as desventuras que compõem minha história. Agora, meu caro amigo, conte-me você a sua. Está claro que passa por grande necessidade para se lançar nessa jornada.

3. Habrocomes falou que era efésio, que se apaixonou por uma moça e casou-se com ela. Falou também do oráculo, da viagem, dos piratas, de Apsirto e de Manto, da prisão e da fuga, do pastor e do caminho até a Cilícia. Enquanto ele ainda falava, Hipótoo juntou-se a ele em lamento e dizia:

— Meus pais, minha terra natal, que não mais verei! Ai, Hiperanto, de todos o mais amado para mim! Você, Habrocomes, vai ver sua amada e com o tempo recuperá-la um dia, mas eu nunca mais vou poder ver Hiperanto!

Disse e mostrou o cacho de cabelo, derramando lágrimas sobre ele. Quando ambos tinham se fartado em lamentos, Hipótoo, olhando direto para Habrocomes, disse:

"ἄλλο" ἔφη "σοι ὀλίγου διήγημα παρῆλθον οὐκ εἰπών· πρὸ ὀλίγου τοῦ τὸ ληστήριον ἁλῶναι ἐπέστη τῷ ἄντρῳ κόρη καλὴ πλανωμένη, τὴν ἡλικίαν ἔχουσα τὴν αὐτὴν σοί, καὶ πατρίδα ἔλεγε τὴν σήν· πλέον γὰρ οὐδὲν ἔμαθον. ταύτην ἔδοξε τῷ Ἄρει θῦσαι. καὶ, δὴ πάντα ἦν παρεσκευασμένα καὶ ἐπέστησαν οἱ διώκοντες. κἀγὼ μὲν ἐξέφυγον, ἡ δὲ οὐκ οἶδα ὅ τι ἐγένετο. ἦν δὲ καλὴ πάνυ, Ἁβροκόμη, καὶ ἐσταλμένη λιτῶς· κόμη ξανθή, χαρίεντες ὀφθαλμοί." ἔτι λέγοντος αὐτοῦ ἀνεβόησεν Ἁβροκόμης· "τὴν ἐμὴν Ἀνθίαν ἑώρακας, Ἱππόθοε. ποῦ δὲ ἄρα καὶ πέφευγε; τίς δὲ αὐτὴν ἔχει γῆ; ἐπὶ Κιλικίαν τραπώμεθα, ἐκείνην ζητήσωμεν· οὐκ ἔστι πόρρω τοῦ ληστηρίου. ναί, πρὸς αὐτοῦ σοι ⟨ποθεινοτέρου τῆς⟩ ψυχῆς Ὑπεράνθους, μή με ἑκὼν ἀδικήσῃς, ἀλλ' ἴωμεν ὅπου δυνησόμεθα Ἀνθίαν εὑρεῖν." ὑπισχνεῖται ὁ Ἱππόθοος πάντα ποιήσειν. ἔλεγε δὴ ἀνθρώπους δεῖν ὀλίγους συλλέξασθαι πρὸς ἀσφάλειαν τῆς ὁδοῦ.

Καὶ οἱ μὲν ἐν τούτοις ἦσαν, ἐννοοῦντες ὅπως ὀπίσω τὴν εἰς, Κιλικίαν ἐλεύσονται, τῇ δὲ Ἀνθίᾳ αἱ τριάκοντα παρεληλύθεσαν ἡμέραι, καὶ παρεσκευάζετο τῷ Περιλάῳ τὰ περὶ τὸν γάμον· ἱερεῖα πολλὰ κατήγετο ἐκ τῶν χωρίων, πολλὴ δὲ ἡ τῶν ἄλλων ἀφθονία. συμπαρῆσαν δὲ αὐτῷ οἵ τε οἰκεῖοι καὶ συγγενεῖς, πολλοὶ δὲ καὶ τῶν πολιτῶν συνεώρταζον τὸν Ἀνθίας γάμον.

4. Ἐν δὲ τῷ χρόνῳ ὃν ἡ Ἀνθία ληφθεῖσα ἐκ τοῦ ληστηρίου ⟨διῆγεν ἐν τῇ οἰκίᾳ τοῦ Περιλάου,⟩ ἦλθεν εἰς τὴν Ταρσὸν πρεσβύτης Ἐφέσιος ἰατρὸς τὴν τέχνην, Εὔδοξος τοὔνομα. ἧκε δὲ ναυαγίῳ περιπεσὼν εἰς Αἴγυπτον πλέων. οὗτος ὁ Εὔδοξος περιῄει μὲν καὶ τοὺς ἄλλους ἄνδρας, ὅσοι Ταρσέων εὐδοκιμώτατοι, οὓς μὲν ἐσθῆτας, οὓς δὲ ἀργύριον αἰτῶν, διηγούμενος

– Aconteceu uma outra coisa que não te contei agora há pouco. Logo antes do bando ser capturado, veio à caverna uma bela moça que andava a esmo. Ela tinha a mesma idade que você e dizia ser da sua cidade natal. Nada mais sei. Decidiu-se sacrificá-la a Ares. Estava tudo preparado e os perseguidores atacaram. E então eu fugi, mas quanto a ela, não sei o que aconteceu. Era muito bela, Habrocomes, e estava vestida com simplicidade; cabelos loiros, olhos graciosos...

Enquanto ele ainda falava, Habrocomes exclamou:

– Foi a minha Ântia quem você viu, Hipótoo! Para onde será que escapou? Que terra a abriga? Rumemos para a Cilícia, vamos buscá-la! Não deve estar muito longe do antro dos bandidos. Sim, pela alma do seu muito amado Hiperanto, não cometa de propósito uma injustiça contra mim, mas vamos aonde eu possa encontrar Ântia!

Hipótoo prometeu fazer o possível. Disse que precisaria reunir alguns homens para garantir a segurança no caminho.

E eles estavam nisso, planejando como haveriam de retornar a Cilícia, mas para Ântia os trinta dias tinham se esgotado e, da parte de Perilau, estavam feitos os preparativos para o casamento. Vítimas sacrificiais foram trazidas do campo e tudo o mais era abundante. Amigos e parentes compareciam e também um grande número de cidadãos festejavam as bodas de Ântia.

4. No período em que Ântia, sacada do antro dos bandidos, estava na casa de Perilau, chegou a Tarso um efésio já idoso, médico por profissão, chamado Eudoxo. Chegou após ter sofrido um naufrágio quando navegava para o Egito. Esse Eudoxo passou a visitar todos os homens mais distinguidos em Tarso, a uns pedindo roupas, a outros, dinheiro, narrando

ἑκάστῳ τὴν συμφοράν, προσῆλθε δὲ καὶ τῷ Περιλάῳ καὶ εἶπεν ὅτι Ἐφέσιος καὶ ἰατρὸς τὴν τέχνην. ὁ δὲ αὐτὸν λαβὼν ἄγει πρὸς τὴν Ἀνθίαν, ἡσθήσεσθαι νομίζων ἀνδρὶ ὁ φθέντι Ἐφεσίῳ. ἡ δὲ ἐφιλοφρονεῖτό τε τὸν Εὔδοξον καὶ ἀνεπυνθάνετο εἴ τι περὶ τῶν αὑτῆς λέγειν ἔχοι. ὁ δὲ ⟨ἔλεγεν⟩ ὅτι οὐδὲν ἐπίσταιτο μακρᾶς αὐτῷ τῆς ἀποδημίας τῆς ἀπὸ Ἐφέσου γεγενημένης, ἀλλ' οὐδὲν ἧττον ἔχαιρεν αὐτῷ ἡ Ἀνθία, ἀναμιμνησκομένη τῶν οἴκοι. καὶ δὴ συνήθης τε ἐγεγόνει τοῖς κατὰ τὴν οἰκίαν καὶ εἰσῄει παρ' ἕκαστα πρὸς τὴν Ἀνθίαν, πάντων ἀπολαύων τῶν ἐπιτηδείων, ἀεὶ ⟨δὲ⟩ δεόμενος αὐτῆς εἰς Ἔφεσον παραπεμφθῆναι· καὶ γὰρ καὶ παῖδες ἦσαν αὐτῷ καὶ γυνή.

5. Ὡς οὖν πάντα τὰ περὶ τὸν γάμον ἐκτετέλεστο τῷ Περιλάῳ, ἐφειστήκει δὲ ἡ ἡμέρα, δεῖπνον μὲν αὐτοῖς πολυτελὲς ἡτοίμαστο καὶ ἡ Ἀνθία ἐκεκόσμητο κόσμῳ νυμφικῷ, ἐπαύετο δὲ οὔτε νύκτωρ οὔτε μεθ' ἡμέραν δακρύουσα, ἀλλ' ἀεὶ πρὸ ὀφθαλμῶν εἶχεν Ἀβροκόμην. ἐνενοεῖτο δὲ ἅμα πολλά, τὸν ἔρωτα, τοὺς ὅρκους, τὴν πατρίδα, τοὺς πατέρας, τὴν ἀνάγκην, τὸν γάμον. καὶ δὴ καθ' αὑτὴν γενομένη, καιροῦ λαβομένη, σπαράξασα τὰς κόμας "ὦ πάντα ἄδικος ἐγώ" φησι "καὶ πονηρά, ὡς οὐχὶ τοῖς ἴσοις Ἀβροκόμην ἀμείβομαι. ὁ μέν γε ἵνα ἐμὸς ἀνὴρ μείνῃ, καὶ δεσμὰ ὑπομένει καὶ βασάνους καὶ ἴσως που καὶ τέθνηκεν, ἐγὼ δὲ καὶ ἐκείνων ἀμνημονῶ καὶ γαμοῦμαι δυστυχής, καὶ τὸν ὑμέναιον ᾄσει τις ἐπ' ἐμοί, καὶ ἐπ' εὐνὴν ἀφίξομαι τὴν Περιλάου. ἀλλ', ὦ φιλτάτη μοι πασῶν Ἀβροκόμου ψυχή, μηδέν τι ὑπὲρ ἐμοῦ λυπηθῇς· οὐ γὰρ ⟨ἂν⟩ ποτε ἑκοῦσα ἀδικήσαιμί σε· ἐλεύσομαι, καὶ μέχρι θανάτου μείνασα νύμφη σή."

a sua desventura. Foi também até Perilau e disse que era efésio e médico por profissão. E ele o recebeu e levou até Ântia, imaginando que ela gostaria de encontrar alguém que era de Éfeso. Ela simpatizou com Eudoxo e quis saber dele se tinha notícias dos seus próximos. Ele disse nada saber uma vez que estava há muito tempo longe de Éfeso, mas Ântia não passou a querê-lo menos, já que a fazia recordar-se de seus parentes. E tornou-se familiar aos da casa e sempre visitava Ântia, aproveitando-se de todas as conveniências, sempre pedindo a ela que fosse mandado de volta a Éfeso, uma vez que lá tinha filhos e mulher.

5. Assim todos os preparativos para o casamento de Perilau estavam concluídos. Chegado o dia, uma lauta refeição foi providenciada e Ântia adornada com os adereços nupciais, mas ela chorava dia e noite, sem cessar, e tinha Habrocomes sempre em vista. Pensava muitas coisas simultâneas: no amor, nos juramentos, na pátria, nos pais, na necessidade, no casamento. E quando estava a sós, aproveitando a oportunidade, arrancava os cabelos e dizia:

– Que injusta e sem caráter eu sou, que não correspondo Habrocomes na mesma medida! Ele, a fim de permanecer meu marido, suportou correias e torturas, talvez até já esteja morto! Eu, contudo, esqueço isso tudo e, mísera, me caso. Alguém cantará o himeneu para mim e subirei ao leito de Perilau. Mas, ó alma de Habrocomes, que eu quero mais que tudo, não se atormente em nada. Jamais cometeria uma ofensa contra ti por querer. Vou permanecer até a morte sua noiva!

Ταῦτα εἶπε, καὶ ἀφικομένου παρ' αὐτὴν τοῦ Εὐδόξου τοῦ Ἐφεσίου ἰατροῦ ἀπαγαγοῦσα αὐτὸν ἐπ' οἴκημά τι ἠρεμαῖον προσπίπτει τοῖς γόνασιν αὐτοῦ καὶ ἱκετεύει μηδενὶ κατειπεῖν τῶν ῥηθησομένων μηδὲν καὶ ὁρκίζει τὴν πάτριον θεὰν Ἄρτεμιν ξυμπρᾶξαι πάντα ὅσα ἂν αὐτοῦ δεηθῇ. ἀνίστησιν αὐτὴν ὁ Εὔδοξος πολλὰ θρηνοῦσαν καὶ θαρρεῖν παρεκάλει καὶ ἐπώμνυε, πάντα ποιήσειν ὑπισχνούμενος. λέγει δὴ αὐτῷ τὸν Ἁβροκόμου ἔρωτα καὶ τοὺς ὅρκους τοὺς πρὸς ἐκεῖνον καὶ τὰς περὶ τῆς σωφροσύνης συνθήκας. καὶ "εἰ μὲν ἦν ζῶσαν" ἔφη "με ἀπολαβεῖν ζῶντα Ἁβροκόμην ἢ λαθεῖν ἀποδράσασαν ἐντεῦθεν, περὶ τούτων ἂν ἐβουλευόμην, ἐπειδὴ δὲ ὁ μὲν τέθνηκε, φυγεῖν δὲ ἀδύνατον καὶ τὸν μέλλοντα ἀμήχανον ὑπομεῖναι γάμον (οὔτε γὰρ τὰς συνθήκας παραβήσομαι τὰς πρὸς Ἁβροκόμην οὔτε τὸν ὅρκον ὑπερόψομαι), σὺ τοίνυν βοηθὸς ἡμῖν γενοῦ, φάρμακον εὑρών ποθεν ὃ κακῶν με ἀπαλλάξει τὴν κακοδαίμονα. ἔσται δὲ ἀντὶ τούτων σοι πολλὰ μὲν καὶ παρὰ τῶν θεῶν, οἷς ἐπεύξομαι καὶ πρὸ τοῦ θανάτου πολλάκις ὑπὲρ σοῦ, αὐτὴ δέ σοι καὶ ἀργύριον δώσω καὶ τὴν παραπομπὴν ἐπισκευάσω. δυνήσῃ δὲ πρὸ τοῦ πυθέσθαι τινὰ ἐπιβὰς νεὼς τὴν ἐπ' Ἐφέσου πλεῖν. ἐκεῖ δὲ γενόμενος, ἀναζητήσας τοὺς γονεῖς Μεγαμήδη τε καὶ Εὐίππην ἄγγελλε αὐτοῖς τὴν ἐμὴν τελευτήν· καὶ πάντα τὰ κατὰ τὴν ἀποδημίαν, ὅτι Ἁβροκόμης ἀπόλωλε λέγε."

Εἰποῦσα τῶν ποδῶν αὐτοῦ προὐκυλίετο καὶ ἐδεῖτο μηδὲν ἀντειπεῖν αὐτῇ δοῦναί τε τὸ φάρμακον. καὶ προκομίσασα εἴκοσι μνᾶς ἀργυρίου περιδέραιά τε αὐτῆς (ἦν δὲ αὐτῇ πάντα ἄφθονα· πάντων γὰρ ἐξουσίαν εἶχε τῶν Περιλάου) δίδωσι τῷ Εὐδόξῳ. ὁ δὲ βουλευσάμενος πολλὰ καὶ τὴν κόρην οἰκτείρας τῆς συμφορᾶς καὶ τῆς εἰς Ἔφεσον ἐπιθυμῶν ὁδοῦ καὶ τοῦ ἀργυρίου καὶ τῶν δώρων ἡττώμενος ὑπισχνεῖται δώσειν τὸ φάρμακον, καὶ ἀπῇξει κομιῶν.

Disse essas palavras e quando Eudoxo, o médico efésio, apresentou-se em sua casa, após levá-lo a um aposento reservado, caiu aos seus joelhos e suplicou que não contasse a ninguém nada do que fosse dito e o fez jurar pela deusa pátria, Ártemis, fazer tudo que lhe pedisse. Eudoxo a sustentou em pé, enquanto ela muito se lamentava, pediu que tivesse coragem e jurou, prometendo fazer o possível. Ela lhe contou da paixão por Habrocomes, dos juramentos que tinha feito a ele e dos votos de castidade. E disse ainda:

– Se fosse possível que eu, viva, recuperasse Habrocomes, também vivo, ou sem ser notada escapasse daqui, faria planos para isso, mas, já que ele está morto, fugir é impossível e suportar o casamento vindouro, inconcebível, uma vez que nem violarei os votos a Habrocomes, nem farei pouco do juramento, seja então nosso salvador, encontrando uma droga qualquer que livre essa infeliz dos males. Por isso você será bem recompensado pelos deuses, aos quais suplicarei por ti muitas vezes antes de minha morte, e eu mesma te darei dinheiro e cuidarei do seu traslado. Antes de alguém procurar saber, você vai poder zarpar, tomando um navio para Éfeso. Ao chegar lá, busque meus pais, Megamedes e Euipe, e dê-lhes notícia de minha morte. Conte também de tudo que se passou na viagem e que Habrocomes pereceu.

Disse e jogou-se aos seus pés. Pediu que não procurasse dissuadi-la e que lhe desse a droga. E trazendo vinte minas de prata e seus colares, pois ela vivia em meio ao luxo e desfrutava de toda a fortuna de Perilau, os deu a Eudoxo. Ele, após muito refletir, penalizado com a situação da moça e desejando voltar a Éfeso, vencido pelo dinheiro e pelos presentes, prometeu dar a droga e retirou-se para providenciá-la.

ἡ δὲ ἐν τούτῳ πολλὰ καταθρηνεῖ, τήν τε ἡλικίαν κατοδυρομένη τὴν ἑαυτῆς καὶ ὅτι μέλλοι πρὸ ὥρας ἀποθανεῖσθαι λυπουμένη, πολλὰ δὲ Ἀβροκόμην ὡς παρόντα ἀνεκάλει. ἐν τούτῳ ὀλίγον διαλιπὼν ὁ Εὔδοξος ἔρχεται κομίζων θανάσιμον οὐχὶ φάρμακον, ὑπνωτικὸν δέ, ὡς μή τι παθεῖν τὴν κόρην καὶ αὐτὸν ἐφοδίων τυχόντα ἀνασωθῆναι. λαβοῦσα δὲ ἡ Ἀνθία καὶ πολλὴν γνοῦσα χάριν αὐτῷ ἀποπέμπει.

Καὶ ὁ μὲν εὐθὺς ἐπιβὰς νεὼς ἐπανήχθη, ἡ δὲ καιρὸν ἐπιτήδειον ἐζήτει πρὸς τὴν πόσιν τοῦ φαρμάκου.

6. Καὶ ἤδη μὲν νὺξ ἦν, παρεσκευάζετο δὲ ὁ θάλαμος, καὶ ἧκον οἱ ἐπὶ τούτῳ τεταγμένοι τὴν Ἀνθίαν ἐξαίροντες. ἡ δὲ ἄκουσα μὲν καὶ δεδακρυμένη ἐξῄει, ἐν τῇ χειρὶ κρύπτουσα τὸ φάρμακον. καὶ ὡς πλησίον τοῦ θαλάμου γίνεται, οἱ οἰκ⟨εῖ⟩οι ἀνευφήμησαν τὸν ὑμέναιον, ἡ δὲ ἀνωδύρετο καὶ ἐδάκρυεν, "οὕτως ἐγὼ" λέγουσα "πρότερον ἠγόμην Ἀβροκόμῃ νυμφίῳ, καὶ παρέπεμπεν ἡμᾶς πῦρ ἐρωτικόν, καὶ ὑμέναιος ἤγετο ἐπὶ γάμοις εὐδαίμοσι. νυνὶ δὲ τί πρυήσεις, Ἀνθία; ἀδικήσεις Ἀβροκόμην τὸν ἄνδρα, τὸν ἐρώμενον, τὸν διὰ σὲ τεθνηκότα; οὐχ οὕτως ἄνανδρος ἐγὼ οὐδὲ ἐν τοῖς κακοῖς δειλή. δεδόχθω ταῦτα· πίνωμεν τὸ φάρμακον. Ἀβροκόμην εἶναί μοι δεῖ ἄνδρα· ἐκεῖνον καὶ τεθνηκότα βούλομαι." ταῦτα ἔλεγε καὶ ἤγετο εἰς τὸν θάλαμον.

Καὶ δὴ μόνη μὲν ἐγεγόνει, ἔτι δὲ Περίλαος μετὰ τῶν φίλων εὐωχεῖτο. σκηψαμένη δὲ τῇ ἀγωνίᾳ ὑπὸ δίψους κατειλῆφθαν ἐκέλευσεν αὐτῇ τινι τῶν οἰκετῶν ὕδωρ ἐνεγκεῖν,

---

56 **Desprovida de hombridade**: em grego, *ánandros*. Optei em manter "hombridade" na tradução, embora, a princípio, o termo não se aplique com esse sentido a mulheres, para manter um paralelo entre os amantes que julgo intencional. O Liddell & Scott anota que, aplicado a mulheres, o termo significa "sem marido".

Enquanto isso ela chorava muito, lamentando sua pouca idade e entristecida por estar prestes a morrer antes do tempo. Invocava também Habrocomes repetidamente, como se ele estivesse presente. Nisso, pouco tempo depois, Eudoxo voltou trazendo uma droga que induzia não à morte, mas ao sono, de maneira que a moça não sofresse e ele, obtendo meios para a viagem, se pusesse a salvo. Ântia a recebeu e muito agradecida despediu-se dele. E ele embarcou imediatamente num navio e foi embora, enquanto ela buscava a ocasião propícia para beber a droga.

6. Já era noite afinal, o tálamo estava preparado e vieram os que tinham a missão de escoltar Ântia. Ela, contra a vontade e chorosa, saiu, com a droga escondida na mão. E quando estavam perto do quarto nupcial, os parentes começaram a entoar o himeneu, enquanto ela lamentava-se e chorava, dizendo:

– Na primeira vez fui conduzida por Habrocomes, meu noivo, a chama da paixão nos acompanhava e o himeneu conduziu-nos a um casamento feliz. E agora o que você vai fazer, Ântia? Vai ultrajar seu marido, Habrocomes? Aquele que você ama, o que morreu por sua causa? Não sou assim desprovida de hombridade e nem covarde em meio aos males![56] Está tomada a decisão! Bebamos a droga! Habrocomes deve ser meu único marido, quero-o mesmo morto.

Dizia essas palavras e era levada ao quarto nupcial. E ficou sozinha afinal, enquanto Perilau ainda festejava com seus amigos. Pretextando sede por estar ansiosa, pediu a um de seus criados que trouxesse água

ὡς δὴ πιομένη. καὶ δὴ κομισθέντος ἐκπώματος, λαβοῦσα οὐδενὸς ἔνδον αὐτῇ παρόντος ἐμβάλλει τὸ φάρμακον καὶ δακρύσασα "ὦ φιλτάτη" φησὶν "'Αβροκόμου ψυχή, ἰδού σοι τὰς ὑποσχέσεις ἀποδίδωμι καὶ ὁδὸν ἔρχομαι τὴν παρὰ σέ, δυστυχῆ μὲν ἀλλ' ἀναγκαίαν. καὶ δέχου με ἄσμενος καί μοι πάρεχε τὴν ἐκεῖ μετὰ σοῦ δίαιταν εὐδαίμονα."

Εἰποῦσα ἔπιε τὸ φάρμακον καὶ εὐθὺς ὕπνος τε αὐτὴν κατεῖχε καὶ ἔπιπτεν εἰς γῆν, καὶ ἐποίει τὸ φάρμακον ὅσα ἐδύνατο.

7. Ὡς δὲ εἰσῆλθεν ὁ Περίλαος, εὐθὺς ἰδὼν τὴν Ἀνθίαν κειμένην ἐξεπλάγη καὶ ἀνεβόησε, θόρυβός τε πολὺς τῶν κατὰ τὴν οἰκίαν ἦν καὶ πάθη συμμιγῆ, οἰμωγή, φόβος, ἔκπληξις· οἱ μὲν ᾤκτειρον τὴν δοκοῦσαν τεθνηκέναι, οἱ δὲ συνήχθοντο Περιλάῳ, πάντες δὲ ἐθρήνουν τὸ γεγονός. ὁ δὲ Περίλαος τὴν ἐσθῆτα περιρρηξάμενος, ἐπιπεσὼν τῷ σώματι "ὦ φιλτάτη μοι κόρη" φησίν, "ὦ πρὸ τῶν γάμων καταλιποῦσα τὸν ἐρῶντα, ὀλίγαις ἡμέραις νύμφη Περιλάου γενομένη, εἰς οἶον σε θάλαμον τὸν τάφον ἄξομεν. εὐδαίμων ἄρα ὅστις ποτὲ Ἀβροκόμης ἦν· μακάριος ἐκεῖνος ὡς ἀληθῶς, τηλικαῦτα παρ' ἐρωμένης λαβὼν δῶρα."

Ὁ μὲν τοιαῦτα ἐθρήνει, περιβεβλήκει δὲ ἅπασαν καὶ ἠσπάζετο χεῖράς τε καὶ πόδας, "νύμφη" λέγων "ἀθλία, γύναι δυστυχεστέρα." ἐκόσμει δὲ αὐτὴν πολλὴν ἐσθῆτα ἐνδύων, πολὺν δὲ περιθεὶς χρυσόν. καὶ οὐκέτι φέρων τὴν θέαν, ἡμέρας γενομένης ἐνθέμενος κλίνῃ τὴν Ἀνθίαν (ἡ δὲ ἔκειτο ἀναισθητοῦσα) ἦγεν εἰς τοὺς πλησίον τῆς πόλεως τάφους κἀνταῦθα κατέθετο ἔν τινι οἰκήματι, πολλὰ μὲν ἐπισφάξας ἱερεῖα, πολλὴν δὲ ἐσθῆτα καὶ κόσμον ἄλλον ἐπικαύσας.

para que pudesse beber. E quando trouxeram o copo, pegou-o e, quando ninguém estava presente no interior do quarto, verteu nele a droga. Chorando, disse:

— Ó alma de Habrocomes, veja que eu retribuo suas promessas e trilho o caminho que leva a você, caminho infeliz, mas necessário. Receba-me com satisfação e faça que eu viva aí feliz ao seu lado.

Disse e bebeu a droga. De imediato foi tomada pelo sono e caiu por terra – assim potente foi o efeito do remédio.

7. Ao entrar, tão logo Perilau viu que Ântia jazia ali imóvel, foi tomado de estupor e gritou. Entre os da casa houve muito alvoroço e uma mescla de emoções: lamento, medo, espanto. Uns se compadeciam da que aparentava estar morta; outros se condoíam com Perilau; todos lamentavam o acontecido. Depois de rasgar suas roupas e lançar-se sobre o corpo, Perilau disse:

— Minha menina, a mais querida, a que abandonou seu amado antes do casamento, tendo sido ainda que por poucos dias a noiva de Perilau, a que tálamo te conduziremos, o túmulo! Feliz um dia foi Habrocomes, quem quer que fosse! Bem-aventurado de verdade é ele, tamanho dom recebe da mulher amada.

E assim ele se lamentava, abraçava-a por inteiro e beijava suas mãos e pés dizendo:

— Pobre noiva, esposa ainda mais desafortunada!

Por adorno, vestiu-a com uma profusão de vestes, cingiu-a com ouro em profusão. E sem suportar o espetáculo, ao amanhecer, após acomodar Ântia no esquife (ela jazia inconsciente), conduziu-a à sepultura que ficava vizinha à cidade e ali a depôs em uma câmara, após ter degolado muitas vítimas e lançado ao fogo muitas roupas e outros adornos.

8. Ὁ μὲν ἐκτελέσας τὰ νομιζόμενα ὑπὸ τῶν οἰκείων εἰς τὴν πόλιν ἤγετο, καταλειφθεῖσα δὲ ἐν τῷ τάφῳ ἡ Ἀνθία ἑαυτῆς γενομένη καὶ συνεῖσα ὅτι μὴ τὸ φάρμακον θανάσιμον ἦν, στενάξασα καὶ δακρύσασα "ὦ ψευσάμενόν με τὸ φάρμακόν" φησιν, "ὦ κωλῦσαν ὁδεῦσαι πρὸς τὸν Ἁβροκόμην ὁδὸν εὐτυχῆ· ἐσφάλην ἄρα (πάντα καινά) καὶ τῆς ἐπιθυμίας τοῦ θανάτου. ἀλλὰ ἔνεστί γε ἐν τῷ τάφῳ μείνασαν τὸ ἔργον ἐργάσασθαι τοῦ φαρμάκου λιμῷ· οὐ γὰρ ⟨ἂν⟩ ἐντεῦθέν μέ τις ἀνέλοιτο, οὐδ' ἂν ἐπίδοιμι τὸν ἥλιον οὐδ' [ἂν] εἰς φῶς ἐλεύσομαι." ταῦτα εἰποῦσα ἐκαρτέρει, τὸν θάνατον προσδεχομένη γενναίως.

Ἐν δὲ τούτῳ νυκτὸς ἐπιγενομένης λῃσταί, τινες μαθόντες ὅτι κόρη τέθαπται πλουσίως, καὶ πολὺς μὲν αὐτῇ κόσμος συγκατάκειται γυναικεῖος, πολὺς δὲ ἄργυρος καὶ χρυσός, ἦλθον ἐπὶ τὸν τάφον καὶ ἀναρρήξαντες τοῦ τάφου τὰς θύρας, εἰσελθόντες τόν τε κόσμον ἀνῃροῦντο καὶ τὴν Ἀνθίαν ζῶσαν ὁρῶσι. μέγα δὲ καὶ τοῦτο κέρδος ἡγούμενοι ἀνίστων τε αὐτὴν καὶ ἄγειν ἐβούλοντο. ἡ δὲ τῶν ποδῶν αὐτῶν προκυλιομένη πολλὰ ἐδεῖτο "ἄνδρες, οἵτινές ποτέ ἐστε" λέγουσα, "τὸν μὲν κόσμον τοῦτον ἅπαντα ὅστις ἐστὶ καὶ ἅπαντα τὰ συνταφέντα λαβόντες κομίζετε, φείσασθε δὲ τοῦ σώματος· δυοῖν ἀνάκειμαι θεοῖς, Ἔρωτι καὶ Θανάτῳ. τούτοις ἐάσατε σχολάσαι με. ναί, πρὸς τῶν θεῶν αὐτῶν τῶν πατρῴων ὑμῶν, μή με ἡμέρᾳ δείξητε, τὴν ἄξια νυκτὸς καὶ σκότους δυστυχοῦσαν."

---

57 A morte aparente (*Scheintod*) é motivo frequente nos romances gregos, ocorrendo em *Quéreas e Calírroe* e em *Leucipe e Clitofonte*.

58 O texto traz aqui uma dificuldade de leitura. O registro πάντα καινά, entre parênteses em O'Sullivan e em F, não faz sentido. Hen-

8. E ele realizou os ritos costumeiros e retornou para a cidade, mas, deixada na sepultura, Ântia voltou a si e compreendeu que a droga não era mortal.⁵⁷ Entre gemidos e lágrimas, disse:

– Ah, droga enganadora, que me impediu de trilhar o caminho afortunado que leva a Habrocomes! Sou privada até mesmo do meu desejo de morte!⁵⁸ Mas é possível que ficando na sepultura a fome termine o trabalho da droga. É certo que daqui ninguém me resgataria, nem eu poderia elevar o olhar ao sol, nem andaria em direção à luz.

Disse essas palavras e resignou-se, aguardando nobremente a morte.

Nisso, quando veio a noite, alguns piratas que sabiam que uma moça tinha sido sepultada de forma suntuosa (muitas joias femininas tinham sido depositadas com ela, bem como muita prata e muito ouro) foram até a sepultura e arrombaram as portas. Ao entrar, recolheram as joias e viram que Ântia estava viva. Julgando que isso também traria grande lucro, ergueram-na na intenção de levá-la. Mas ela rolou aos seus pés e suplicou muito, dizendo:

– Senhores, quem quer que sejam, essas joias, todas elas, que aqui estão, e tudo o que está na sepultura, peguem e levem, mas poupem o corpo. Fui consagrada a dois deuses: Eros e Tânatos. Permitam que me dedique a eles. Sim, pelos deuses que os protegem, não me exponham ao dia, quando meus infortúnios valem apenas noite e treva.

---

derson corrige, a partir de Jacobs, para παντάλαινα (cf. παντάλας, αίνα, αν, absolutamente infeliz), que faz sentido, mas não está bem estabelecido. Optei por suprimir.

ταῦτα ἔλεγεν, οὐκ ἔπειθε δὲ τοὺς λῃστάς, ἀλλ' ἐξαγαγόντες αὐτὴν τοῦ τάφου κατήγαγον ἐπὶ θάλατταν καὶ ἐνθέμενοι σκάφει τὴν εἰς Ἀλεξάνδρειαν ἀνήγοντο, ἐν δὲ τῷ πλοίῳ ἐθεράπευον αὐτὴν καὶ θαρρεῖν παρεκάλουν. ἡ δὲ ἐν οἵοις κακοῖς ἐγεγόνει, πάλιν ἐννοήσασα, θρηνοῦσα καὶ ὀδυρομένη "πάλιν" ἔφησε "λῃσταὶ καὶ θάλασσα, πάλιν αἰχμάλωτος ἐγώ, ἀλλὰ νῦν δυστυχέστερον, ὅτι μὴ μετὰ Ἁβροκόμου. τίς μὲ ἄρα ὑποδέξεται γῆ; τίνας δὲ ἀνθρώπους ὄψομαι; μὴ Μοῖριν ἔτι, μὴ Μαντώ, μὴ Περίλαον, μὴ Κιλικίαν, ἔλθοιμι δὲ ἔνθα[δε] κἂν τάφον Ἁβροκόμου μόνον ὄψομαι." ταῦτα ⟨λέγουσα⟩ ἑκάστοτε ἐδάκρυε καὶ αὐτὴ μὲν οὐ ποτόν, οὐ τροφὴν προσίετο, ἠνάγκαζον δὲ οἱ λῃσταί.

9. Καὶ οἱ μὲν ἀνύσαντες ἡμέραις οὐκ ὀλίγαις τὸν πλοῦν κατῆραν εἰς Ἀλεξάνδρειαν κἀνταῦθα ἐξεβίβασαν τὴν Ἀνθίαν καὶ διέγνωσαν ἐκ τοῦ πλοῦ ⟨κεκμηκυῖαν ἀναλαβόντες⟩ παραδοῦναί τισιν ἐμπόροις· ὁ δὲ Περίλαος μαθὼν τὴν τοῦ τάφου διορυγὴν καὶ τοῦ σώματος ἀπώλειαν ἐν πολλῇ καὶ ἀκατασχέτῳ λύπῃ ἦν. ὁ δὲ Ἁβροκόμης ἐζήτει καὶ ἐπολυπραγμόνει εἴ τις ἐπίσταιτο κόρην ποθὲν ξένην αἰχμάλωτον μετὰ λῃστῶν ἀχθεῖσαν, ὡς δὲ οὐδὲν εὗρεν, ἀποκαμὼν ἦλθεν οὗ κατήγοντο.

---

59 Há forte ressonância entre essa passagem e outra em *Quéreas e Calírroe* (1.5-10) em que a heroína também é sepultada viva, tem violado seu túmulo por piratas, que a levam para vender em Mileto.

60 **Alexandria**: capital do Egito e uma das maiores metrópoles, cultural e comercial, do Império Romano.

Dizia essas palavras, mas não persuadiu os piratas, que a tiraram da sepultura e levaram-na até o mar.⁵⁹ Ali tomaram um barco e foram para Alexandria.⁶⁰ Na embarcação cuidavam dela e a exortavam a ter coragem. E ela, mergulhada nos próprios males, de novo e de novo pensava, chorava e se lamentava, dizendo:

– Mais uma vez piratas e o mar, mais uma vez sou prisioneira, mas dessa vez o infortúnio é ainda pior, porque não estou com Habrocomes! Que terra me receberá? Para que homens terei de olhar? Não mais Méris, nem Manto, nem Perilau, nem a Cilícia! Pudera voltar lá e olhar tão somente o túmulo de Habrocomes!

Dizendo essas palavras, chorava sem parar e não tocava em bebida, nem comida, mas os piratas a obrigaram.

9. Depois de levar não poucos dias na travessia, eles atracaram o navio em Alexandria e ali desembarcaram Ântia e decidiram entregá-la a alguns mercadores em terra firme, uma vez que quando a capturaram ela estava praticamente morta. Enquanto isso, Perilau, ao saber da invasão do túmulo e do sumiço do corpo, entregou-se a uma tristeza profunda e incontrolável. Habrocomes, por sua vez, buscava por ela e perguntava incessantemente se alguém sabia do paradeiro de uma moça estrangeira levada como prisioneira na companhia de piratas e, como não descobriu nada, exausto, foi para o acampamento.

δεῖπνον δὲ αὐτοῖς οἱ περὶ τὸν Ἱππόθοον παρεσκεύασαν, καὶ οἱ μὲν ἄλλοι ἐδειπνοποιοῦντο, ὁ δὲ Ἁβροκόμης πάνυ ἄθυμος ἦν καὶ αὐτὸν ἐπὶ τῆς εὐνῆς ῥίψας ἔκλαιε καὶ ἔκειτο οὐδὲν προσιέμενος. προϊοῦσι δέ τοῦ πότου †ὁ κύριος† τοῖς περὶ τὸν Ἱππόθοον παροῦσα καί τις πρεσβῦτις ἄρχεται διηγήματος, ᾗ ὄνομα Χρυσίον· "ἀκούσατε" ἔφη, "ὦ ξένοι, πάθους οὐ πρὸ πολλοῦ γενομένου ἐν τῇ πόλει· Περίλαός τις, ἀνὴρ τῶν τὰ πρῶτα δυναμένων, ἄρχειν μὲν ἐχειροτονήθη τῆς εἰρήνης τῆς ἐν Κιλικίᾳ, ἐξελθὼν δὲ ἐπὶ λῃστῶν ζήτησιν, ἤγαγέ τινας συλλαβὼν λῃστὰς καὶ μετ' αὐτῶν κόρην καλὴν καὶ ταύτην ἔπειθεν αὐτῷ γαμηθῆναι. καὶ πάντα μὲν τὰ πρὸς τὸν γάμον ἐκτετέλεστο, ἡ δὲ εἰς τὸν θάλαμον εἰσελθοῦσα, εἴτε μανεῖσα εἴτε ἄλλου τινὸς ἐρῶσα, πιοῦσα φάρμακόν ποθεν ἀποθνῄσκει· οὗτος γὰρ ὁ τοῦ θανάτου τρόπος αὐτῆς ἐλέγετο." ἀκούσας ὁ Ἱππόθοος "αὕτη" ἔφησεν "ἐστὶν ἡ κόρη ἣν Ἁβροκόμης ζητεῖ." ὁ δὲ Ἁβροκόμης ἤκουε μὲν τοῦ διηγήματος, παρεῖτο δὲ ὑπὸ ἀθυμίας. ὀψὲ δὲ ⟨ἀνενεγκὼν⟩ καὶ ἀναθορὼν ἐκ τῆς τοῦ Ἱπποθόου φωνῆς "ἀλλὰ νῦν μὲν σαφῶς τέθνηκεν Ἀνθία καὶ τάφος ἴσως αὐτῆς ἔστιν ἐνθάδε καὶ τὸ σῶμα σῴζεται" λέγων ἐδεῖτο τῆς πρεσβύτιδος τῆς Χρυσίου ἄγειν ἐπὶ τὸν τάφον αὐτῆς καὶ δεῖξαι τὸ σῶμα. ἡ δὲ ἀναστενάξασα "τοῦτο γὰρ" ἔφη "τῇ κόρῃ ⟨τῇ⟩ ταλαιπώρῳ τὸ δυστυχέστατον· ὁ μὲν γὰρ Περίλαος καὶ ἔθαψεν αὐτὴν πολυτελῶς καὶ ἐκόσμησε, πυθόμενοι δὲ τὰ συνταφέντα λῃσταί, ἀνορύξαντες τὸν τάφον τόν τε κόσμον ἀνείλοντο καὶ τὸ σῶμα ἀφανὲς ἐποίησαν, ἐφ' οἷς πολλὴ καὶ μεγάλη ζήτησις ὑπὸ Περιλάου γίνεται."

O bando de Hipótoo preparou a própria refeição e enquanto todos jantavam, Habrocomes estava completamente desanimado e, atirando-se à cama, chorava e jazia prostrado, sem tocar em nada. Quando os membros do bando prosseguiram para a bebida, uma senhora, de nome Crisio, que estava ali, começou a contar uma história. Ela disse:

– Forasteiros, escutem uma história triste que se passou recentemente na cidade. Um certo Perilau, homem dos mais importantes, designado para promover a paz na Cilícia, tendo saído em uma busca contra bandidos, trouxe alguns que capturara e com eles uma linda moça, que convenceu a aceitá-lo por marido. E já estava tudo pronto para o casamento, mas ela, ao entrar no quarto nupcial – talvez por estar tomada de loucura, talvez por amar um outro –, bebe uma droga qualquer e morre. Dizem que sua morte foi desse jeito.

Depois de ouvir, Hipótoo disse:

– Essa é a moça que Habrocomes está buscando!

Habrocomes estava escutando a história, mas devido ao desânimo manteve-se inerte. Bem depois, voltando a si e sobressaltando-se com o tom de voz de Hipótoo, disse: "mas agora está claro que Ântia está morta e que talvez haja por aqui um túmulo para ela e o corpo esteja preservado". E pediu para Crisio, a velhinha, levá-lo até o túmulo dela e mostrar o corpo. E ela, com um gemido, disse:

– O maior dos infortúnios coube à pobre da moça. Perilau sepultou-a suntuosamente e cheia de adornos, e, informados sobre o enterro, piratas arrombaram a sepultura, levaram as joias e sumiram com o corpo. No momento, Perilau comanda uma busca de grande proporção contra eles.

10. Ἀκούσας ὁ Ἁβροκόμης περιερρήξατο τὸν χιτῶνα καὶ μεγάλως ἀνωδύρετο καλῶς μὲν καὶ σωφρόνως ἀποθανοῦσαν Ἀνθίαν, δυστυχῶς δὲ μετὰ τὸν θάνατον ἀπολομένην· "τίς ἄρα λῃστὴς οὕτως ἐρωτικός, ἵνα καὶ νεκρᾶς ἐπιθυμήσῃ σου, ἵνα καὶ τὸ σῶμα ἀφέληται; ἀπεστερήθην σοῦ ὁ δυστυχὴς καὶ τῆς μόνης ἐμοὶ παραμυθίας. ἀποθανεῖν μὲν οὖν ἔγνωσται πάντως, ἀλλὰ τὰ πρῶτα καρτερήσω, μέχρι που τὸ σῶμα εὕρω τὸ σὸν καὶ περιβαλὼν ἐμαυτὸν ἐκείνῳ συγκαταθάψω." ταῦτα ἔλεγεν ὀδυρόμενος, θαρρεῖν, δὲ αὐτὸν παρεκάλουν οἱ περὶ τὸν Ἱππόθοον.

Καὶ τότε μὲν ἀνεπαύσαντο δι' ὅλης νυκτός, ἔννοια δὲ πάντων Ἁβροκόμην εἰσήρχετο, Ἀνθίας, τοῦ θανάτου, τοῦ τάφου, τῆς ἀπωλείας. καὶ δὴ καὶ οὐκέτι καρτερῶν, λαθὼν πάντας (ἔκειντο δὲ ὑπὸ μέθης οἱ περὶ τὸν Ἱππόθοον) ἔξεισιν ὡς δή τινος χρῄζων καὶ καταλιπὼν πάντας ἐπὶ τὴν θάλατταν ἔρχεται καὶ ἐπιτυγχάνει νεὼς εἰς Ἀλεξάνδρειαν ἀναγομένης καὶ ἐπιβὰς ἀνάγεται ἐλπίζων τοὺς λῃστὰς τοὺς συλήσαντας πάντα ἐν Αἰγύπτῳ καταλήψεσθαι. ὡδήγει δὲ αὐτὸν εἰς ταῦτα ἐλπὶς δυστυχής. καὶ ὁ μὲν ἔπλει τὴν ἐπ' Ἀλεξάνδρειαν, ἡμέρας δὲ γενομένης οἱ περὶ τὸν Ἱππόθοον ἠνιῶντο μὲν ἐπὶ τῷ ἀπαλλαχθῆναι τοῦ Ἁβροκόμου, ἀναλαβόντες δὲ αὑτοὺς ἡμερῶν ὀλίγων ἔγνωσαν τὴν ἐπὶ Συρίας καὶ Φοινίκης λῃστεύοντες ἰέναι.

61 **Desafortunada esperança**: a esperança (*elpís*) é considerada um mal pelos poetas gregos desde Hesíodo, que, em *Trabalhos e os Dias*, a coloca no jarro que Pandora traz consigo ao lado das doenças, trabalho e morte. Os poetas líricos a consideram responsável pelos jovens deixarem de viver plenamente a curta juventude, acreditando que jamais adoeceriam ou alcançariam a morte.

10. Ao ouvir isso, Habrocomes rasgou sua túnica e em voz alta lamentou Ântia, que felizmente morrera casta, mas, infelizmente, desaparecera após a morte.

– Que pirata é assim apaixonado para desejar também seu cadáver, para subtrair também seu corpo? Fui privado de seu corpo, pobre de mim, e do meu único consolo! A decisão de morrer está tomada, não há dúvida, mas primeiro devo resistir, até que eu encontre o seu corpo e, abraçado a ele, faça nosso enterro conjunto!

Dizia essas palavras enquanto se lamentava e os homens de Hipótoo o encorajavam a aguentar firme.

E então eles foram repousar durante toda a noite, mas Habrocomes continuava pensando em tudo aquilo: em Ântia, em sua morte, na sepultura, no sumiço do corpo. E sem poder suportar mais, despercebido de todos (os homens de Hipótoo dormiam sob efeito da bebida), sob pretexto de buscar alguma coisa e deixando tudo para trás foi até a costa. Encontrando um navio que estava indo para Alexandria, embarcou e deixou-se levar na esperança de alcançar no Egito os piratas, que tudo haviam saqueado. Era sua guia nesse caminho a desafortunada esperança.[61] E enquanto ele navegava rumo a Alexandria, ao raiar do dia, os homens de Hipótoo ficaram destroçados ao se verem separados de Habrocomes, mas, em pouco tempo se refizeram e decidiram ir para a Síria e para a Fenícia e lá se entregar à pilhagem.

11. Οἱ δὲ λῃσταὶ τὴν Ἀνθίαν εἰς Ἀλεξάνδρειαν παρέδωκαν ἐμπόροις πολὺ λαβόντες ἀργύριον. οἱ δὲ ἔτρεφόν τε αὐτὴν πολυτελῶς καὶ τὸ σῶμα ἐθεράπευον, ζητοῦντες ἀεὶ τὸν ὠνησόμενον κατ' ἀξίαν. ἔρχεται δή τις εἰς Ἀλεξάνδρειαν ἐκ τῆς Ἰνδικῆς τῶν ἐκεῖ βασιλέων κατὰ θέαν τῆς πόλεως καὶ κατὰ χρείαν ἐμπορίας, Ψάμμις τὸ ὄνομα. οὗτος ὁ Ψάμμις ὁρᾷ τὴν Ἀνθίαν παρὰ τοῖς ἐμπόροις καὶ ἰδὼν ἁλίσκεται καὶ ἀργύριον δίδωσι τοῖς ἐμπόροις πολὺ καὶ λαμβάνει θεράπαιναν αὐτήν. ὠνησάμενος δὲ ἄνθρωπος βάρβαρος καὶ ⟨θαυμάσας τὸ κάλλος⟩ εὐθὺς ἐπιχειρεῖ βιάζεσθαι καὶ χρῆσθαι πρὸς συνουσίαν. οὐ θέλουσα δὲ τὰ μὲν πρῶτα ἀντέλεγε, τελευταῖον δὲ σκήπτεται πρὸς τὸν Ψάμμιν (δεισιδαίμονες δὲ φύσει βάρβαροι) ὅτι αὐτὴν ὁ πατὴρ γεννωμένην ἀναθείη τῇ Ἴσιδι μέχρις ὥρας γάμων, καὶ ἔλεγεν ἔτι τὸν χρόνον ἐνιαυτῷ λείπεσθαι. "ἢν οὖν" φησιν, "ἐξυβρίσῃς εἰς τὴν ἱερὰν τῆς θεοῦ, μηνίσει μὲν ἐκείνη, χαλεπὴ δὲ ἡ τιμωρία." πείθεται Ψάμμις καὶ τὴν θεὸν προσεκύνει καὶ Ἀνθίας ἀπέχεται.

12. Ἡ δὲ ἔτι παρὰ Ψάμμιδι ἦν φρουρουμένη, ἱερὰ τῆς Ἴσιδος νομιζομένη. ἡ δὲ ναῦς ἡ τὸν Ἁβροκόμην ἔχουσα τοῦ μὲν κατ' Ἀλεξάνδρειαν πλοῦ διαμαρτάνει, ἐμπίπτει δὲ ἐπὶ τὰς ἐκβολὰς τοῦ Νείλου τήν τε Παράλιον καλουμένην καὶ Φοινίκης ὅση παραθαλάσσιος. ἐκπεσοῦσι δὲ αὐτοῖς ἐπιδραμόντες τῶν ἐκεῖ ποιμένων τά τε φορτία διαρπάζουσι καὶ τοὺς ἄνδρας δεσμεύουσι καὶ ἄγουσιν ὁδὸν ἔρημον πολλὴν εἰς Πηλούσιον τῆς Αἰγύπτου πόλιν καὶ ἐνταῦθα πιπράσκουσιν ἄλλον ἄλλῳ.

---

62 **Pelúsio**: cidade do antigo Egito, próxima à costa, era um próspero centro de comércio do linho. Habrocomes é atacado por *boúkoloi* (vaqueiros), grupos ilegais situados no delta egípcio, que se opunham à autoridade central do Egito. Cf. Rutherford (2000).

11. Em Alexandria, os piratas entregaram Ântia a mercadores em troca de muito dinheiro. Eles não economizaram em sua alimentação e cuidaram de sua aparência, buscando sempre quem a comprasse conforme o que valia. Veio então a Alexandria um dos reis da Índia, de nome Psammis, para visitar a cidade e fazer negócios. Esse Psammis viu Ântia na companhia dos mercadores e, cativado por sua visão, deu por ela muito dinheiro e fez dela sua escrava. Assim que a comprou, o bárbaro, encantado com sua beleza, tentou imediatamente forçá-la e manter relações com ela. Como não queria, primeiro ela se recusou; por fim (e os bárbaros são por natureza supersticiosos), alegou que seu pai, quando do seu nascimento, a consagrara a Ísis até a idade de casar-se. Disse que faltava ainda um ano e que:

– Se você insultar a protegida da deusa, ela se enraivecerá e o castigo será severo.

Psammis convenceu-se, reverenciou a deusa e afastou-se de Ântia.

12. Ela ainda estava sob a guarda de Psammis, tida como consagrada a Ísis. Mas o navio que trazia Habrocomes em sua viagem a Alexandria saiu da rota e foi dar na foz do rio Nilo, na dita Parálio, perto do litoral da Fenícia. Quando desembarcaram, atacaram-nos alguns pastores dali que saquearam a carga, acorrentaram os homens e os levaram por uma estrada bastante erma a Pelúsio, cidade egípcia.[62] Ali venderam cada um a um comprador diferente.

ὠνεῖται δὴ τὸν Ἁβροκόμην πρεσβύτης στρατιώτης (ἦν δὲ πεπαυμένος), Ἄραξος τοὔνομα. οὗτος ὁ Ἄραξος εἶχε γυναῖκα ὀφθῆναι μιαράν, ἀκουσθῆναι πολὺ χείρω, ἅπασαν ἀκρασίαν ὑπερβεβλημένην, Κυνὼ τὸ ὄνομα. αὕτη ἡ Κυνὼ ἐρᾷ τοῦ Ἁβροκόμου εὐθὺς ἀχθέντος εἰς τὴν οἰκίαν καὶ οὐκέτι κατεῖχε, δεινὴ καὶ ἐρασθῆναι, καὶ ἀπολαύειν ἐθέλει τῆς ἐπιθυμίας. ὁ μὲν δὴ Ἄραξος ἠγάπα τὸν Ἁβροκόμην καὶ παῖδα ἐποιεῖτο, ἡ δὲ Κυνὼ προσφέρει λόγον περὶ συνουσίας καὶ δεῖται πείθεσθαι καὶ ἄνδρα ἔχειν ὑπισχνεῖτο καὶ Ἄραξον ἀποκτενεῖν. δεινὸν ἐδόκει τοῦτο Ἁβροκόμῃ, καὶ πολλὰ ἅμα ἐσκόπει, τὴν Ἀνθίαν, τοὺς ὅρκους, τὴν πολλάκις αὐτὸν σωφροσύνην ἀδικήσασαν, τέλος δὲ ἤδη ἐγκειμένης τῆς Κυνοῦς συγκατατίθεται. καὶ νυκτὸς γενομένης ἡ μὲν ὡς ἄνδρα ἕξουσα τὸν Ἁβροκόμην τὸν Ἄραξον ἀποκτιννύει καὶ λέγει τὸ πραχθὲν τῷ Ἁβροκόμῃ, ὁ δὲ οὐκ ἐνεγκὼν τὴν τῆς γυναικὸς ἀσέλγειαν ἀπηλλάγη τῆς οἰκίας, καταλιπὼν αὐτήν, οὐκ ἄν ποτε μιαιφόνῳ συγκατακλιθήσεσθαι φήσας. ἡ δὲ ἐν ὀργῇ γενομένη, ἅμα τῇ ἡμέρᾳ προσελθοῦσα ἔνθα τὸ πλῆθος τῶν Πηλουσιωτῶν ἦν, ἀνωδύρετο τὸν ἄνδρα καὶ ἔλεγεν ὅτι αὐτὸν ὁ νεώνητος δοῦλος ἀποκτείνειε, καὶ πολλὰ ὅσα ἐπεθρήνει καὶ ἐδόκει λέγειν τῷ πλήθει πιστά. οἱ δὲ εὐθὺς συνέλαβον τὸν Ἁβροκόμην καὶ δήσαντες ἀνέπεμπον τῷ τῆς Αἰγύπτου τότε ἄρχοντι. καὶ ὁ μὲν δίκην δώσων εἰς Ἀλεξάνδρειαν ἤγετο ὑπὲρ ὧν ἐδόκει τὸν δεσπότην Ἄραξον ἀποκτεῖναι.

63 **Cino**: cadela, em grego, designação altamente pejorativa já atestada por Homero na *Ilíada* (3.180; 4.344 e 4.356), em que Helena assim se denomina.

Habrocomes foi comprado por um velho soldado já aposentado, de nome Araxo. Esse Araxo tinha uma mulher repugnante aos olhos e ainda pior aos ouvidos, incapaz de refrear-se ainda que minimamente, chamada Cino.[63] Essa Cino apaixonou-se por Habrocomes assim que ele foi conduzido à casa e não mais se conteve, estava totalmente apaixonada e determinada a desfrutar de seu desejo.

Araxo afeiçoou-se a Habrocomes e tratava-o como a um filho; Cino, no entanto, propunha que tivessem relações, queria convencê-lo a todo custo e prometeu casar-se com ele e matar Araxo. Habrocomes achava tudo horrível e considerava vários aspectos simultaneamente: Ântia, os juramentos, os prejuízos causados pela castidade. Por fim, dada a insistência de Cino, concordou. Quando veio a noite, como quisesse fazer de Habrocomes seu marido, ela matou Araxo e contou a Habrocomes o que fizera. E ele, sem suportar a impudência da mulher, deixou a casa, abandonando-a após dizer que jamais poderia compartilhar o leito com uma assassina. Tomada de ira, no dia seguinte, ela foi aonde estavam reunidos os pelúsios, chorou o marido e disse que o escravo recém-comprado o matara e o muito que lamentou e inventou de dizer foi crível ao povo. Eles imediatamente capturaram Habrocomes e, após acorrentá-lo, levaram-no ao governador do Egito. E ele o enviou a Alexandria para ser castigado pelo assassinato de Araxo, seu senhor.[64]

---

64 Variação do motivo da mulher de Potifar.

Λόγος τέταρτος

1. Οἱ δὲ περὶ τὸν Ἱππόθοον ἀπὸ Ταρσοῦ κυνήσαντες ἤεσαν ἐπὶ τὴν Συρίαν, πᾶν εἴ τι ἐμποδὼν λάβοιεν ὑποχείριον ποιούμενοι· ἐνέπρησαν δὲ καὶ κώμας καὶ ἄνδρας ἀπέσφαξαν πολλούς. καὶ οὕτω παρελθόντες εἰς Λαοδίκειαν τῆς Συρίας ἔρχονται κἀνταῦθα ἐπεδήμουν οὐκέτι ὡς λῃσταί, ἀλλ' ὡς κατὰ θέαν τῆς πόλεως ἥκοντες. ἐνταῦθα ὁ Ἱππόθοος ἐπολυπραγμόνει ⟨εἴ⟩ ποθεν Ἁβροκόμην εὑρεῖν δυνήσεται. ὡς δ' οὐδὲν ἤνυε, ⟨ἀνα⟩λαβόντες αὐτούς, ⟨διὰ⟩ τῆς Φοινίκης ἐτράποντο κἀκεῖθεν ἐπ' Αἴγυπτον· ἐδόκει γὰρ αὐτοῖς καταδραμεῖν Αἴγυπτον· καὶ συλλεξάμενοι μέγα λῃστήριον ἔρχονται τὴν ἐπὶ Πηλούσιον καὶ τῷ ποταμῷ τῷ Νείλῳ πλεύσαντες εἰς Ἑρμούπολιν τῆς Αἰγύπτου καὶ Σχεδίαν, ἐμβαλόντες εἰς διώρυγα τοῦ ποταμοῦ τὴν ὑπὸ Μενελάου γενομένην Ἀλεξάνδρειαν μὲν παρῆλθον, ἦλθον δὲ ἐπὶ Μέμφιν τὴν ἱερὰν τῆς Ἴσιδος κἀκεῖθεν ἐπὶ Μένδην. παρέλαβον δὲ καὶ τῶν ἐπιχωρίων κοινωνοὺς τοῦ λῃστηρίου καὶ ἐξηγητὰς τῆς ὁδοῦ. διελθόντες μὲν δὴ Ταῦα ἐπὶ Λεοντὼ ἔρχονται πόλιν καὶ ἄλλας παρελθόντες κώμας οὐκ ὀλίγας, ὧν τὰς πολλὰς ἀφανεῖς ⟨ἐποίησαν⟩, εἰς Κοπτὸν ἔρχονται τῆς Αἰθιοπίας πλησίον.

---

65 **Laodiceia, na Síria**: cidade portuária e importante colônia do Império Romano na antiga Síria.

66 **Hermópolis e Esquédia**: cidades próximas a Alexandria. O bando vai atravessar o Egito, passando por Mênfis, Mendes, Leontópolis e Coptos, descendo em direção à Etiópia em um impressionante tes-

Livro 4

1.   Enquanto isso, após deixar Tarso, o bando de Hipótoo foi para Síria, subjugando tudo o que se punha em seu caminho. Eles queimaram aldeias e degolaram muitos homens. E assim, ao passar por Laodiceia, na Síria, foram até lá e se instalaram, não mais como bandidos, mas como quem vem visitar a cidade.[65] Ali Hipótoo buscou informar-se sobre o paradeiro de Habrocomes. Como em nada resultasse, reuniu os homens e rumou para a Fenícia e dali para o Egito, pois concordaram em percorrer o Egito em pilhagens. Após reunirem-se em um grande bando, foram até Pelúsio e, navegando pelo rio Nilo, a Hermópolis, no Egito, e Esquédia,[66] tomaram o canal do rio, o construído por Menelau,[67] e passaram ao largo de Alexandria. Foram, então, para Mênfis, consagrada a Ísis, e dali a Mendes. Incorporaram ao bando jovens da região como sócios e guias. Passaram por Taua e chegaram à cidade de Leontópolis, após ter margeado várias aldeias, a maioria das quais inexpressiva, aproximaram-se de Coptos, já quase na fronteira da Etiópia.

temunho de mobilidade no Império Romano. Coptos era um importante entreposto por ficar na passagem das caravanas que partiam para Índia e Arábia.

67   **Menelau:** segundo Henderson, é o irmão de Ptolomeu I e a obra, um canal artificial, ligava Alexandria ao Nilo.

ἐνταῦθα ἔγνωσαν ληστεύειν· πολὺ γὰρ πλῆθος ἐμπόρων τὸ διοδεῦον ἦν τῶν τε ἐπ' Αἰθιοπίαν καὶ τῶν ἐπὶ Ἰνδικὴν φοιτώντων· ἦν δὲ αὐτοῖς καὶ τὸ ληστήριον ἀνθρώπων πεντακοσίων. καταλαβόντες δὲ τῆς Αἰθιοπίας τὰ ἄκρα καὶ ἄντρα καταστησάμενοι διέγνωσαν τοὺς παριόντας ληστεύειν.

2. Ὁ δὲ Ἁβροκόμης ὡς ἧκε παρὰ τὸν ἄρχοντα τῆς Αἰγύπτου (ἐπεστάλκεσαν δὲ οἱ Πηλουσιῶται τὰ γενόμενα αὐτῷ, καὶ τὸν τοῦ Ἀράξου φόνον καὶ ὅτι οἰκέτης ὢν τοιαῦτα ἐτόλμησε), μαθὼν οὖν ἕκαστα, οὐκέτι οὐδὲ πυθόμενος τὰ γενόμενα, κελεύει τὸν Ἁβροκόμην ἀγαγόντας προσαρτῆσαι σταυρῷ. ὁ δὲ ἀπὸ μὲν τῶν κακῶν ἀχανὴς ἦν; παρεμυθεῖτο δὲ αὐτὸν τῆς τελευτῆς ὅτι ἐδόκει καὶ Ἀνθίαν τεθνηκέναι. ἄγουσι δὲ αὐτὸν οἷς τοῦτο προσετέτακτο παρὰ τὰς ὄχθας τοῦ Νείλου· ἦν δὲ κρημνὸς ἀπότομος εἰς ⟨τὸ⟩ ῥεῦμα τοῦ ποταμοῦ βλέπων· καὶ ἀναστήσαντες τὸν σταυρὸν προσαρτῶσι, σπάρτοις τὰς χεῖρας σφίγξαντες καὶ τοὺς πόδας· τοῦτο γὰρ τῆς ἀνασταυρώσεως ἔθος τοῖς ἐκεῖ· καταλιπόντες δὲ ᾤχοντο, ὡς ἐν ἀσφαλεῖ τοῦ προσηρτημένου μένοντος. ὁ δὲ ἀποβλέψας εἰς τὸν ἥλιον καὶ τὸ ῥεῦμα ἰδὼν τοῦ Νείλου "ὦ θεῶν" φησι "φιλανθρωπότατε, ὃς Αἴγυπτον ἔχεις, δι' ὃν καὶ γῆ καὶ θάλασσα πᾶσιν ἀνθρώποις πέφηνεν, εἰ μέν τι Ἁβροκόμης ἀδικεῖ, καὶ ἀπολοίμην οἰκτρῶς καὶ μείζονα τιμωρίαν εἴ τις ἔστι ταύτης ὑπόσχοιμι, εἰ δὲ ὑπὸ γυναικὸς προδέδομαι πονηρᾶς, μήτε τὸ Νείλου ῥεῦμα μιανθείη ποτὲ ἀδίκως ἀπολομένου σώματι, μήτε σὺ τοιοῦτον ἴδοις θέαμα, ἄνθρωπον οὐδὲν ἀδικήσαντα ἀπολλύμενον ἐπὶ τῆς σῆς."

---

68 Habrocomes invoca Rá, o deus Sol, cultuado no Egito, mas assimilado no romance ora a Apolo, ora a Hélio, a quem o casal já celebrara em Rodes (cf. 1.12).

Lá decidiram entregar-se à pilhagem, pois havia um grande trânsito de mercadores, tanto dos que vinham à Etiópia quanto dos que iam para a Índia, e o bando tinha ao todo quinhentos homens. Tendo tomado as colinas e ocupado as cavernas da Etiópia, decidiram saquear os viajantes.

2. Quanto a Habrocomes, apresentou-se ao governador do Egito, a quem os pelúsios enviaram uma denúncia do ocorrido, compreendendo tanto o assassinato de Araxo quanto que fora um escravo que se atrevera a tanto. E esse, inteirando-se dos detalhes e sem investigar mais os fatos, ordenou que levassem Habrocomes e o crucificassem. Ele, diante de seus males, estava mudo e só se consolava do seu fim iminente porque pensava que também Ântia estava morta.

Os encarregados da execução levaram-no para os bancos do Nilo, onde uma colina escarpada dava vista para as águas do rio. Ergueram a cruz e o ataram a ela, amarrando forte suas mãos e pés com cordas, pois era essa a forma de crucificação entre eles. Deixaram-no e foram embora, como se o amarrado tivesse ficado bem preso. E ele voltou o olhar para o sol e, sem perder de vista as águas do Nilo, disse:

– Você, dos deuses o mais benevolente, que governa o Egito, por quem tanto a terra quanto o mar vieram a ser conhecidos de todos os homens, se Habrocomes cometeu algum crime, que eu sofra uma morte miserável e receba castigo ainda maior do que esse, se de fato há algum. Mas, se fui traído por uma mulher sem caráter, que nem as águas do Nilo sejam contaminadas pelo corpo de quem morreu injustamente, nem você tenha que assistir a tal espetáculo, um homem isento de crime morrer em seus domínios.[68]

ταῦτα ηὔξατο, καὶ αὐτὸν ὁ θεὸς οἰκτείρει, καὶ πνεῦμα ἐξαίφνης ἀνέμου γίνεται καὶ ἐμπίπτει τῷ σταυρῷ καὶ ἀποβάλλει μὲν τοῦ κρημνοῦ τὸ γεῶδες εἰς ὃ ἦν ὁ σταυρὸς ἠρεισμένος, ἐμπίπτει δὲ Ἁβροκόμης τῷ ῥεύματι καὶ ἐφέρετο οὔτε τοῦ ὕδατος αὐτὸν ἀδικοῦντος οὔτε τῶν δεσμῶν ἐμποδιζόντων οὔτε τῶν θηρίων [παρα]βλαπτόντων, ἀλλὰ παραπέμποντος τοῦ ῥεύματος. φερόμενος δὲ εἰς τὰς ἐμβολὰς ἔρχεται τὰς εἰς τὴν θάλασσαν τοῦ Νείλου, κἀνταῦθα οἱ παραφυλάσσοντες λαμβάνουσιν αὐτὸν καὶ ὡς δραπέτην τῆς τιμωρίας ἄγουσι παρὰ τὸν διοικοῦντα τὴν Αἴγυπτον. ὁ δὲ ἔτι μᾶλλον ὀργισθεὶς καὶ πονηρὸν εἶναι νομίσας τελέως Κελεύει πυρὰν ποιήσαντας, ἐπιθέντας καταφλέξαι τὸν Ἁβροκόμην. καὶ ἦν μὲν ἅπαντα παρεσκευασμένα, καὶ ἡ πυρὰ παρὰ τὰς ἐκβολὰς τοῦ Νείλου, καὶ ἐπετίθετο μὲν ὁ Ἁβροκόμης, καὶ τὸ πῦρ ὑπετέθειτο, ἄρτι δὲ τῆς φλογὸς μελλούσης ἅπτεσθαι τοῦ σώματος ηὔχετο πάλιν ὀλίγα, ὅσα ἐδύνατο, σῶσαι αὐτὸν ἐκ τῶν καθεστώτων κακῶν. κἀνταῦθα κυματοῦται μὲν ὁ Νεῖλος, ἐπιπίπτει δὲ τῇ πυρᾷ τὸ ῥεῦμα καὶ κατασβέννυσι τὴν φλόγα. θαῦμα δὲ τὸ γενόμενον τοῖς παροῦσιν ἦν, καὶ λαβόντες ἄγουσι τὸν Ἁβροκόμην πρὸς τὸν ἄρχοντα τῆς Αἰγύπτου καὶ λέγουσι τὰ συμβάντα καὶ τὴν τοῦ Νείλου βοήθειαν διηγοῦνται. ἐθαύμασεν ἀκούσας τὰ γενόμενα καὶ ἐκέλευσεν αὐτὸν τηρεῖσθαι μὲν ἐν τῇ εἱρκτῇ, ἐπιμέλειαν δὲ ἔχειν πᾶσαν, "ἕως" ἔφη "μάθωμεν ὅστις ὁ ἄνθρωπός ἐστι καὶ ὅ τι οὕτως αὐτοῦ μέλει θεοῖς."

69 A passagem remete à forma como Creso escapa da morte na fogueira ao suplicar a Apolo em *Histórias* 1.87, de Heródoto.

Ele fez essa prece e o deus se apiedou dele. Sobreveio um vendaval, que se precipitou sobre a cruz, e jogou longe a terra da colina onde a cruz estava fixada. Habrocomes caiu no rio e foi levado pelas águas sem que elas lhe fizessem mal, nem as amarras eram empecilho, nem animais o feriam, ao contrário, as correntes o conduziam. Levado até a embocadura, chegou à confluência do Nilo com o mar, e lá, os sentinelas o recolheram. Como era fugitivo da justiça, conduziram-no até o governador do Egito.

Tomado de cólera ainda maior e convencido de que Habrocomes era totalmente desprovido de caráter, o governador ordenou que fizessem uma fogueira e colocassem Habrocomes nela para que ardesse por completo. Estava tudo pronto (a fogueira, junto à foz do Nilo; Habrocomes, já posicionado, e o fogo ateado sob ele) e logo que a chama estava prestes a tocar seu corpo, ele fez novamente uma breve prece, o que era possível, para que o deus o salvasse dos males consolidados. E então o Nilo cobriu-se de ondas e as águas investiram contra a fogueira, apagando a chama.[69]

O acontecido causou espanto aos presentes que recolheram Habrocomes e o conduziram até o governador do Egito, relataram o incidente e descreveram o socorro advindo do Nilo. Após ouvir o acontecido, o governador espantou-se e ordenou que Habrocomes fosse mantido sob vigilância na prisão e que lhe dispensassem todo cuidado "até que", disse, "saibamos quem é esse homem e por que os deuses zelam tanto por ele".

3. Καὶ ὁ μὲν ἦν ἐν τῇ εἱρκτῇ, ὁ δὲ ψάμμις ὁ τὴν Ἀνθίαν ὠνησάμενος διέγνω μὲν ἀπιέναι τὴν ἐπ' οἴκου καὶ πάντα πρὸς τὴν ὁδοιπορίαν παρεσκευάζετο, ἔδει δὲ αὐτὸν ὁδεύσαντα τὴν ἄνω Αἴγυπτον ἐπὶ Αἰθιοπίαν ἐλθεῖν, ἔνθα ἦν τὸ Ἱπποθόου λῃστήριον. ἦν δὲ πάντα εὐτρεπῆ· κάμηλοί τε πολλαὶ καὶ ὄνοι καὶ ἵπποι σκευαγωγοί· ἦν δὲ πολὺ μὲν πλῆθος χρυσίου, πολὺ δὲ ἀργύρου, πολλὴ δὲ ἐσθής· ἦγε δὲ καὶ τὴν Ἀνθίαν. ἡ δὲ ὡς Ἀλεξάνδρειαν παρελθοῦσα ἐγένετο ἐν Μέμφει, ηὔχετο τῇ Ἴσιδι στᾶσα πρὸ τοῦ ἱεροῦ· "ὦ μεγίστη θεῶν, μέχρι μὲν νῦν ἁγνὴ μένω λογιζομένη σὴ καὶ γάμον ἄχραντον Ἁβροκόμῃ τηρῶ, τοὐντεῦθεν δὲ ἐπὶ Ἰνδοὺς ἔρχομαι, μακρὰν μὲν τῆς Ἐφεσίων γῆς, μακρὰν δὲ τῶν Ἁβροκόμου λειψάνων. ἢ σῶσον οὖν ἐντεῦθεν τὴν δυστυχῆ καὶ ζῶντι ἀπόδος Ἁβροκόμῃ ἤ, εἰ πάντως εἵμαρται χωρὶς ἀλλήλων ἀποθανεῖν, ἔργασαι τοῦτο· μεῖναί με σωφρονοῦσαν τῷ νεκρῷ." ταῦτα ηὔχετο, καὶ προῇεσαν τῆς ὁδοῦ. καὶ ἤδη μὲν διεληλύθεισαν Κοπτόν, ἐνέβαινον[το] δὲ τοῖς Αἰθιόπων ὅροις, καὶ αὐτοῖς Ἱππόθοος ἐπιπίπτει καὶ αὐτὸν μὲν τὸν Ψάμμιν ἀποκτιννύει καὶ πολλοὺς τῶν σὺν αὐτῷ καὶ τὰ χρήματα λαμβάνει καὶ τὴν Ἀνθίαν αἰχμάλωτον. Συλλεξάμενος δὲ τὰ ληφθέντα χρήματα ἦγεν εἰς ἄντρον τὸ ἀποδεδειγμένον αὐτοῖς εἰς ἀπόθεσιν τῶν χρημάτων. ἐνταῦθα ᾔει καὶ ἡ Ἀνθία, οὐκ ἐγνώριζε δὲ Ἱππόθοον, οὐδὲ Ἱππόθοος τὴν Ἀνθίαν. ὁπότε δέ ⟨τις⟩ αὐτῆς πύθοιτο ἥτις τε εἴη καὶ πόθεν, τὸ μὲν ἀληθὲς οὐκ ἔλεγεν, ἔφασκε δὲ Αἰγυπτία εἶναι ἐπιχώριος, καὶ τὸ ὄνομα Μεμφῖτις.

70 **Templo de Ísis**: mencionado por Heródoto em *Histórias* 2.176.

3. Enquanto ele estava na prisão, Psammis, que comprara Ântia, resolveu voltar para casa e fez todos os preparativos para a jornada. Durante a jornada, era preciso se embrenhar pelo Egito até a Etiópia, lá onde estava o bando de Hipótoo. Estava tudo pronto: havia muitos camelos, asnos e cavalos para carregar as bagagens; havia grande volume de ouro, muita prata, muitas vestes; conduzia também Ântia. Ela, quando deixou Alexandria e chegou a Mênfis, fez uma prece a Ísis, tendo parado diante de seu templo:[70]

– Deusa, a mais importante, até agora tenho me mantido pura, invocando seu nome, e guardo imaculado o casamento com Habrocomes. No entanto, de agora em diante sigo para Índia, longe da terra dos efésios, longe dos resquícios de Habrocomes. Ou salve esta infortunada daqui e a devolva a Habrocomes em vida, ou, se for mesmo destino morrermos longe um do outro, faça o seguinte: mantenha-me casta para seu cadáver.

Fez essa prece e retomaram o caminho. Já atravessada Coptos, entraram pela fronteira da Etiópia. Hipótoo arremeteu sobre a caravana e matou Psammis e muitos dos que iam com ele, apoderou-se dos bens e de Ântia como prisioneira. Após reunir os bens tomados, levou-os à caverna que designaram como depósito. Ântia também foi para lá, mas não reconheceu Hipótoo e nem ele, a ela. Quanto esse quis saber quem era ela e de onde, ela não disse a verdade, mas falou que era natural do Egito e que seu nome era Menfitis.

4. Καὶ ἡ μὲν ἦν παρὰ τῷ Ἱπποθόῳ ἐν τῷ ἄντρῳ τῷ ληστρικῷ, ἐν τούτῳ δὲ μεταπέμπεται τὸν Ἁβροκόμην ὁ ἄρχων τῆς Αἰγύπτου καὶ πυνθάνεται τὰ κατ' αὐτὸν καὶ μανθάνει, τὸ διήγημα καὶ οἰκτείρει τὴν τύχην καὶ δίδωσι χρήματα καὶ εἰς Ἔφεσον ἄξειν ὑπισχνεῖτο. ὁ δὲ ἅπασαν μὲν ᾔδει χάριν αὐτῷ τῆς σωτηρίας, ἐδεῖτο δὲ ἐπιτρέψαι ζητῆσαι τὴν Ἀνθίαν. καὶ ὁ μὲν πολλὰ δῶρα λαβών, ἐπιβὰς σκάφους ἀνήγετο τὴν ἐπὶ Ἰταλίας, ⟨ὡς⟩ ἐκεῖ πευσόμενός τι [μαθεῖν] περὶ Ἀνθίας, ὁ δὲ ἄρχων τῆς Αἰγύπτου μαθὼν τὰ κατὰ τὸν Ἄραξον, μεταπεμψάμενος ἀνεσταύρωσε τὴν Κυνώ.

5. Τῆς δὲ Ἀνθίας οὔσης ἐν τῷ ἄντρῳ ἐρᾷ τῶν φρουρούντων αὐτὴν λῃστῶν εἷς, Ἀγχίαλος τοὔνομα. οὗτος ὁ Ἀγχίαλος ἦν μὲν τῶν ἀπὸ Συρίας Ἱπποθόῳ συνεληλυθότων, Λαοδικεὺς τὸ γένος, ἐτιμᾶτο δὲ παρὰ τῷ Ἱπποθόῳ νεανικός τε καὶ μεγάλα ἐν τῷ ληστηρίῳ δυνάμενος, ἐρασθεὶς δὲ αὐτῆς τὰ μὲν πρῶτα λόγους προσέφερεν ὡς πείσων καὶ ἔφασκε λόγῳ λήψεσθαι καὶ παρὰ Ἱπποθόου δῶρον αἰτήσειν. ἡ δὲ πάντα ἠρνεῖτο, καὶ οὐδὲν αὐτὴν ἐδυσώπει, οὐκ ἄντρον, οὐ δεσμά, οὐ λῃστὴς ἀπειλῶν, ἐφύλασσε δὲ ἑαυτὴν ἔτι Ἁβροκόμῃ καὶ δοκοῦντι τεθνηκέναι, καὶ πολλάκις ἀνεβόα εἴποτε λαθεῖν ἠδύνατο· "Ἁβροκόμου μόνου γυνὴ μείναι⟨μι⟩, κἂν ἀποθανεῖν δέῃ κἂν ὧν πέπονθα χείρω παθεῖν." ταῦτα εἰς μείζω συμφορὰν ἦγε τὸν Ἀγχίαλον, καὶ ἡ καθ' ἡμέραν τῆς Ἀνθίας ὄψις ἐξέκαεν αὐτὸν εἰς τὸν ἔρωτα. οὐκέτι δὲ φέρειν δυνάμενος ἐπεχείρει βιάζεσθαι τὴν Ἀνθίαν, καὶ νύκτωρ ποτέ, οὐ παρόντος Ἱπποθόου, ἀλλὰ μετὰ τῶν ἄλλων ὄντος ἐν ληστηρίῳ, ἐπανίστατο καὶ ὑβρίζειν ἐπειρᾶτο.

4. Ela estava na caverna dos bandidos com Hipótoo enquanto o governador do Egito mandava buscar Habrocomes. Quis saber sobre ele, ouviu sua história, apiedou-se de sua sorte, deu-lhe dinheiro e prometeu escoltá-lo até Éfeso. E ele demonstrava sua gratidão por ter sua vida salva, mas pedia para voltar a procurar Ântia. E após receber muitos presentes, tomou uma embarcação e seguiu para a Itália para lá inquirir se alguém tinha alguma notícia de Ântia. Enquanto isso, o governador do Egito, sabendo do que acontecera a Araxo, mandou buscar Cino e a crucificou.

5. Quando Ântia estava na caverna, um dos bandidos encarregados de guardá-la, de nome Anquíalo, apaixonou-se por ela. Esse Anquíalo era um dos que foram recrutados por Hipótoo na Síria, natural de Laodiceia. Impetuoso, gozava de prestígio junto a Hipótoo e tinha muito poder no bando. Apaixonado, ele tentou persuadi-la pela palavra e pensava conquistá-la assim e pedi-la de presente a Hipótoo. Ela recusou toda e qualquer investida sem que nada a intimidasse, nem a caverna, nem as correntes, nem as ameaças do bandido. Ainda se guardava para Habrocomes, embora julgasse que ele estava morto. E muitas vezes exclamava, sempre que podia passar despercebida:

– Tomara permaneça esposa de Habrocomes apenas, mesmo que seja preciso morrer, mesmo que tenha de sofrer ainda mais do que venho sofrendo!

Essa situação fez crescer os infortúnios de Anquíalo e a visão diária de Ântia só contribuía para atiçar sua paixão. Sem ser capaz de suportar mais, tentou violá-la. Certa vez, durante a noite, levantou-se e tentou submetê-la com violência – Hipótoo, que participava com os outros de um roubo, estava ausente.

ἡ δὲ ἐν ἀμηχάνῳ κακῷ γενομένη, σπασαμένη τὸ παρακείμενον ξίφος παίει τὸν Ἀγχίαλον, καὶ ἡ πληγὴ γίνεται καιρία· ὁ μὲν γὰρ περιληψόμενος καὶ φιλήσων ὅλος ἐνενεύκει πρὸς αὐτήν, ἡ δὲ ὑπενεγκοῦσα τὸ ξίφος κατὰ τῶν στέρνων ἔπληξε.

Καὶ Ἀγχίαλος μὲν δίκην ἱκανὴν ἐδεδώκει τῆς πονηρᾶς ἐπιθυμίας, ἡ δὲ Ἀνθία εἰς φόβον μὲν τῶν δεδραμένων ἔρχεται καὶ πολλὰ ἐβουλεύετο· ποτὲ μὲν ἑαυτὴν ἀποκτεῖναι (ἀλλ' ἔτι ὑπὲρ Ἀβροκόμου τι ἤλπιζε), ποτὲ δὲ φυγεῖν ἐκ τοῦ ἄντρου (ἀλλὰ τοῦτο ἀμήχανον ἦν· οὔτε γὰρ ἡ ὁδὸς αὐτῇ εὔπορος ἦν οὔτε ὁ ἐξηγησόμενος τὴν πορείαν). ἔγνω οὖν μένειν ἐν τῷ ἄντρῳ καὶ φέρειν ὅ τι ἂν τῷ δαίμονι δοκῇ.

6. Κἀκείνην μὲν τὴν νύκτα ἔμεινεν, οὔτε ὕπνου τυχοῦσα καὶ πολλὰ ἐννοοῦσα, ἐπεὶ δὲ ἡμέρα ἐγένετο, ἧκον οἱ περὶ τὸν Ἱππόθοον καὶ ὁρῶσι τὸν Ἀγχίαλον ἀνῃρημένον καὶ τὴν Ἀνθίαν παρὰ τῷ σώματι καὶ εἰκάζουσι τὸ γενόμενον καὶ ἀνακρίναντες αὐτὴν μανθάνουσι πάντα. ἔδοξεν οὖν αὐτοῖς ἐν ὀργῇ [τὸ] γενομένοις ⟨τὴν δίκην⟩ ἔχειν καὶ τὸν τεθνηκότα ἐκδικῆσαι φίλον. καὶ ἐβουλεύοντο κατὰ Ἀνθίας ποικίλα, ὁ μέν τις ἀποκτεῖναι κελεύων καὶ συνθάψαι τῷ Ἀγχιάλου σώματι, ἄλλος δὲ ἀνασταυρῶσαι· ὁ δὲ Ἱππόθοος ἠνιᾶτο μὲν ἐπὶ τῷ Ἀγχιάλῳ, ἐβουλεύετο δὲ κατὰ Ἀνθίας μείζονα κόλασιν. καὶ δὴ κελεύει τάφρον ὀρύξαντας μεγάλην καὶ βαθεῖαν ἐμβάλλειν τὴν Ἀνθίαν καὶ κύνας μετ' αὐτῆς δύο, ἵνα ἐκ τούτων μεγάλην δίκην ὑπόσχῃ τῶν τετολμημένων.

Καὶ οἱ μὲν ἐποίουν τὸ προσταχθέν, ἤγετο δὲ ἡ Ἀνθία ἐπὶ τὴν τάφρον καὶ **· οἱ κύνες δὲ ἦσαν Αἰγύπτιοι, καὶ τὰ ἄλλα μεγάλοι καὶ ὀφθῆναι φοβεροί. ὡς δὲ ἐνεβλήθησαν,

Posta diante de um mal irremediável, Ântia puxou o punhal que estava ao seu alcance e golpeou Anquíalo; a ferida resultou mortal. Ele, a fim de abraçar e beijá-la, inclinara-se sobre ela, enquanto ela, segurando o punhal por baixo dele, feriu-o no peito.

E Anquíalo recebeu justa punição por seu desejo abjeto, mas Ântia, tomada de medo pelo que fizera, entregou-se a inúmeros pensamentos: dar fim à própria vida, talvez (mas ainda tinha alguma esperança por Habrocomes); fugir da caverna, talvez (mas era impossível, já que nem as estradas estavam desimpedidas, nem havia quem lhe mostrasse o caminho). Decidiu então ficar na caverna e enfrentar o que quer que aprouvesse à divindade.

6. E durante aquela noite esperou, sem conciliar o sono e entregue a todo tipo de pensamento, mas quando o dia nasceu, os companheiros de Hipótoo chegaram e viram Anquíalo assassinado e Ântia junto ao corpo. Presumiram o que se passara e, após interrogá-la, compreenderam tudo. Tomados de cólera, acharam por bem puni-la e vingar o amigo morto. E passaram à deliberação de penas variadas contra Ântia: enquanto um pedia que ela fosse morta e enterrada com o corpo de Anquílao; outro, que fosse crucificada. Hipótoo estava destroçado pela perda de Anquíalo e decidiu por um castigo maior contra Ântia. Ordenou que cavassem uma cova grande e funda e nela atirassem Ântia e, com ela, dois cães, para que pagasse caro pelo que ousara fazer.

E eles cumpriram a ordem, levaram Ântia e os cães até a cova – os cães eram egípcios, enormes e tinham um aspecto assustador. Depois que os atiraram ali, colocaram

ξύλα ἐπιτιθέντες μεγάλα ἐπέχωσαν τὴν τάφρον (ἦν δὲ τοῦ Νείλου ὀλίγον ἀπέχουσα) καὶ κατέστησαν φρουρὸν ἕνα τῶν λῃστῶν, Ἀμφίνομον. οὗτος ὁ Ἀμφίνομος ἤδη μὲν καὶ πρότερον ἑαλώκει τῆς Ἀνθίας, τότε δ' οὖν ἠλέει μᾶλλον αὐτὴν καὶ τῆς συμφορᾶς ᾤκτειρεν, ἐνενόει δὲ ὅπως ἐπὶ πλεῖον αὐτὴ ζήσεται, ὅπως τε οἱ κύνες αὐτῇ μηδὲν ἐνοχλήσωσι, καὶ ἑκάστοτε ἀφαιρῶν τῶν ἐπικειμένων τῇ τάφρῳ ξύλων ἄρτους ἐνέβαλ⟨λ⟩ε καὶ ὕδωρ, παρεῖχε καὶ ἐκ τούτου τὴν Ἀνθίαν θαρρεῖν παρεκάλει. καὶ οἱ κύνες τρεφόμενοι οὐδὲν ἔτι δεινὸν αὐτὴν εἰργάζοντο, ἀλλὰ ἤδη τιθασοὶ ἐγίνοντο καὶ ἥμεροι. ἡ δὲ Ἀνθία ἀποβλέψασα εἰς ἑαυτὴν καὶ τὴν παροῦσαν τύχην ἐννοήσασα "οἴμοι" φησί "τῶν κακῶν, οἵαν ὑπομένω τιμωρίαν· τάφρος καὶ δεσμωτήριον καὶ κύνες ⟨συγ⟩καθειργμένοι πολὺ τῶν λῃστῶν ἡμερώτεροι. τὰ αὐτά, Ἁβροκόμη, σοι πάσχω· ἧς γάρ ποτε ἐν ὁμοίᾳ τύχῃ καὶ σύ· καὶ σὲ ἐν Τύρῳ κατέλιπον ἐν δεσμωτηρίῳ. ἀλλ' εἰ μὲν ζῇς ἔτι, δεινὸν οὐδέν· ἴσως γάρ ποτε ἀλλήλους ἕξομεν· εἰ δὲ ἤδη τέθνηκας, μάτην ἐγὼ φιλοτιμοῦμαι ζῆν, μάτην δὲ οὗτος, ὅστις ποτέ ἐστιν, ἐλεεῖ με τὴν δυστυχῆ." ταῦτα ἔλεγε καὶ ἐπεθρήνει συνεχῶς. καὶ ἡ μὲν ἐν τῇ τάφρῳ κατεκέκλειστο μετὰ τῶν κυνῶν, ὁ δ' Ἀμφίνομος ἑκάστοτε κἀκείνην παρεμυθεῖτο καὶ τοὺς κύνας ἡμέρους ἐποίει τρέφων.

bastante madeira em cima, cobriram tudo com terra (vinda do Nilo, não longe dali) e designaram Anfínomo, um dos ladrões, para ficar de guarda.

Esse Anfínomo já se deixara cativar por Ântia antes; portanto, então, apiedava-se mais ainda dela e lamentava sua desventura, pensava como prolongar seu tempo de vida, em como os cães não a incomodassem. Assim, com frequência retirava a madeira posta sobre a cova, lançava pães, oferecia água e com isso incitava Ântia a ter coragem. Alimentados, os cães não faziam mal algum a Ântia, ao contrário, já estavam dóceis e mansos. Olhando para si mesma e para sua sorte presente, Ântia refletiu e disse:

– Ai, que males! Que vingança devo sofrer! Uma cova por prisão e cães, com quem estou aprisionada, muito mais dóceis que os ladrões! O mesmo que você, Habrocomes, sofro, pois também você vive situação igual. A você deixei também na prisão, em Tiro. Mas, se ainda está vivo, não há nada a temer, pois talvez um dia tenhamos um ao outro. Mas se já está morto, é em vão que me apego à vida; em vão esse, quem quer que seja, se apieda do meu infortúnio.

Dizia essas palavras e chorava sem parar. E enquanto ela estava fechada na cova com os cães, Anfínomo com frequência a consolava e, alimentando os cães, os amansava.

Λόγος πεμπτός

1. Ὁ δὲ Ἁβροκόμης διανύσας τὸν ⟨ἀπ'⟩ Αἰγύπτου πλοῦν εἰς αὐτὴν μὲν Ἰταλίαν οὐκ ἔρχεται· τὸ γὰρ πνεῦμα τὴν ναῦν ἀπῶσαν τοῦ μὲν κατ' εὐθὺ ἀπέσφηλε πλοῦ, ἤγαγε δὲ εἰς Σικελίαν, καὶ κατήχθησαν εἰς πόλιν Συρακούσας μεγάλην καὶ καλήν. ἐνταῦθα ὁ Ἁβροκόμης γενόμενος ἔγνω περιιέναι τὴν νῆσον καὶ ἀναζητεῖν εἴ τι περὶ Ἀνθίας [εἴ τι] πύθοιτο. καὶ δὴ ἐνοικίζεται μὲν πλησίον τῆς θαλάσσης παρὰ ἀνδρὶ Αἰγιαλεῖ πρεσβύτῃ, ἁλιεῖ τὴν τέχνην. οὗτος ὁ Αἰγιαλεὺς πένης μὲν ἦν καὶ ξένος καὶ ἀγαπητῶς αὑτὸν διέτρεφεν ἐκ τῆς τέχνης, ὑπεδέξατο δὲ τὸν Ἁβροκόμην ἄσμενος καὶ παῖδα ἐνόμιζεν αὑτοῦ καὶ ἠγάπα διαφερόντως. καὶ ἤδη ποτὲ ἐκ πολλῆς τῆς πρὸς ἀλλήλους συνηθείας ὁ μὲν Ἁβροκόμης αὐτῷ διηγήσατο τὰ καθ' αὑτόν, καὶ τὴν Ἀνθίαν εἰρήκει καὶ τὸν ἔρωτα καὶ τὴν πλάνην, ὁ δὲ Αἰγιαλεὺς ἄρχεται τῶν αὑτοῦ διηγημάτων.

"Ἐγὼ" ἔφη, "τέκνον Ἁβροκόμη, οὔτε Σικελιώτης οὐδὲ ἐπιχώριος, ἀλλὰ Σπαρτιάτης Λακεδαιμόνιος τῶν τὰ πρῶτα ἐκεῖ δυναμένων καὶ περιουσίαν ἔχων πολλήν. νέος δὲ ὢν ἠράσθην, ἐν τοῖς ἐφήβοις καταλελεγμένος, κόρης πολίτιδος Θελξινόης τοὔνομα, ἀντερᾷ δέ μου καὶ ἡ Θελξινόη. καὶ τῇ πόλει παννυχίδος ἀγομένης συνήλθομεν ἀλλήλοις, ἀμφοτέρους ὁδηγοῦντος θεοῦ, καὶ ἀπηλαύσαμεν ὧν ἕνεκα συνήλθομεν. καὶ χρόνῳ τινὶ ἀλλήλοις συνῇμεν λανθάνοντες καὶ ὠμόσαμεν ἀλλήλοις πολλάκις ἕξειν καὶ μέχρι θανάτου.

Livro 5

1. Habrocomes perfez a viagem desde o Egito, mas não foi para a Itália, pois um vento desviou o navio da rota direta e fez com que se perdesse. Conduziu-o à Sicília e ancoraram na grande e bela cidade de Siracusa. Como estava lá, Habrocomes decidiu percorrer a ilha e tentar descobrir se conseguia alguma notícia de Ântia. E foi morar à beira-mar com o velho Egialeu, pescador de profissão. Esse Egialeu era pobre, estrangeiro e tirava a duras penas o sustento de sua profissão. Ainda assim recebeu Habrocomes com alegria, considerava-o um filho e nutria por ele um afeto particular. Uma vez, já bastante íntimos, Habrocomes contou a ele sua história, falou de Ântia, de sua paixão e andanças, e Egialeu, por sua vez, começou o seu relato da sua. Disse:

   – Habrocomes, meu filho, eu não sou nem siciliota, nem do entorno, mas lacedemônio e cidadão de Esparta, dentre os mais influentes dali e possuidor de numerosos bens. Jovem, arrolado entre os efebos, apaixonei-me por uma moça filha de cidadão, de nome Telxinoe, e ela também correspondia ao meu amor. Encontramo-nos quando se celebrava um festival noturno na cidade, um deus guiava-nos ambos, e desfrutamos daquilo em razão de que nos encontramos. Por algum tempo ficamos juntos, sem que ninguém notasse, e juramos várias vezes ser um do outro até a morte.

ἐνεμέσησε δέ τις ἄρα θεῶν. κἀγὼ μὲν ἔτι ἐν τοῖς ἐφήβοις ἤμην, τὴν δὲ Θελξινόην ἐδίδοσαν πρὸς γάμον οἱ πατέρες ἐπιχωρίῳ τυνὶ νεανίσκῳ Ἀνδροκλεῖ τοὔνομα· ἤδη δὲ αὐτῆς καὶ ἤρα ὁ Ἀνδροκλῆς. τὰ μὲν οὖν πρῶτα ἡ κόρη πολλὰς προφάσεις ἐποιεῖτο ἀναβαλλομένη τὸν γάμον, τελευταῖον δὲ δυνηθεῖσα ἐν ταὐτῷ μοι γενέσθαι συντίθεται νύκτωρ ἐξελθεῖν Λακεδαίμονος μετ' ἐμοῦ. καὶ δὴ ἐστείλαμεν ἑαυτοὺς νεανικῶς, ἀπέκειρα δὲ καὶ τὴν κόμην τῆς Θελξινόης ἐν αὐτῇ τῇ τῶν γάμων νυκτί. ἐξελθόντες οὖν τῆς πόλεως ᾔειμεν ἐπ' Ἄργος καὶ Κόρινθον κἀκεῖθεν ἀναγόμενου ἐπλεύσαμεν εἰς Σικελίαν. Λακεδαιμόνιοι δὲ πυθόμενοι τὴν φυγὴν ἡμῶν θάνατον κατεψηφίσαντο. ἡμεῖς δὲ ἐνταῦθα διήγομεν ⟨ἐν⟩ ἀπορίᾳ μὲν τῶν ἐπιτηδείων, ἡδόμενοι δὲ καὶ πάντων ἀπολαύειν δοκοῦντες, ὅτι ἦμεν μετ' ἀλλήλων. καὶ τέθνηκεν ἐνταῦθα οὐ πρὸ πολλοῦ Θελξινόη καὶ. τὸ σῶμα οὐ τέθαπται, ἀλλὰ ἔχω γὰρ μετ' ἐμαυτοῦ καὶ ἀεὶ φιλῶ καὶ σύνειμι." καὶ ἅμα λέγων εἰσάγει τὸν Ἁβροκόμην εἰς τὸ ἐνδότερον δωμάτιον καὶ δεικνύει τὴν Θελξινόην, γυναῖκα πρεσβῦτιν μὲν ἤδη, καλὴν ⟨δὲ⟩ φαινομένην ἔτι Αἰγιαλεῖ κόρην. τὸ δὲ σῶμα αὐτῆς ἐτέθαπτο ταφῇ Αἰγυπτίᾳ· ἦν γὰρ καὶ τούτων ἔμπειρος ὁ γέρων. "ταύτῃ οὖν" ἔφη, "ὦ τέκνον Ἁβροκόμη, ἀεί τε ὡς ζώσῃ λαλῶ καὶ συγκατάκειμαι καὶ συνευωχοῦμαι, κἂν ἔλθω ποτὲ ἐκ τῆς ἁλείας κεκμηκώς, αὕτη με παραμυθεῖται βλεπομένη· οὐ γὰρ οἵα νῦν ὁρᾶται σοὶ τοιαύτη φαίνεται ⟨ἐ⟩μοί, ἀλλὰ ἐννοῶ, τέκνον, οἵα μὲν ἦν ἐν Λακεδαίμονι, οἵα δὲ ἐν τῇ φυγῇ· τὰς παννυχίδας ἐννοῶ, τὰς συνθήκας ἐννοῶ."

71 **Tratamento fúnebre dos egípcios:** os egípcios embalsamavam seus mortos em lugar de cremá-los ou enterrá-los. Para descrição do processo, Heródoto 2.85-89. Pode haver aqui uma referência ao tratamento dado por Nero ao corpo de Popeia, em 65 EC, conforme relato de Tácito 16.6.

Um dos deuses teve inveja de nós, por certo. Eu ainda estava entre os efebos e os pais de Telxinoe a deram em casamento a um rapaz da região, de nome Ândrocles – também era apaixonado por ela esse Ândrocles. No início, a moça deu várias desculpas para adiar o casamento; por fim, quando deu um jeito de me encontrar, combinou deixar a Lacedemônia comigo à noite. Nós estávamos vestidos como rapazes, e também cortei o cabelo de Telxinoe na noite mesma do casamento. Após deixar a cidade, fomos para Argos e Corinto e de lá tomamos um navio para a Sicília. Os lacedemônios, quando souberam da fuga, votaram pela nossa morte. Nós passamos aqui uma vida de privações, mas felizes, por achar que aproveitamos tudo, por estarmos um em companhia do outro. E ela morreu aqui, Telxinoe, não faz muito tempo, e seu corpo não está enterrado, mas o mantenho comigo e estou sempre o beijando e me relaciono com ela.

E tão logo falou, conduziu Habrocomes a um quartinho bem no fundo da casa e apresentou-lhe Telxinoe, uma mulher já velha, mas que para Egialeu guardava ainda a aparência de uma bela moça. O corpo recebera o tratamento fúnebre dos egípcios, já que o velho era experiente nisso.[71]

– E assim, Habrocomes, meu filho, – ele disse –, converso sempre com ela, como se estivesse viva, e me deito ao seu lado e fazemos juntos as refeições, e mesmo que eu volte um dia exausto da pescaria, ela me consola só por deixar-se olhar. Você não a vê agora como ela se mostra a mim, mas penso, filho, como ela era na Lacedemônia, como era no dia em que fugimos; penso no festival noturno, penso nos votos que trocamos.

Ἔτι λέγοντος τοῦ Αἰγιαλέως ἀνωδύρετό ὁ Ἁβροκόμης, "σὲ δὲ" λέγων, "ὦ πασῶν δυστυχεστάτη κόρη, πότε ἀνευρήσω κἂν νεκράν; Αἰγιαλεῖ μὲν γὰρ τοῦ βίου μεγάλη παραμυθία τὸ σῶμα τὸ Θελξινόης, καὶ νῦν ἀληθῶς μεμάθηκα ὅτι ἔρως ἀληθινὸς ὅρον ἡλικίας οὐκ ἔχει, ἐγὼ δὲ πλανῶμαι μὲν κατὰ πᾶσαν γῆν καὶ θάλασσαν, οὐ δεδύνημαι δὲ οὐδὲ ἀκοῦσαί ⟨τι⟩ περὶ σοῦ. ὦ μαντεύματα δυστυχῆ· ὦ τὰ πάντων ἡμῖν Ἄπολλον χρήσας χαλεπώτατα, οἴκτειρον ἤδη καὶ τὰ τέλη τῶν μεμαντευμένων ἀποδίδου."

2. Καὶ ὁ μὲν Ἁβροκόμης ταυτὶ κατοδυρόμενος παραμυθουμένου αὐτὸν Αἰγιαλέως διῆγεν ἐν Συρακούσαις, ἤδη καὶ τῆς τέχνης Αἰγιαλεῖ κοινωνῶν, οἱ δὲ περὶ τὸν Ἱππόθοον μέγα μὲν ἤδη τὸ ληστήριον κατεστήσαντο, ἔγνωσαν δὲ ἀπαίρειν Αἰθιοπίας καὶ μείζοσιν ἤδη πράγμασιν ἐπιτίθεσθαι· οὐ γὰρ ἐδόκει τῷ Ἱπποθόῳ αὔταρκες εἶναι ληστεύειν κατ' ἄνδρα, εἰ μὴ καὶ κώμαις καὶ πόλεσιν ἐπιβάλοι. καὶ ὁ μὲν παραλαβὼν τοὺς σὺν αὐτῷ καὶ ἐπιφορτισάμενος πάντα (ἦν δὲ αὐτῷ καὶ ὑποζύγια πολλὰ καὶ κάμηλοι οὐκ ὀλίγαι) Αἰθιοπίαν μὲν κατέλιπεν, ᾔει δὲ ἐπ' Αἴγυπτόν τε καὶ Ἀλεξάνδρειαν καὶ ἐνενόει Φοινίκην καὶ Συρίαν ⟨καταδραμεῖν⟩ πάλιν· τὴν δὲ Ἀνθίαν προσεδόκα τεθνηκέναι· ὁ δὲ Ἀμφίνομος, ὁ φρουρῶν ἐν τῇ τάφρῳ αὐτήν, ἐρωτικῶς διακείμενος, οὐχ ὑπομένων ἀποσπασθῆναι τῆς κόρης διὰ τὴν πρὸς αὐτὴν φιλοστοργίαν καὶ τὴν ἐπικειμένην συμφοράν, Ἱπποθόῳ μὲν οὐχ εἵπετο, λανθάνει δὲ ἐν πολλοῖς τοῖς ἄλλοις καὶ ἀποκρύπτεται ἐν ἄντρῳ τινὶ σὺν τοῖς ἐπιτηδείοις οἷς συνελέξατο. νυκτὸς δὲ γενομένης οἱ περὶ τὸν Ἱππόθοον ἐπὶ κώμην ἐληλύθεσαν τῆς Αἰγύπτου, Ἀρείαν καλουμένην, πορθῆσαι θέλοντες,

---

72 Egialeu ilustra a tópica do "amor além da morte".

Enquanto Egialeu ainda falava, Habrocomes se lamentava dizendo:

– Você, a mais desafortunada de todas as moças, será que eu um dia a encontrarei, mesmo que apenas o seu cadáver? Para Egialeu, o maior consolo da vida está no corpo de Telxinoe, e agora aprendi de verdade que o amor verdadeiro não é limitado pela idade.[72] E eu que percorro toda a terra e todo o mar, mas nem mesmo sou capaz de obter notícias suas! Ó oráculo desafortunado! Ó Apolo, que nos deu as mais duras predições entre todas, tenha piedade, dê fim aos oráculos!

2. E enquanto Habrocomes, lamentando-se dessa maneira e consolado por Egialeu, vivia em Siracusa e já ajudava Egialeu em seu ofício; os companheiros de Hipótoo já haviam constituído um grande bando e decidiram deixar a Etiópia para se lançarem em maiores empreitadas. De fato, Hipótoo não achava que lhes bastasse pilhar um homem por vez, se não investissem também contra aldeias e cidades. E tendo reunido seus homens e carregado os animais (ele tinha muitas juntas de bois e não poucos camelos), deixou a Etiópia a caminho de Alexandria, no Egito, com planos de novamente devastar a Fenícia e a Síria.

Quanto a Ântia, imaginava que já estivesse morta, mas Anfínomo, que vigiava sua cova, por estar apaixonado, não suportou se separar da moça pelo afeto que lhe tinha e pela triste circunstância em que ela estava. Não seguiu Hipótoo, mas, sem ser notado em meio a tantos outros, escondeu-se em uma caverna com os víveres que ajuntara. Quando veio a noite, os companheiros de Hipótoo chegaram a uma aldeia egípcia, de nome Areia, com o intuito de saqueá-la.[73]

---

73 **Areia**: Localidade não identificada.

ὁ δὲ Ἀμφίνομος ἀνορύσσει τὴν τάφρον καὶ ἐξάγει τὴν Ἀνθίαν καὶ θαρρεῖν παρεκάλει. τῆς δὲ ἔτι φοβουμένης καὶ ὑποπτευούσης, τὸν ἥλιον ἐπόμνυσι ⟨καὶ⟩ τοὺς ἐν Αἰγύπτῳ θεοὺς ἦ μὴν τηρήσειν γάμων ἁγνήν, μέχρι ἂν καὶ αὐτή ποτε πεισθεῖσα θελήσῃ συγκαταθέσθαι. πείθεται τοῖς ὅρκοις Ἀμφινόμου Ἀνθία καὶ ἕπεται αὐτῷ. οὐκ ἀπελείποντο δὲ οἱ κύνες, ἀλλ' ἔστεργον συνήθεις γενόμενοι.

Ἔρχονται δὴ εἰς Κοπτὸν κἀνταῦθα ἔγνωσαν ἡμέρας διαγαγεῖν, μέχρις ἂν προέλθωσιν οἱ περὶ τὸν Ἱππόθοον τῆς ὁδοῦ. ἐπεμελοῦντο δὲ τῶν κυνῶν ὡς ἔχοιεν τὰ ἐπιτήδεια.

Οἱ δὲ περὶ τὸν Ἱππόθοον προσβαλόντες τῇ κώμῃ τῇ Ἀρείᾳ πολλοὺς μὲν τῶν ἐνοικούντων ἀπέκτειναν καὶ τὰ οἰκήματα ἐνέπρησαν καὶ κατῄεσαν οὐ τὴν αὐτὴν ὁδὸν ἀλλὰ διὰ τοῦ Νείλου· πάντα γὰρ τὰ ἐκ τῶν μεταξὺ κωμῶν σκάφη συλλεξάμενοι, ἐπιβάντες ἔπλεον ἐπὶ Σχεδίαν καὶ ⟨Ἑρμούπολιν⟩ κἀντεῦθεν ἐκβάντες παρὰ τὰς ὄχθας τοῦ Νείλου διώδευον τὴν ἄλλην Αἴγυπτον.

3. Ἐν τούτῳ δὲ ὁ ἄρχων τῆς Αἰγύπτου ἐπέπυστο μὲν τὰ περὶ τὴν Ἀρείαν καὶ τὸ Ἱπποθόου ληστήριον καὶ ὅτι ἀπ' Αἰθιοπίας ἔρχονται, παρασκευάσας δὲ στρατιώτας πολλοὺς καὶ ἄρχοντα τούτοις ἐπιστήσας τῶν συγγενῶν τῶν αὐτοῦ Πολύιδον, νεανίσκον ὀφθῆναι χαρίεντα, δρᾶσαι γεννικόν, ἔπεμψεν ἐπὶ τοὺς λῃστάς. οὗτος ὁ Πολύιδος παραλαβὼν τὸ στράτευμα ἀπήντα κατὰ Πηλούσιον τοῖς περὶ τὸν Ἱππόθοον, καὶ εὐθὺς παρὰ τὰς ὄχθας μάχη τε αὐτῶν γίνεται καὶ πίπτουσιν ἑκατέρων πολλοί, νυκτὸς δὲ ἐπιγενομένης τρέπονται μὲν οἱ λῃσταὶ καὶ πάντες ὑπὸ τῶν στρατιωτῶν φονεύονται, εἰσὶ δὲ οἳ καὶ ζῶντες ἐλήφθησαν. Ἱππόθοος μόνος, ἀπορρίψας τὰ ὅπλα, ἔφυγε τῆς νυκτὸς καὶ ἦλθεν εἰς Ἀλεξάνδρειαν

Anfínomo desobstruiu a cova, resgatou Ântia e disse-lhe para ter coragem. Como ela temesse e desconfiasse, ele jurou pelo sol e pelos deuses do Egito que a manteria pura de relações sexuais, até que ela, de livre vontade, desse seu consentimento. Persuadida pelas juras de Anfínomo, Ântia o seguiu. E os cães não foram abandonados, mas, acostumados, afeiçoaram-se a ela. Foram até Coptos e ali resolveram passar uns dias, até que os companheiros de Hipótoo tomassem a dianteira na estrada. Cuidaram dos cães para que tivessem tudo de que precisavam.

Depois de investirem contra a aldeia de Areia, os companheiros de Hipótoo mataram muitos dos moradores e incendiaram as casas. Voltaram não pela mesma estrada, mas pelo rio Nilo. De fato, tendo confiscado todas as embarcações das aldeias que ficavam no caminho, embarcados, navegaram para Esquédia e Hermópolis e ali desembarcaram, continuando sua viagem através do Egito pelas margens do Nilo.

3. Enquanto isso, o governador do Egito foi informado do ocorrido em Areia e sobre o bando de Hipótoo, que veio da Etiópia. Tendo arregimentado muitos soldados e designado para comandá-los Poliído, um parente seu, um rapaz bem-apessoado e corajoso, enviou-o contra os bandidos. Esse tal Poliído, após reunir a tropa, foi ao encontro dos homens de Hipótoo em Pelúsio e imediatamente houve luta entre eles junto às margens, e muitos tombaram de cada um dos lados. Quando sobreveio a noite, os bandidos fugiram e todos foram mortos pelos soldados, mas houve também quem fosse capturado vivo. Somente Hipótoo, que atirara longe suas armas, fugiu através da noite e seguiu para Alexandria

κἀκεῖθεν, δυνηθεὶς λαθεῖν, ἐπιβὰς ἀναγομένῳ πλοίῳ ἐπανήχθη. ἦν δὲ αὐτῷ ἡ πᾶσα ἐπὶ Σικελίαν ὁρμή· ἐκεῖ γὰρ ἐδόκει μάλιστα διαλήσεσθαί τε καὶ διατραφήσεσθαι, ἤκουε δὲ τὴν νῆσον εἶναι μεγάλην τε καὶ εὐδαίμονα.

4. Ὁ δὲ Πολύιδος οὐχ ἱκανὸν εἶναι ἐνόμισε κρατῆσαι τῶν συμβαλόντων λῃστῶν, ἀλλ' ἔγνω δεῖν ἀνερευνῆσαί τε καὶ ἐκκαθᾶραι τὴν Αἴγυπτον, εἴ που ἢ τὸν Ἱππόθοον ἢ τῶν σὺν αὐτῷ τινα ἀνεύροι. παραλαβὼν οὖν μέρος τι τοῦ στρατιωτικοῦ καὶ τοὺς εἰλημμένους τῶν λῃστῶν, ἵν', εἴ τις φαίνοιτο, οἱ μηνύσει⟨αν⟩, ἀνέπλει τὸν Νεῖλον καὶ τὰς πόλεις διηρεύνα καὶ ἐνενόει μέχρις Αἰθιοπίας ἐλθεῖν. ἔρχονται δὴ καὶ εἰς Κοπτόν, ἔνθα ἦν Ἀνθία μετὰ Ἀμφινόμου. καὶ αὐτὴ μὲν ἔτυχεν ἐπὶ τῆς οἰκίας, τὸν δὲ Ἀμφίνομον γνωρίζουσιν οἱ τῶν λῃστῶν εἰλημμένοι καὶ λέγουσι τῷ Πολυίδῳ, καὶ Ἀμφίνομος λαμβάνεται καὶ ἀνακρινόμενος τὰ περὶ τὴν Ἀνθίαν διηγεῖται. ὁ δὲ ἀκούσας κελεύει καὶ αὐτὴν ἄγεσθαι καὶ ἐλθούσης ἀνεπυνθάνετο ἥτις εἴη καὶ πόθεν. ἡ δὲ τῶν μὲν ἀληθῶν οὐδὲν λέγει, ὅτι δὲ Αἰγυπτία εἴη καὶ ὑπὸ τῶν λῃστῶν εἴληπτο.

Ἐν τούτῳ ἐρᾷ καὶ ὁ Πολύιδος Ἀνθίας ἔρωτα σφοδρόν (ἦν δὲ αὐτῷ ἐν Ἀλεξανδρείᾳ γυνή), ἐρασθεὶς δὲ τὰ μὲν πρῶτα ἐπειρᾶτο πείθειν μεγάλα ὑπισχνούμενος, τελευταῖον δὲ κατῄεσαν εἰς Ἀλεξάνδρειαν, ὡς δὲ ἐγένοντο ἐν Μέμφει, ἐπεχείρησεν ὁ Πολύιδος βιάζεσθαι τὴν Ἀνθίαν. ἡ δὲ ἐκφυγεῖν δυνηθεῖσα, ἐπὶ τὸ τῆς Ἴσιδος ἱερὸν ἔρχεται ⟨καὶ⟩ ἱκέτις γενομένη "σύ με" εἶπεν, "ὦ δέσποινα Αἰγύπτου, πάλιν σῶσον, ἣ ἐβοήθησας πολλάκις· φεισάσθω μου καὶ Πολύιδος τῆς διὰ σὲ σώφρονος Ἁβροκόμῃ τηρουμένης."

---

74 Para a duplicação do motivo narrativo, cf. 3.13.4. Atacados por Perilau, os companheiros de Hipótoo são mortos ou capturados, exceto o bandido, que é o único a conseguir escapar.

onde foi capaz de passar despercebido e, embarcando em um navio que estava por partir, fez-se ao mar.⁷⁴ Sua meta era a Sicília. Ali, de fato, pensava poder passar mais facilmente despercebido e obter sustento. Ouvia dizer que a ilha era grande e próspera.

4. Poliído não julgou suficiente subjugar os bandidos aprisionados, mas decidiu que era preciso investigar a fundo e vasculhar o Egito, na hipótese de encontrar seja Hipótoo, seja algum dos que andavam com ele. Tomando, então, uma parte das tropas e os bandidos capturados, a fim de que, caso alguém desse as caras, eles o avisassem, subiu Nilo acima, revistou cidades e tinha planos de ir até mesmo até a Etiópia. Foram também a Coptos, onde Ântia estava com Anfínomo. Ela mesma encontrava-se em casa, mas os bandidos capturados reconheceram Anfínomo e contaram a Poliído. Anfínomo foi pego e, interrogado, falou sobre Ântia. Ele ouviu e deu ordens para que também ela fosse conduzida à sua presença e, quando veio, perguntou-lhe quem era e de onde vinha. E ela não disse nada da verdade, mas que era egípcia e que fora capturada pelos bandidos.

E nisso também Poliído, que tinha uma esposa em Alexandria, apaixona-se violentamente por Ântia. Apaixonado, primeiro tentou seduzi-la com grandes promessas, por fim, regressaram para Alexandria, mas quando estavam em Mênfis, Poliído tentou violar Ântia. Conseguindo escapar, ela vai até o templo de Ísis e, como suplicante, diz:

– Soberana do Egito, salve-me novamente, você que me socorreu muitas e muitas vezes! Que por você Poliído me poupe a castidade que está guardada para Habrocomes!

ὁ δὲ Πολύιδος ἅμα μὲν τὴν θεὸν ἐδεδοίκει, ἅμα δὲ ἤρα τῆς Ἀνθίας καὶ τῆς τύχης αὐτὴν ἠλέει. πρόσεισι δὲ τῷ ἱερῷ μόνος καὶ ὄμνυσι μήποτε βιάσασθαι τὴν Ἀνθίαν μηδὲ ὑβρίσαι τι εἰς αὐτήν, ἀλλὰ τηρῆσαι ἁγνὴν ἐς ὅσον αὐτὴ θελήσει αὔταρκες γὰρ αὐτῷ φιλοῦντι ἐδόκει εἶναι κἂν βλέπειν μόνον καὶ λαλεῖν αὐτῇ.

Ἐπείσθη τοῖς ὅρκοις ἡ Ἀνθία καὶ κατῆλθεν ἐκ τοῦ ἱεροῦ. καὶ ἐπειδὴ ἔγνωσαν ἡμέραις τρισὶν αὐτοὺς ἀναλαβεῖν ἐν Μέμφει, ἔρχεται ἡ Ἀνθία εἰς τὸ τοῦ Ἄπιδος ἱερόν. διασημότατον δὲ τοῦτο ἐν Αἰγύπτῳ, καὶ ὁ θεὸς τοῖς βουλομένοις μαντεύει· ἐπειδὰν γάρ τις προσελθὼν εὔξηται καὶ δεηθῇ τοῦ θεοῦ, αὐτὸς μὲν ἔξεισιν, οἱ δὲ πρὸ τοῦ νεὼ παῖδες Αἰγύπτιοι ἃ μὲν καταλογάδην, ἃ δὲ ἐν μέτρῳ προλέγουσι τῶν ἐσομένων ἕκαστα. ἐλθοῦσα δὴ καὶ ἡ Ἀνθία προσπίπτει τῷ Ἄπιδι. "ὦ θεῶν" ἔφη "φιλανθρωπότατε, ὁ πάντας οἰκτείρων ξένους, ἐλέησον κἀμὲ τὴν κακοδαίμονα καὶ μοι μαντείαν ἀληθῆ περὶ Ἁβροκόμου πρόειπε. εἰ μὲν γὰρ αὐτὸν ἔτι ὄψομαι καὶ ἄνδρα λήψομαι, καὶ μενῶ καὶ ζήσομαι, εἰ δὲ ἐκεῖνος τέθνηκεν, ἀπαλλαγῆναι κἀμὲ καλῶς ἔχει τοῦ πονηροῦ τούτου βίου." εἰποῦσα καὶ καταδακρύσασα ἐξῄει τοῦ ἱεροῦ. κἀν τούτῳ οἱ παῖδες πρὸ τοῦ τεμένους παίζοντες ἅμα ἐξεβόησαν·

"Ἀνθία Ἁβροκόμην ταχὺ λήψεται ἄνδρα τὸν αὐτῆς."

ἀκούσασα εὐθυμοτέρα ἐγένετο καὶ προσεύχεται τοῖς θεοῖς. καὶ ἅμα ⟨οἱ⟩ μὲν ἀπῄεσαν εἰς Ἀλεξάνδρειαν.

---

75 Ápis era um deus egípcio adorado sob a forma de um touro e especialmente cultuado em Mênfis como divindade oracular. Cf. Heródoto 2.153; 3.27-29.

Ao mesmo tempo que Poliído temia a deusa, estava apaixonado por Ântia e se condoía da sua sorte. Ingressou sozinho no templo e jurou nunca mais atentar contra Ântia e nem cometer contra ela qualquer violência, mas preservar-lhe a castidade até quando ela quisesse, pois achava que lhe bastava, por amá-la, estar em sua companhia, mesmo que apenas para olhar e falar com ela.

Ântia foi persuadida pelas juras e saiu do templo. E quando decidiram recobrar forças em Mênfis por três dias, Ântia foi até o templo de Ápis. Esse era o mais famoso do Egito e o deus fazia profecias aos que desejassem. Sempre que alguém, ingressando ali, dirigisse preces e consultasse o deus, ele próprio saía e os meninos que ficavam diante do templo proferiam o que viria a acontecer em cada caso, algumas vezes em prosa, outras em verso.[75] Quando chegou, Ântia suplicou a Ápis:

— Você, que entre os deuses é o mais benevolente, que se apieda de todos os estrangeiros, tem pena de mim também, uma infeliz, e profere uma profecia veraz sobre Habrocomes. Caso eu ainda venha a vê-lo e o tenha novamente por marido, mantenho-me viva; mas, caso ele esteja morto, prefiro partir também dessa vida miserável.

Tendo dito isso e em meio a lágrimas, deixou o templo. Nesse ponto, os meninos que estavam brincando na frente do recinto sagrado gritaram:

— Sem demora, sem demora Ântia terá Habrocomes, seu marido de novo, de novo!

Ao ouvir isso, ela encheu-se de ânimo e agradeceu aos deuses. E então eles partiram para Alexandria.

5.   Ἐπέπυστο δὲ ἡ Πολυίδου γυνὴ ὅτι ἄγει κόρην ἐρωμένην, καὶ φοβηθεῖσα μή πως αὐτὴν ἡ ξένη παρευδοκιμήσῃ, Πολυίδῳ μὲν οὐδὲν λέγει, ἐβουλεύετο δὲ καθ' αὑτὴν ὅπως τιμωρήσηται τὴν δοκοῦσαν ἐπιβουλεύειν τοῖς γάμοις. καὶ δὴ ὁ μὲν Πολύιδος ἀπήγγελλέ τε τῷ ἄρχοντι τῆς Αἰγύπτου τὰ γενόμενα καὶ τὰ λοιπὰ ἐπὶ τοῦ στρατοπέδου διῴκει τὰ τῆς ἀρχῆς, ἀπόντος δὲ αὐτοῦ Ῥηναία (τοῦτο γὰρ ἐκαλεῖτο ἡ τοῦ Πολυίδου γυνὴ) μεταπέμπεται τὴν Ἀνθίαν (ἦν δὲ ἐπὶ τῆς οἰκίας) καὶ περιρρήγνυσι τὴν ἐσθῆτα καὶ αἰκίζεται τὸ σῶμα, "ὦ πονηρὰ" λέγουσα "καὶ τῶν γάμων τῶν ἐμῶν ἐπίβουλε, ματαίως ἔδοξας Πολυίδῳ καλή· οὐ γάρ σε ὀνήσει τὸ κάλλος τοῦτο· ἴσως μὲν γὰρ πείθειν λῃστὰς ἐδύνασο καὶ συγκαθεύδειν νεανίσκοις μεθύουσι, πολλοῖς, τὴν δὲ Ῥηναίας εὐνὴν οὔποτε ὑβρίσεις χαίρουσα." ταῦτα εἰποῦσα ἀπέκειρε τὴν κόμην αὐτῆς καὶ δεσμὰ περιτίθησι καὶ παραδοῦσα οἰκέτῃ τινὶ πιστῷ, Κλυτῷ τοὔνομα, κελεύει ἐμβιβάσαντα εἰς ναῦν, ἀπαγαγόντα εἰς Ἰταλίαν ἀποδόσθαι πορνοβοσκῷ τὴν Ἀνθίαν. "οὕτω γὰρ" ἔφη "δυνήσῃ ἡ καλὴ τῆς ἀκρασίας κόρον λαβεῖν." ἤγετο δὲ ἡ Ἀνθία ὑπὸ τοῦ Κλυτοῦ κλαίουσα καὶ ὀδυρομένη, "ὦ κάλλος ἐπίβουλον" λέγουσα, "ὦ δυστυχὴς εὐμορφία, τί μοι παραμένετε ἐνοχλοῦντα; τί δὲ αἴτια πολλῶν κακῶν μοι γίνεσθε; οὐκ ἤρκουν οἱ τάφοι, οἱ φόνοι, τὰ δεσμά, τὰ λῃστήρια, ἀλλ' ἤδη καὶ ἐπὶ οἰκήματος στήσομαι καὶ τὴν μέχρι νῦν Ἁβροκόμῃ τηρουμένην σωφροσύνην πορνοβοσκὸς ἀναγκάσει με λύειν; ἀλλ', ὦ δέσποτα" προσπεσοῦσα ἔλεγε τοῖς γόνασι τοῦ Κλυτοῦ, "μή με ἐπ' ἐκείνην τὴν τιμωρίαν [ἅμα] προαγάγῃς,

5.   A mulher de Poliído descobriu que ele trazia consigo uma jovem amante e temeu que a estrangeira viesse a tomar seu lugar. Ela não disse nada a Poliído, mas planejou como, à sua maneira, se vingaria da que parecia tramar contra seu casamento. E enquanto Poliído estava fazendo o relatório do acontecido ao governador do Egito e tratando do que restava por fazer em seu comando no acampamento, estando ele ausente, Renaia (assim se chamava a mulher de Poliído) mandou trazer até si Ântia, que estava na casa, rasgou suas roupas e feriu o seu corpo, dizendo:

– Maldita, que trama contra o meu casamento, foi em vão que ostentou sua beleza para Poliído! De fato, não te valerá essa beleza. Talvez você seja capaz de seduzir bandidos e dormir com uma porção de jovens embriagados, mas, alegre, jamais ultrajará o leito de Renaia!

Enquanto falava, cortou-lhe o cabelo, prendeu-a a correntes e, entregando-a a um servo de confiança, Clito, ordenou que a pusesse em um navio, levasse para a Itália e vendesse Ântia a um rufião.

– Assim, – disse –, a bela vai poder saciar sua devassidão!

Ântia foi levada por Clito aos prantos e, lamentando-se, dizia:

– Ó beleza traiçoeira, ó desafortunada formosura, por que continua a me atormentar? Por que se tornou a causa de muitos males meus? Não bastavam as sepulturas, os assassinos, a prisão, a bandidagem, mas logo também serei instalada em um bordel e a castidade, guardada até agora para Habrocomes, algum rufião me obrigará a perder! Senhor – dizia caindo aos joelhos de Clito –, por favor, não me destine àquele castigo,

ἀλλὰ ἀπόκτεινόν με αὐτός· οὐκ οἴσω πορνοβοσκὸν δεσπότην· σωφρονεῖν, πίστευσον, εἰθίσμεθα." ταῦτα ἐδεῖτο, ἠλέει δὲ αὐτὴν ὁ Κλυτός.

Καὶ ἡ μὲν ἀπήγετο εἰς Ἰταλίαν, ἡ δὲ Ῥηναία ἐλθόντι τῷ Πολυίδῳ λέγει ὅτι ἀπέδρα ἡ Ἀνθία, κἀκεῖνος ἐκ τῶν ἤδη πεπραγμένων ἐπίστευσεν αὐτῇ. ἡ δὲ Ἀνθία κατήχθη μὲν εἰς Τάραντα, πόλιν τῆς Ἰταλίας, ἐνταῦθα δὲ ὁ Κλυτὸς δεδοικὼς τὰς τῆς Ῥηναίας ἐντολὰς ἀποδίδοται αὐτὴν πορνοβοσκῷ. ὁ δὲ ἰδὼν κάλλος οἷον οὔπω πρότερον ἐτεθέατο, μέγα κέρδος ἕξειν τὴν παῖδα ἐνόμιζε καὶ ἡμέραις μέν τισιν αὐτὴν ἀνελάμβανεν ἐκ τοῦ πλοῦ κεκμηκυῖαν καὶ ἐκ τῶν ὑπὸ τῆς Ῥηναίας βασάνων, ὁ δὲ Κλυτὸς ἧκεν εἰς Ἀλεξάνδρειαν καὶ τὰ πραχθέντα ἐμήνυσε τῇ Ῥηναίᾳ.

6. Ὁ δὲ Ἱππόθοος διανυσὰς τὸν πλοῦν κατήχθη μὲν εἰς Σικελίαν, οὐκ εἰς Συρακούσας δέ, ἀλλ᾽ εἰς Ταυρομένιον, καὶ ἐζήτει καιρὸν δι᾽ οὗ τὰ ἐπιτήδεια ἕξει. τῷ δὲ Ἀβροκόμῃ ἐν Συρακούσαις, ὡς χρόνος πολὺς ἐγένετο, ἀθυμία ἐμπίπτει καὶ ἀπορία δεινή, ὅτι μήτε Ἀνθίαν εὑρίσκοι μήτε εἰς τὴν πατρίδα ἀνασῴζοιτο. διέγνω οὖν ἀποπλεῦσα ἐκ Σικελίας εἰς Ἰταλίαν ἀνελθεῖν κἀκεῖθεν, εἰ μηδὲν εὑρίσκοι τῶν ζητουμένων, εἰς Ἔφεσον πλεῦσαι πλοῦν δυστυχῆ. ἤδη δὲ καὶ οἱ γονεῖς αὐτῶν καὶ οἱ Ἐφέσιοι πάντες ἐν πολλῷ πένθει ἦσαν, οὔτε ἀγγέλου παρ᾽ αὐτῶν ἀφιγμένου οὔτε γραμμάτων, ἀπέπεμπον δὲ πανταχοῦ τοὺς ἀναζητήσοντας. ὑπὸ ἀθυμίας δὲ καὶ γήρως οὐ δυνηθέντες ἀντισχεῖν οἱ γονεῖς ἑκατέρων ἑαυτοὺς ἐξήγαγον τοῦ βίου. καὶ ὁ μὲν Ἀβροκόμης ᾔει τὴν ἐπὶ Ἰταλίας ὁδόν, ὁ δὲ Λεύκων καὶ ἡ Ῥόδη, οἱ σύντροφοι τοῦ Ἀβροκόμου καὶ τῆς Ἀνθίας, τεθνηκότος αὐτοῖς ἐν Ξάνθῳ τοῦ δεσπότου καὶ τὸν κλῆρον (ἦν δὲ πολύς) ἐκείνοις καταλιπόντος, διέγνωσαν εἰς Ἔφεσον πλεῖν,

mas antes mate-me com suas mãos. Não vou suportar ter um rufião por senhor. Tenho a castidade por norma, acredite!

Pedia isso e Clito apiedava-se dela.

E enquanto ela seguia para a Itália, Renaia, ao retorno de Poliído, disse que Ântia tinha fugido e, em vista dos fatos anteriores, ele acreditou nela. Ântia desembarcou em Tarento, uma cidade da Itália, e ali Clito, receoso de não cumprir as ordens de Renaia, vendeu-a a um rufião. Diante de uma beleza tal que nunca antes havia visto, o homem imaginou que lucraria muito com a menina e assim, por alguns dias, tratou de recuperá-la da viagem e das torturas infligidas por Renaia, já que estava muito abatida, enquanto Clito chegava a Alexandria e avisava Renaia do que fora feito.

6. Hipótoo completou a travessia e desembarcou na Sicília – não em Siracusa, mas em Taormina –, onde estava em busca de uma oportunidade para obter seu sustento. Quanto a Habrocomes, em Siracusa já há muito tempo, estava tomado pelo desânimo e por uma terrível indecisão, já que nem encontrava Ântia, nem buscava pôr-se a salvo em sua cidade natal. Decidiu, então, deixar a Sicília rumo à Itália e dali, caso nada descobrisse daquilo que procurava, fazer a triste travessia marítima para Éfeso. Tanto seus pais, quanto todos os efésios já se encontravam em grande aflição. Como nem mensageiro nem cartas chegassem da parte do casal, enviaram a todo lugar encarregados de buscá-los. Por tristeza e pela velhice, tanto os pais de Ântia, quanto os de Habrocomes, sem poder resistir, puseram fim à própria vida.

Enquanto Habrocomes seguia rumo a Itália, Leucon e Rhoda, os companheiros de Habrocomes e Ântia, depois que seu senhor morreu em Xanto e deixou para eles a propriedade, que era grande, decidiram tomar um navio para Éfeso,

ὡς ἤδη μὲν αὐτοῖς τῶν δεσποτῶν σεσωσμένων, ἱκανῶς δὲ τῆς κατὰ τὴν ἀποδημίαν συμφορᾶς πεπειραμένων. ἐνθέμενοι δὴ πάντα τὰ αὐτῶν νηὶ ἀνήγοντο εἰς Ἔφεσον καὶ ἡμέραις τε οὐ πολλαῖς διανύσαντες τὸν πλοῦν ἧκον εἰς Ῥόδον κἀκεῖ μαθόντες ὅτι οὐδέπω μὲν Ἁβροκόμης καὶ Ἀνθία σώζοιντο, τεθνήκασι δὲ αὐτῶν οἱ πατέρες, διέγνωσαν εἰς Ἔφεσον μὴ κατελθεῖν, χρόνῳ δέ τινι ἐκεῖ γενέσθαι, μέχρις οὗ τι περὶ τῶν δεσποτῶν πύθωνται.

7. Ὁ δὲ πορνοβοσκὸς ὁ τὴν Ἀνθίαν ὠνησάμενος χρόνου διελθόντος ἠνάγκασεν αὐτὴν οἰκήματος προεστάναι. καὶ δὴ κοσμήσας καλῇ μὲν ἐσθῆτι, πολλῷ δὲ χρυσῷ, ἧγεν ὡς προστησομένην τέγους. ἡ δὲ μεγάλα ἀνακωκύσασα "φεῦ μοι τῶν κακῶν" εἶπεν· "οὐχ ἱκαναὶ γὰρ αἱ πρότερον συμφοραί, τὰ δεσμά, τὰ λῃστήρια, ἀλλ' ἔτι καὶ πορνεύειν ἀναγκάζομαι. ὦ κάλλος δικαίως ὑβρισμένον· τί γὰρ ἡμῖν ἀκαίρως παραμένεις; ἀλλὰ τί ταῦτα θρηνῶ καὶ οὐχ εὑρίσκω τινὰ μηχανὴν δι' ἧς φυλάξω τὴν μέχρι νῦν σωφροσύνην τετηρημένην;" ταῦτα λέγουσα ἤγετο ἐπὶ τὸ οἴκημα, τοῦ πορνοβοσκοῦ τὰ μὲν δεομένου θαρρεῖν, τὰ δὲ ἀπειλοῦντος. ὡς δὲ ἧλθε καὶ προέστη, πλῆθος ἐπέρρει τῶν τεθαυμακότων τὸ κάλλος, οἵ τε πολλοὶ ἧσαν ἕτοιμοι ἀργύριον κατατίθεσθαι τῆς ἐπιθυμίας. ἡ δὲ ἐν ἀμηχάνῳ γενομένη κακῷ εὑρίσκει τέχνην ἀποφυγῆς·

76 Ântia recorre a vários expedientes para resguardar a castidade, desde a desculpa que dá a Perilau para retardar em um mês as núpcias (2.13), até a alegação a Psammis de que estava consagrada

na suposição que seus patrões já estariam a salvo, tendo experimentado bastante provações no exílio. Tendo colocado em um navio tudo que era deles, seguiram para Éfeso completando a travessia até Rodes em poucos dias. Lá souberam que Habrocomes e Ântia ainda não tinham se salvado e que seus pais estavam mortos e decidiram não retornar a Éfeso, mas ficar ali por um tempo, até que tivessem notícias dos seus senhores.

7. Passado algum tempo, o rufião que havia comprado Ântia obrigou-a a instalar-se no bordel. Depois de arrumá-la com belas roupas e muito ouro, conduziu-a a ser exibida diante do prostíbulo. E ela disse em altos brados:

– Ai, que males os meus! Não bastavam os infortúnios passados, a prisão, a bandidagem, mas sou ainda obrigada a me prostituir! Beleza, que com justiça é aviltada, por que tão sem propósito permanece conosco? Mas por que me lamento desse jeito e não encontro um meio pelo qual possa guardar a castidade pela qual velei até agora?[76]

Enquanto dizia essas coisas, era conduzida para o bordel. O rufião pedia que se mantivesse firme, mas também a ameaçava. Quando ela chegou e foi posta em exibição, uma multidão de admiradores de sua beleza afluiu e muitos estavam dispostos a pagar pelo prazer de estar com ela. E ela, em apuros devido ao mal, encontrou um meio de escapar.

a Ísis (3.12). Com isso, equipara-se em astúcia a Penélope que, na *Odisseia* 2.93, adia a decisão de escolher um noivo entre os pretendentes até terminar de tecer a mortalha de Laertes, pai de Odisseu, tarefa de que se ocupa de dia e desfaz à noite.

πίπτει μὲν γὰρ εἰς γῆν καὶ παρεῖται τὸ σῶμα καὶ ἐμιμεῖτο τοὺς νοσοῦντας τὴν ἐκ θεῶν καλουμένην νόσον, ἦν δὲ τῶν παρόντων ἔλεος ἅμα καὶ φόβος καὶ τοῦ μὲν ἐπιθυμεῖν συνουσίας ἀπείχοντο, ἐθεράπευον δὲ τὴν Ἀνθίαν. ὁ δὲ πορνοβοσκὸς συνεὶς οἷ κακῶν ἐγεγόνει καὶ νομίσας ἀληθῶς νοσεῖν τὴν κόρην, ἦγεν εἰς τὴν οἰκίαν καὶ κατέκλινέ τε καὶ ἐθεράπευε, καὶ ὡς ἔδοξεν αὐτῆς γεγονέναι, ἀνεπυνθάνετο τὴν αἰτίαν τῆς νόσου. ἡ δὲ Ἀνθία "καὶ πρότερον" ἔφη, "δέσποτα, εἰπεῖν πρὸς σὲ ἐβουλόμην τὴν συμφορὰν τὴν ἐμὴν καὶ διηγήσασθαι τὰ συμβάντα, ἀλλὰ ἀπέκρυπτον αἰδουμένη. νυνὶ δὲ οὐδὲν χαλεπὸν εἰπεῖν πρὸς σέ, πάντα ἤδη μεμαθηκότα τὰ κατ' ἐμέ. παῖς ἔτι οὖσα, ἐν ἑορτῇ καὶ παννυχίδι ἀποπλανηθεῖσα τῶν ἐμαυτῆς ἧκον πρός τινα τάφον ἀνδρὸς νεωστὶ τεθνηκότος, κἀνταῦθα ἐφάνη μοί, τις ἀναθορὼν ἐκ τοῦ τάφου καὶ κατέχειν ἐπειρᾶτο, ἐγὼ δὲ ἀπέφυγον καὶ ἐβόων. ὁ δὲ ἄνθρωπος ἦν μὲν ὀφθῆναι φοβερός, φωνὴν δὲ πολὺ εἶχε χαλεπωτέραν. καὶ τέλος ἡμέρα μὲν ἤδη ἐγίνετο, ἀφεὶς δέ με ἔπληξέ τε κατὰ τοῦ στήθους καὶ νόσον ταύτην ἔλεγεν ἐμβεβληκέναι. ἐκεῖθεν ἀρξαμένη ἄλλοτε ἄλλως ὑπὸ τῆς συμφορᾶς κατέχομαι. ἀλλὰ δέομαί σου, δέσποτα, μηδέν μοι χαλεπήνῃς· οὐ γὰρ ἐγὼ τούτων αἰτία. δυνήσῃ γάρ με ἀποδόσθαι καὶ μηδὲν ἀπολέσαι τῆς δοθείσης τιμῆς." ἀκούσας ὁ πορνοβοσκὸς ἡνιᾶτο μέν, συνεγίνωσκε δὲ αὐτῇ, ὡς οὐχ ἑκούσῃ ταῦτα πασχούσῃ.

77 **Doença divina**: Ântia finge convulsões e desmaio à maneira dos que sofrem com epilepsia, doença atribuída à possessão divina. cf. Longrigg (2000).

Caiu no chão, largou o corpo e imitou os que sofriam com a chamada doença divina.[77] Os presentes tiveram pena e medo, e não mais desejaram estar com ela, mas vieram em sua ajuda.

O rufião, percebendo que tinha um problema e julgando que a moça estava realmente doente, levou-a para casa, fez com que se deitasse e cuidou dela. Quando achou que se recuperava, quis saber a causa da doença. E Ântia disse:

– Quis contar para você antes a minha condição e explicar o que aconteceu, mas, por pudor, ocultei. Agora, no entanto, contar não é nem um pouco difícil, já que tudo se sabe a meu respeito. Ainda criança, estava em um festival e durante a vigília noturna me perdi dos meus acompanhantes. Fui parar no túmulo de um homem recém-falecido. E ali, alguém pareceu saltar do túmulo e tentou me segurar, e eu me debatia e gritava. A criatura tinha um aspecto medonho, mas sua voz era muito pior. E quando, enfim, veio o dia, ao me deixar ir, golpeou-me no peito e dizia ter lançado ali essa doença. E desde então, diversas vezes e de várias maneiras, sou acometida por essa desventura. Mas eu te peço, patrão, não seja duro comigo, já que a culpa não é minha. Você deve conseguir me vender, sem perder nada do que pagou por mim.

Depois de ouvi-la, o rufião ficou irritado, mas concordou com ela, porque não era por vontade própria que sofria.

8. Καὶ ἡ μὲν ἐθεραπεύετο ὡς νοσοῦσα παρὰ τῷ πορνοβοσκῷ, ὁ δὲ Ἁβροκόμης ἀπὸ τῆς Σικελίας ἐπαναχθεὶς καταίρει μὲν εἰς Νουκέριον τῆς Ἰταλίας, ἀπορίᾳ δὲ τῶν ἐπιτηδείων ἀμηχανῶν ὅ τι ποιήσει, τὰ μὲν πρῶτα περιῄει τὴν Ἀνθίαν ζητῶν· αὕτη γὰρ ἦν αὐτῷ τοῦ βίου παντὸς καὶ τῆς πλάνης ἡ ὑπόθεσις· ὡς δὲ οὐδὲν ηὕρισκεν (ἦν γὰρ ἐν Τάραντι ἡ κόρη παρὰ τῷ πορνοβοσκῷ), αὐτὸν ἀπεμίσθωσε τοῖς τοὺς λίθους ἐργαζομένοις. καὶ ἦν αὐτῷ τὸ ἔργον ἐπίπονον· οὐ γὰρ συνείθιστο τὸ σῶμα οὐδ᾽ ὀλίγον ὑποβάλλειν ἔργοις εὐτόνοις ἢ σκληροῖς· διέκειτο δὲ πονήρως καὶ πολλάκις κατοδυρόμενος τὴν αὑτοῦ τύχην "ἰδού" φησιν, "Ἀνθία, ὁ σὸς Ἁβροκόμης ἐργάτης τέχνης πονηρᾶς καὶ τὸ σῶμα ὑποτέθεικα δουλείᾳ. καὶ εἰ μὲν εἶχόν τινα ἐλπίδα εὑρήσειν σὲ καὶ τοῦ λοιποῦ συγκαταβιώσεσθαι, τοῦτο ⟨ἂν⟩ πάντων ἄμεινόν με παρεμυθεῖτο, νυνὶ δὲ ἴσως κἀγὼ δυστυχὴς εἰς κενὰ καὶ ἀνόνητα πονῶ, καὶ σύ που τέθνηκας πόθῳ τῷ πρὸς Ἁβροκόμην· πέπεισμαι γάρ, φιλτάτη, ὡς οὐκ ἄν ποτε, οὔτε ⟨ζῶσα οὔτε⟩ ἀποθανοῦσα ἐκλάθοιό μου."

Καὶ ὁ μὲν ταῦτα ὠδύρετο καὶ τοὺς πόνους ἔφερεν ἀλγεινῶς, τῇ δὲ Ἀνθίᾳ ὄναρ ἐπέστη ἐν Τάραντι κοιμωμένῃ· ἐδόκει μὲν αὐτὴν εἶναι μετὰ Ἁβροκόμου, καλὴν οὖσαν μετ᾽ ἐκείνου καλοῦ, καὶ τὸν πρῶτον εἶναι τοῦ ἔρωτος αὐτοῖς χρόνον, φανῆναι δέ τινα ἄλλην γυναῖκα καλὴν καὶ ἀφέλκειν αὐτῆς τὸν Ἁβροκόμην· καὶ τέλος ἀναβοῶντος καὶ καλοῦντος ὀνομαστὶ ἐξαναστῆναί τε καὶ παύσασθαι τὸ ὄναρ.

---

78 **Nicério, na Itália:** atual Nocera Inferiore, comuna da região da Campania, na província de Salerno. A distância entre Nicério e Taranto é de 274 km.

8. Enquanto ela se tratava, como se estivesse doente, na casa do rufião, Habrocomes, tendo zarpado da Sicília, aportou em Nicério, na Itália,[78] mas, carecendo de meios de subsistência, estava sem saber o que fazer. Em primeiro lugar foi à procura de Ântia, que era tudo em sua vida e a razão de sua andança. Como não descobriu nada (a moça estava em Tarento na casa do rufião), alistou-se entre os trabalhadores da pedreira. E o trabalho era penoso para ele, já que não estava acostumado e não suportava por muito tempo esforços físicos vigorosos ou pesados. Sua condição era precária e, lamentando-se frequentemente de sua sorte, dizia:

– Vê, Ântia, o seu Habrocomes, um trabalhador em uma ocupação desvalorizada e cujo corpo está submetido à servidão! Se ao menos eu tivesse alguma esperança de te encontrar e de ficar ao seu lado o resto da vida, isso me consolaria mais do que tudo, mas agora talvez eu também, miserável, sofra em vão e sem propósito, e você talvez tenha morrido pela vontade de estar com Habrocomes. Tenho certeza, querida, que jamais, nem mesmo morta, você se esqueceria de mim![79]

E enquanto ele se lamentava dessa maneira e suportava penosamente os trabalhos, um sonho sobreveio a Ântia, que dormia em Tarento. Julgou que estava com Habrocomes, ambos, ela e ele, belos, e que era o tempo de seus primeiros amores, mas que apareceu uma outra mulher, também bela, e arrancou Habrocomes dela. E, por fim, enquanto ele gritava e chamava seu nome, ela se levantou e o sonho acabou.

---

79 Manifesta-se aqui a tópica do "amor além da morte".

ταῦτα ὡς ἔδοξεν ἰδεῖν, εὐθὺς μὲν ἀνέθορέ τε καὶ ἀνεθρήνησε καὶ ἀληθῆ τὰ ὀφθέντα ἐνόμιζεν, "οἴμοι τῶν κακῶν" λέγουσα, "ἐγὼ μὲν καὶ πόνους ὑπομένω πάντας καὶ ποικίλων πειρῶμαι δυστυχὴς συμφορῶν καὶ τέχνας σωφροσύνης ὑπὲρ γυναῖκας εὑρίσκω, Ἁβροκόμη· σοὶ δὲ ἴσως ἄλλη που δέδοκται καλή· ταῦτα γάρ μοι σημαίνει τὰ ὀνείρατα. τί οὖν ἔτι ζῶ; τί δ' ἐμαυτὴν λυπῶ; κάλλιον οὖν ἀπολέσθαι καὶ ἀπαλλαγῆναι τοῦ πονηροῦ τούτου βίου, ἀπαλλαγῆναι δὲ τῆς ἀπρεποῦς ταύτης καὶ ἐπισφαλοῦς δουλείας· Ἁβροκόμης μὲν γὰρ εἰ καὶ τοὺς ὅρκους παραβέβηκε, μηδὲν οἱ θεοὶ τιμωρήσαιντο τοῦτον· ἴσως ἀνάγκῃ τι εἴργασται· ἐμοὶ δὲ ἀποθανεῖν καλῶς ἔχει σωφρονούσῃ." ταῦτα ἔλεγε θρηνοῦσα καὶ μηχανὴν ἐζήτει τελευτῆς.

9. Ὁ δὲ Ἱππόθοος ὁ Περίνθιος ἐν τῷ Ταυρομενίῳ τὰ μὲν πρῶτα διῆγε πονηρῶς ἀπορίᾳ τῶν ἐπιτηδείων, χρόνου δὲ προϊόντος ἠράσθη πρεσβῦτις αὐτοῦ, καὶ ἔγημέ τε ὑπ' ἀνάγκης τῆς κατὰ τὴν ἀπορίαν τὴν πρεσβῦτιν καὶ ὀλίγῳ συγγενόμενος χρόνῳ, ἀποθανούσης αὐτῆς πλοῦτόν τε διαδέχεται πολὺν καὶ εὐδαιμονίαν· πολλὴ μὲν οἰκετῶν παραπομπή, πολλὴ δὲ [τῶν] ἐσθήτων ὕπαρξις καὶ σκευῶν πολυτέλεια. διέγνω δὲ πλεῦσαι μὲν εἰς Ἰταλίαν, ὠνήσασθαι δὲ οἰκέτας ὡραίους καὶ θεραπαίνας καὶ ἄλλην σκευῶν περιβολὴν ὅση γένοιτ' ἂν ἀνδρὶ εὐδαίμονι. ἐμέμνητο δὲ ἀεὶ τοῦ Ἁβροκόμου καὶ τοῦτον ἀνευρεῖν ηὔχετο, περὶ πολλοῦ ποιούμενος κοινωνῆσαί τε αὐτῷ τοῦ βίου παντὸς καὶ τῶν κτημάτων.

Καὶ ὁ μὲν ἐπαναχθεὶς κατῆρεν εἰς Ἰταλίαν, εἵπετο δὲ αὐτῷ μειράκιον τῶν εἰς Σικελίαν εὖ γεγονότων, Κλεισθένης τοὔνομα, καὶ πάντων μετεῖχε τῶν Ἱπποθόου κτημάτων, καλὸς ὤν.

Tão logo apareceram-lhe essas coisas, imediatamente pulou longe, chorou e pensou que a visão correspondia à verdade, dizendo:

– Ai, que males! Eu, que suporto todas as penas e experimento, desafortunada, várias espécies de infortúnios e encontro artifícios, que superam o que podem as mulheres, para manter a castidade para Habrocomes; e, talvez, a outra seja considerada bela por ti. É isso que o sonho me revela. Por que viver ainda? Por que me atormento? É mais belo morrer e deixar essa vida horrível, ser afastada dessa desonrosa e traiçoeira servidão. Se Habrocomes violou os juramentos, que os deuses não se vinguem dele. Talvez ele tenha agido assim por coação. Para mim, será belo morrer tendo guardado a castidade.

Dizia essas coisas em meio às lágrimas e buscava uma maneira de dar fim à vida.

9. Hipótoo de Perinto inicialmente levava uma vida difícil em Taormina, sem dispor de meios de subsistência, mas, com o passar do tempo, uma mulher já idosa apaixonou-se por ele que, constrangido pela falta de recursos, desposou-a. Quando fazia pouco que viviam juntos, ela veio a falecer e ele recebeu todo o seu dinheiro, que era muito, e suas muitas posses: um vasto cortejo de criados, vestes em abundância, móveis e todo tipo de objetos luxuosos. Decidiu navegar até a Itália, comprar escravos atraentes e criadas e tudo quanto um homem rico poderia ter. Lembrava-se sempre de Habrocomes e jurou que o encontraria, com a ideia de que ele fizesse parte de sua vida e dispusesse de seus bens.

E, tendo zarpado, chegou à Itália, e o acompanhava um rapazinho de uma boa família siciliana. Seu nome era Clístenes e ele partilhava de todos os bens de Hipótoo, porque era belo.

ὁ δὲ πορνοβοσκὸς ἤδη τῆς Ἀνθίας ὑγιαίνειν δοκούσης ἐνενόει ὅπως αὐτὴν ἀποδώσεται. καὶ δὴ προῆγεν αὐτὴν εἰς τὴν ἀγορὰν καὶ τοῖς ὠνησομένοις ἐπεδείκνυεν. ἐν τούτῳ δὲ ὁ Ἱππόθοος περιῄει τὴν πόλιν τὴν Τάραντα, εἴ τι καλὸν ὠνήσασθαι ζητῶν, καὶ ὁρᾷ τὴν Ἀνθίαν καὶ γνωρίζει καὶ ἐπὶ τῷ συμβάντι καταπλήσσεται καὶ πολλὰ πρὸς ἑαυτὸν ἐλογίζετο· "οὐχ αὕτη ἡ κόρη ἣν ἐγώ ποτε ἐν Αἰγύπτῳ τιμωρῶν τῷ Ἀγχιάλου φόνῳ εἰς τάφρον κατώρυξα καὶ κύνας αὐτῇ συγκαθεῖρξα; τίς οὖν ἡ μεταβολή; πῶς δὲ σῴζεται; τίς ἡ ἐκ τῆς τάφρου φυγή; τίς ἡ παράλογος σωτηρία;" εἰπὼν ταῦτα προσῆλθεν ὡς ὠνήσασθαι θέλων, καὶ παραστὰς αὐτῇ "ὦ κόρη" ἔφησεν, "Αἴγυπτον οὐκ οἶδας οὐδὲ λῃσταῖς ἐν Αἰγύπτῳ περιπέπτωκας οὐδὲ ἄλλο τι ἐν ἐκείνῃ τῇ γῇ πέπονθας δεινόν; εἰπὲ θαρσοῦσα· γνωρίζω γάρ σε ἐξ ἐκείνου τοῦ χωρίου." Αἴγυπτον ἀκούσασα καὶ ἀναμνησθεῖσα Ἀγχιάλου καὶ τοῦ λῃστηρίου καὶ τῆς τάφρου ἀνῴμωξέ τε καὶ ἀνωδύρατο, ἀποβλέψασα δὲ εἰς τὸν Ἱππόθοον (ἐγνώρισε δὲ αὐτὸν οὐδαμῶς) "πέπονθα μέν" φησιν "ἐν Αἰγύπτῳ πολλά, ὦ ξένε, καὶ δεινά, ὅστις ποτὲ ὢν τυγχάνεις, καὶ λῃσταῖς περιπέπτωκα. ἀλλὰ σὺ πῶς, εἰπέ, γνωρίζεις τὰ ἐμὰ διηγήματα; πόθεν δὲ εἰδέναι λέγεις ἐμὲ τὴν δυστυχῆ; διαβόητα μὲν γὰρ καὶ ἔνδοξα πεπόνθαμεν, ἀλλὰ σὲ οὐ γινώσκω τὸ σύνολον."

80 **História**: em grego, *diegémata*, termo bastante utilizado no romance para designar o relato biográfico de um personagem. Pode haver nesse ponto uma referência metaliterária ao fato de Ântia ser personagem em um romance. Cf. Duarte 2019a.

O rufião, já que Ântia parecia estar curada, considerou que devia vendê-la. Levou-a, então, ao mercado e exibiu-a para os compradores em potencial. Nisso, Hipótoo percorria a cidade de Tarento em busca de algo belo para comprar. Viu Ântia, reconheceu-a e, tomado de espanto pela coincidência, falou consigo mesmo:

– Essa não é a mesma moça que uma vez, no Egito, eu encerrei em uma cova na companhia de cães para vingar o assassinato de Anquíalo? Que reviravolta é essa então? Como se salvou? Como escapou da cova? Como se deu essa salvação inesperada?

Disse essas palavras e aproximou-se como se quisesse comprá-la. Parado ao seu lado, disse:

– Por acaso, minha jovem, você não esteve no Egito, esteve nas mãos de bandidos ou passou naquela terra por outras coisas terríveis? Ânimo, fale! Eu te reconheço daquele país.

Ao ouvir Egito e recordar-se de Anquíalo, bem como do bando de ladrões e da cova, lamentou-se e chorou. Admirada, olhou para Hipótoo, mas sem reconhecê-lo em absoluto, e disse:

– Passei por muita aflição no Egito e estive, sim, nas mãos de bandidos, estrangeiro, seja você quem for. Mas, diga, como conhece a minha história?[80] De onde diz ter visto uma desafortunada como eu? Meus sofrimentos são bem divulgados e célebres, mas eu não te reconheço em absoluto.

ἀκούσας ὁ Ἱππόθοος καὶ μᾶλλον ἐξ ὧν ἔλεγεν ἀναγνωρίσας αὐτὴν τότε μὲν ἡσυχίαν ἤγαγεν, ὠνησάμενος δὲ αὐτὴν παρὰ τοῦ πορνοβοσκοῦ ἄγει πρὸς ἑαυτὸν καὶ θαρρεῖν παρεκελεύετο καὶ ὅστις ἦν λέγει καὶ τῶν ἐν Αἰγύπτῳ γενομένων ἀναμιμνῇσκει, καὶ τὴν φυγὴν καὶ τὸν ἑαυτοῦ πλοῦτον διηγεῖται. ἡ δὲ ᾐτεῖτο συγγνώμην ἔχειν καὶ αὐτῷ ἐπεξηγεῖτο ὅτι Ἀγχίαλον ἀπέκτεινε μὴ σωφρονοῦντα, καὶ τὴν τάφρον καὶ τὸν Ἀμφίνομον καὶ τὴν τῶν κυνῶν πραότητα καὶ τὴν σωτηρίαν διηγεῖται. κατῴκτειρεν αὐτὴν ὁ Ἱππόθοος καὶ ἥτις μὲν ἦν ἐπέπυστο οὐδέπω, ἐκ δὲ τῆς καθημερινῆς σὺν τῇ κόρῃ διαίτης εἰς ἐπιθυμίαν Ἀνθίας καὶ Ἱππόθοος ἔρχεται καὶ συνελθεῖν ἐβούλετο καὶ πολλὰ ὑπισχνεῖται αὐτῇ. ἡ δὲ τὰ μὲν πρῶτα ἀντέλεγεν αὐτῷ, ἀναξία εἶναι λέγουσα εὐνῆς δεσποτικῆς, τέλεον δέ, ὡς ἐνέκειτο Ἱππόθοος, οὐκέτ' ἔχουσα ὅ τι ποιήσει, κάλλιον εἶναι νομίζουσα εἰπεῖν πάντα αὐτῷ τὰ ἀπόρρητα ἢ παραβῆναι τὰς πρὸς Ἁβροκόμην συνθήκας, λέγει τὸν Ἁβροκόμην, τὴν Ἔφεσον, τὸν ἔρωτα, τοὺς ὅρκους, τὰς συμφοράς, τὰ ληστήρια καὶ συνεχὲς Ἁβροκόμην ἀνωδύρετο. ὁ δὲ Ἱππόθοος ἀκούσας ὅτι τε Ἀνθία εἴη καὶ ὅτι γυνὴ τοῦ πάντων αὐτῷ φιλτάτου, ἀσπάζεταί τε αὐτὴν καὶ εὐθυμεῖν παρεκάλει καὶ τὴν αὐτοῦ πρὸς Ἁβροκόμην φιλίαν διηγεῖται. καὶ τὴν μὲν εἶχεν ἐπὶ τῆς οἰκίας, πᾶσαν προσάγων ἐπιμέλειαν, Ἁβροκόμην αἰδούμενος, αὐτὸς δὲ πάντα ἀνηρεύνα, εἴ που τὸν Ἁβροκόμην ἀνεύροι.

Após ouvi-la, Hipótoo teve ainda mais certeza de que era a mesma moça a partir do que dizia. Conteve-se, então, mas após tê-la comprado do rufião, levou-a para sua casa e encheu-a de confiança, disse quem ele era e recordou o que passou no Egito, contou-lhe sobre sua fuga e como enriquecera. E ela pediu que ele a perdoasse e explicou que matou Anquíalo por seu comportamento despudorado, e falou também da cova, de Anfínomo, da docilidade dos cachorros e de sua salvação. Hipótoo se apiedou dela, sem procurar saber sua identidade.

Hipótoo, a partir da convivência diária com a moça, passou a desejá-la, quis ter relações com ela e fez-lhe muitas promessas. E ela, primeiro, recusou-o, dizendo ser indigna do leito de um rico senhor, mas, por fim, como Hipótoo insistisse, sem ter outra opção, julgando ser melhor revelar-lhe seus segredos do que violar o que havia combinado com Habrocomes, falou de Habrocomes, de Éfeso, da paixão entre eles, dos juramentos, das desventuras, dos piratas e lamentou constantemente o marido. Quando Hipótoo soube que ela era Ântia, a mulher de seu mais querido amigo, abraçou-a, pediu que tivesse ânimo e contou-lhe de sua amizade com Habrocomes. E a manteve em sua casa, cercando-a de toda a atenção, por respeito a Habrocomes, enquanto ele mesmo assumia as investigações para ver se o encontrava.

10. Ὁ δὲ Ἁβροκόμης τὰ μὲν πρῶτα ἐπιπόνως ἐν τῷ Νουκερίῳ εἰργάζετο, τελευταῖον δὲ οὐκέτι φέρων τοὺς πόνους διέγνω νεὼς ἐπιβὰς εἰς Ἔφεσον ἀνάγεσθαι. καὶ ὁ μὲν νύκτωρ κατελθὼν ἐπὶ θάλασσαν ἐπιφθάνει πλοίῳ ἀναγομένῳ καὶ ἐπιβὰς ἔπλει τὴν ἐπὶ Σικελίαν πάλιν, ὡς ἐκεῖθεν ἐπὶ Κρήτην τε καὶ Κύπρον καὶ Ῥόδον ἀφιξόμενος κἀκεῖθεν εἰς Ἔφεσον γενησόμενος. ἤλπιζε δὲ ἐν τῷ μακρῷ πλῷ καὶ περὶ Ἀνθίας τι πυθέσθαι. καὶ ὁ μὲν ὀλίγα ἔχων τὰ ἐπιτήδεια ἀναγόμενος καὶ διανύσας τὸν πλοῦν τὰ μὲν πρῶτα ἐπὶ τὴν Σικελίαν ἔρχεται καὶ εὑρίσκει τὸν πρότερον ξένον τὸν Αἰγιαλέα τεθνηκότα, ἐπενέγκας δὲ αὐτῷ χοὰς καὶ πολλὰ καταδακρύσας, ἀναχθεὶς πάλιν καί, Κρήτην παρελθών, ἐν Κύπρῳ γενόμενος, ἡμέρας διατρίψας ὀλίγας καὶ εὐξάμενος τῇ πατρίῳ Κυπρίων θεῷ ἀνήγετο καὶ ἧκεν εἰς Ῥόδον. ἐνταῦθα πλησίον τοῦ λιμένος εἰσῳκίσατο. καὶ ἤδη τε ἐγγὺς ἐγίνετο Ἐφέσου καὶ πάντων αὐτὸν ἔννοια τῶν δεινῶν εἰσήρχετο, τῆς πατρίδος, τῶν πατέρων, τῆς Ἀνθίας, τῶν οἰκετῶν. καὶ ἀναστενάξας "φεῦ" ἔφη "τῶν κακῶν· εἰς Ἔφεσον ἵξομαι μόνος καὶ πατράσιν ὀφθήσομαι τοῖς ἐμαυτοῦ χωρὶς Ἀνθίας καὶ πλεύσομαι πλοῦν ὁ δυστυχὴς κενὸν καὶ διηγήσομαι διηγήματα ἴσως ἄπιστα, κοινωνὸν ὧν πέπονθα οὐκ ἔχων. ἀλλὰ καρτέρησον, Ἁβροκόμη, καὶ γενόμενος ἐν Ἐφέσῳ τοσοῦτον ἐπιβίωσον χρόνον· τάφον ἔγειρον Ἀνθίᾳ καὶ θρήνησον αὐτὴν καὶ χοὰς ἐπένεγκαι· καὶ σαυτὸν ἤδη παρ' αὐτὴν ἄγε." ταῦτα ἔλεγε καὶ περιῄει τὴν πόλυν ἀλύων, ἀθυμίᾳ μὲν τῇ κατὰ τὴν Ἀνθίαν, ἀπορίᾳ δὲ τῶν ἐπιτηδείων.

---

81 **Deusa local**: trata-se de Afrodite, cujo epíteto Cípria se deve ao culto disseminado que recebia na ilha.

10. Nos primeiros tempos, Habrocomes trabalhou duro em Nicério, mas, por fim, sem suportar o esforço, decidiu tomar um navio e retornar a Éfeso. À noite, desceu até a praia, entrando no primeiro barco de saída e, a bordo, navegou de volta para a Sicília, para, de lá, alcançar Creta, Chipre e Rodes e, só então, chegar a Éfeso. Esperava ter alguma notícia de Ântia durante a longa travessia. Levava consigo poucas provisões e concluiu a primeira parte da viagem, chegando à Sicília, onde descobriu que seu antigo anfitrião, Egialeu, tinha morrido. Depois de fazer libações e chorar em sua memória, zarpou novamente e, após passar por Creta, alcançou Chipre. Passou lá uns poucos dias e, depois de dirigir preces à deusa local dos cipriotas,[81] retomou a viagem e chegou a Rodes. Ali se alojou perto do porto. A proximidade de Éfeso trouxe-lhe o pensamento de tudo o que o assombrava: a terra natal, seus pais, Ântia, os criados. E, lamentando-se, disse:

– Ai, que males! Chegarei sozinho a Éfeso e meus pais me verão sem Ântia! Que desafortunado, farei uma viagem vã e relatarei histórias sem credibilidade, já que não há testemunha do que passei. Mas aguente, Habrocomes, e, uma vez em Éfeso, trate de sobreviver apenas o tempo necessário. Erija um túmulo para Ântia, a pranteie e faça libações. Em seguida, ponha-se ao lado dela.

Dizia essas palavras e percorria a cidade a esmo, desanimado quanto a Ântia, carente quanto aos meios de subsistência.

Ὁ δὲ Λεύκων ἐν τούτῳ καὶ ἡ Ῥόδη διατρίβοντες ἐν Ῥόδῳ ἀνάθημα ἀνατεθείκεσαν ἐν τῷ τοῦ Ἡλίου ἱερῷ παρὰ τὴν χρυσῆν πανοπλίαν ἣν Ἀνθία καὶ Ἁβροκόμης ἀνατεθείκεσαν· ἀνέθεσαν στήλην γράμμασι χρυσοῖς γεγραμμένην ὑπὲρ Ἁβροκόμου καὶ Ἀνθίας, ἀνεγέγραπτο δὲ καὶ τῶν ἀναθέντων τὰ ὀνόματα, ὅ τε Λεύκων καὶ ἡ Ῥόδη. ταύτῃ τῇ στήλῃ ὁ Ἁβροκόμης ἐπιτυγχάνει· ἐληλύθει δὲ προσεύξασθαι τῷ θεῷ. ἀναγνοὺς οὖν καὶ γνωρίσας τοὺς ἀναθέντας καὶ τὴν τῶν οἰκετῶν εὔνοιαν, πλησίον δὲ καὶ τὴν πανοπλίαν ἰδών, μέγα ἀνωδύρετο παρακαθεσθεὶς τῇ στήλῃ· "ὦ πάντα" ἔλεγεν "ἐγὼ δυστυχής· ἐπὶ τὸ τέρμα ἥκω τοῦ βίου καὶ εἰς ἀνάμνησιν τῶν ἐμαυτοῦ συμφορῶν· ἰδοὺ ταύτην μὲν τὴν πανοπλίαν ἐγὼ μετὰ Ἀνθίας ἀνέθηκα καὶ μετ' ἐκείνης ἀποπλεύσας Ῥόδου ἥκω νῦν ἐκείνην οὐκ ἄγων, εἰ δὲ αὕτη ἡ στήλη τῶν συντρόφων τῶν ἡμετέρων ὑπὲρ ἀμφοτέρων τὸ ἀνάθημα, τίς οὖν γένωμαι μόνος; ποῦ δὲ τοὺς φιλτάτους ἀνεύρω."

Ταῦτα ἐθρήνει λέγων. καὶ ἐν τούτῳ ἐφίστα⟨ν⟩ται ὁ Λεύκων καὶ ἡ Ῥόδη συνήθως εὐχόμενοι τῷ θεῷ καὶ θεωροῦσι τὸν Ἁβροκόμην τῇ στήλῃ παρακαθεζόμενον καὶ εἰς τὴν πανοπλίαν ἀποβλέποντα καὶ γνωρίζουσι μὲν οὐχί, θαυμάζουσι δὲ ὅστις ὢν ἀλλοτρίοις ἀναθήμασι παραμένοι. καὶ δὴ ὁ Λεύκων ἔφη· "ὦ μειράκιον, τί βουλόμενος ἀναθήμασιν οὐδέν σοι προσήκουσι παρακαθεζόμενος ὀδύρῃ καὶ θρηνεῖς; τί δέ σοι τούτων μέλει; τί δὲ τῶν ἐνταῦθα ἀναγεγραμμένων κοινωνεῖ, σοι;" ἀποκρίνεται πρὸς αὐτὸν Ἁβροκόμης· "ἐμά" φησιν, "ἐμὰ τὰ ἀναθήματα Λεύκωνος καὶ Ῥόδης, οὓς ἰδεῖν εὔχομαι μετὰ Ἀνθίαν Ἁβροκόμης ὁ δυστυχής."

Enquanto isso, Leucon e Rhoda, que viviam então em Rodes, tinham depositado uma oferenda no templo de Hélio, junto à armadura de ouro que Ântia e Habrocomes tinham ofertado. Ofertaram uma estela que trazia inscrições em ouro em honra de Ântia e Habrocomes, nela estava escrito também o nome dos que a ofertaram: Leucon e Rhoda. Habrocomes topou por acaso com essa estela, quando foi rezar para o deus. Ao ler e reconhecer o nome dos ofertantes, bem como a boa intenção dos criados, e vendo de perto também a armadura, ficou sentado junto à estela a lamentar-se. Dizia:

– Que desafortunado em tudo eu sou! Deparo-me com o fim da minha vida e com a memória das minhas desventuras! Vê, ofertei essa mesma armadura acompanhado de Ântia e com ela deixei Rodes; estou de volta agora sem trazê-la comigo. Se essa estela foi ofertada por nossos companheiros em nossa intenção, quem serei sozinho? Onde encontrarei esses que são tão queridos para mim?

Dizia essas palavras e chorava. E nisso entraram Leucon e Rhoda, que tinham o costume de rezar para o deus, e viram Habrocomes sentado junto à estela e olhando fixamente para a armadura. Não o reconheceram e se perguntaram quem se postaria junto a oferendas alheias. E então Leucon disse:

– Meu jovem, com que intenção fica sentado junto a oferendas que não te dizem respeito, chorando e lamentando-se? O que isso te importa? Que relação existe entre você e o que está escrito ali?

Habrocomes responde para eles:

– São para mim, – dizia –, para mim as oferendas de Leucon e Rhoda, a quem, depois de Ântia, rezo para poder ver, eu, o desafortunado Habrocomes!

ἀκούσαντες οἱ περὶ τὸν Λεύκωνα εὐθὺς μὲν ἀχανεῖς ἐγένοντο, ἀνενεγκόντες δὲ κατὰ μικρὸν ἐγνώριζον ἐκ τοῦ σχήματος, ἐκ τῆς φωνῆς, ἐξ ὧν ἔλεγεν, ἐξ ὧν Ἀνθίας ἐμέμνητο, καὶ πίπτουσι πρὸ τῶν ποδῶν αὐτοῦ καὶ τὰ καθ' αὑτοὺς διηγοῦνται, τὴν ὁδὸν τὴν εἰς Συρίαν ἀπὸ Τύρου, τὴν Μαντοῦς ὀργήν, τὴν ἔκδοσιν, τὴν πρᾶσιν τὴν εἰς Λυκίαν, τὴν τοῦ δεσπότου τελευτήν, τὴν περιουσίαν, τὴν εἰς Ῥόδον ἄφιξιν. καὶ δὴ παραλαβόντες ἄγουσιν εἰς τὴν οἰκίαν ἔνθα αὐτοὶ κατήγοντο, καὶ τὰ κτήματα αὐτῶν παραδιδόασι καὶ ἐπεμελοῦντο καὶ ἐθεράπευον[το] καὶ θαρρεῖν παρεκάλουν. τῷ δὲ ἦν οὐδὲν Ἀνθίας τιμιώτερον, ἀλλ' ἐκείνην ἐθρήνει παρ' ἕκαστα.

11. Καὶ ὁ μὲν ἐν Ῥόδῳ διῆγε μετὰ τῶν συντρόφων, ὅ τι πράξει βουλευόμενος, ὁ δὲ Ἱππόθοος διέγνω τὴν Ἀνθίαν ἀγαγεῖν ἀπὸ Ἰταλίας εἰς Ἔφεσον, ὡς ἀποδώσων τε τοῖς γονεῦσι καὶ περὶ Ἁβροκόμου ἐκεῖ τι πευσόμενος. καὶ δὴ ἐμβαλὼν πάντα τὰ αὐτοῦ εἰς ναῦν μεγάλην Ἐφεσίαν, μετὰ τῆς Ἀνθίας ἀνήγετο καὶ διανύσας μάλα ἀσμένως τὸν πλοῦν οὐ πολλαῖς ἡμέραις εἰς Ῥόδον καταίρει νυκτὸς ἔτι κἀνταῦθα κατάγεται παρά τινι πρεσβύτιδι, Ἀλθαίᾳ τὸ ὄνομα, πλησίον δὲ τῆς θαλάσσης, καὶ τήν τε Ἀνθίαν ἀνάγει παρὰ τὴν ξένην. καὶ αὐτὸς ἐκείνης μὲν τῆς νυκτὸς ἀνεπαύσατο, τῇ δὲ ἑξῆς ἤδη μὲν περὶ τὸν πλοῦν ἐγίνοντο, ἑορτὴ δέ τις ἤγετο μεγαλοπρεπὴς δημοσίᾳ τῶν Ῥοδίων ἁπάντων τῷ Ἡλίῳ, καὶ πομπή τε καὶ θυσία καὶ πολιτῶν ἑορταζόντων πλῆθος.

82 **Aposentos superiores**: há grande preocupação da parte do narrador de assegurar que Hipótoo respeita a castidade de Ântia. O segundo andar das casas era geralmente destinado aos aposentos das mulheres, por serem mais privados e de acesso mais controlado.

83 Trata-se do festival pan-helênico de Halieia, o principal da cidade.

Os acompanhantes de Leucon ficaram mudos de espanto, mas, aos poucos, reconheceram Habrocomes por sua aparência, por sua voz, pelo que dizia, pelas menções a Ântia. Caíram aos seus pés e, em seguida, narraram sua história: o caminho de Tiro até a Síria, a cólera de Manto, a submissão a ela, a venda para a Lícia, a morte do seu proprietário, a herança, a chegada a Rodes. E, tomando-o aos seus cuidados, levaram-no para a casa onde estavam instalados e puseram seus bens a seu dispor. Foram atenciosos e cuidaram dele, além de encorajarem-no. Mas nada havia de mais precioso para ele do que Ântia, e ele a pranteava a todo momento.

11. Enquanto ele vivia em Rodes com seus companheiros, decidindo o que faria, Hipótoo decidiu levar Ântia da Itália para Éfeso, para entregá-la aos seus pais e ali informar-se sobre Habrocomes. Depois de embarcar tudo que era dele em um grande navio efésio, partiu com Ântia e completou a travessia com sucesso não muitos dias depois. Aportou em Rodes, noite ainda, e lá alojou-se na casa de uma mulher idosa, de nome Altaia, perto do mar. Instalou Ântia nos aposentos superiores com a anfitriã e ele mesmo deixou-se ficar lá aquela noite.[82] No dia seguinte, já estavam prestes a retomar a viagem, mas um festival público magnífico estava sendo oferecido pelo conjunto dos ródios em honra a Hélio, com procissão, sacrifícios e um grande número de cidadãos engajados na celebração.[83]

ἐνταῦθα παρῆσαν ὁ Λεύκων καὶ ἡ Ῥόδη, οὐ τοσοῦτον τῆς ἑορτῆς μεθέξοντες, ὅσον ἀναζητήσοντες εἴ τι περὶ Ἀνθίας πύθοιντο. καὶ δὴ ἧκεν ὁ Ἱππόθοος εἰς τὸ ἱερόν, ἄγων τὴν Ἀνθίαν. ἡ δὲ ἀπιδοῦσα εἰς τὰ ἀναθήματα καὶ ἐν ἀναμνήσει τῶν πρότερον γενομένη "ὦ τὰ πάντων" ἔφησεν "ἀνθρώπων ἐφορῶν Ἥλιε, μόνην ἐμὲ τὴν δυστυχῆ παρελθών, πρότερον μὲν ἐν Ῥόδῳ γενομένη εὐτυχῶς τέ σε προσεκύνουν καὶ θυσίας ἔθυον μετὰ Ἁβροκόμου καὶ εὐδαίμων τότε ἐνομιζόμην, νυνὶ δὲ δούλη μὲν ἀντ' ἐλευθέρας, αἰχμάλωτος δὲ ἡ δυστυχὴς ἀντὶ τῆς μακαρίας, καὶ εἰς Ἔφεσον ἔρχομαι μόνη καὶ φανοῦμαι τοῖς οἰκείοις Ἁβροκόμην οὐκ ἔχουσα."

Ταῦτα ἔλεγε καὶ πολλὰ ἐπεδάκρυε καὶ δεῖται τοῦ Ἱπποθόου ἐπιτρέψαι αὐτῇ τῆς κόμης ἀφελεῖν τῆς αὐτῆς καὶ ἀναθεῖναν τῷ Ἡλίῳ καὶ εὔξασθαί τι περὶ Ἁβροκόμου. συγχωρεῖ ὁ Ἱππόθοος, καὶ ἀποτεμοῦσα τῶν πλοκάμων ὅσα ἐδύνατο καὶ ἐπιτηδείου καιροῦ λαβομένη, πάντων ἀπηλλαγμένων, ἀνατίθησιν ἐπιγράψασα· ΥΠΕΡ ΤΟΥ ΑΝΔΡΟΣ ΑΒΡΟΚΟΜΟΥ ΑΝΘΙΑ ΤΗΝ ΚΟΜΗΝ ΤΩΙ ΘΕΩΙ ΑΝΕΘΗΚΕ. ταῦτα ποιήσασα καὶ εὐξαμένη ἀπῄει μετὰ τοῦ Ἱπποθόου.

12. Ὁ δὲ Λεύκων καὶ ἡ Ῥόδη τέως ὄντες περὶ τὴν πομπὴν ἐφίστανται τῷ ἱερῷ καὶ βλέπουσι τὰ ἀναθήματα καὶ γνωρίζουσι τῶν δεσποτῶν τὰ ὀνόματα καὶ πρῶτον ἀσπάζονται τὴν κόμην καὶ πολλὰ κατωδύροντο οὕτως ὡς Ἀνθίαν βλέποντες, τελευταῖον δὲ περιῄεσαν, εἴ που κἀκείνην εὑρεῖν δυνήσονται (ἤδη δὲ καὶ τὸ πλῆθος τῶν Ῥοδίων ἐγνώριζον τὰ ὀνόματα ἐκ τῆς προτέρας ἐπιδημίας).

---

84 Ofertar os cabelos a Habrocomes: novo trocadilho, que remete à noite de núpcias.

Também estavam lá Leucon e Rhoda, não tanto para participar do festival, quanto para investigar se conseguiam alguma informação sobre Ântia. Então Hipótoo chegou ao templo em companhia de Ântia e quando ela viu as oferendas e lembrou-se dos tempos pregressos, disse:

– Ó Hélio, que do alto tudo vê do que diz respeito aos humanos, me acode, que, desafortunada, estou sozinha! Na primeira vez que estive em Rodes, fui afortunada, me ajoelhei e fiz sacrifícios na companhia de Habrocomes. Então eu julgava que era feliz, mas agora, escrava em vez de livre, uma desafortunada prisioneira em vez de bem-aventurada, volto para Éfeso sozinha e aparecerei diante dos meus sem Habrocomes!

Enquanto dizia essas palavras, chorava e pedia a Hipótoo que saísse e deixasse que cortasse seus cabelos para ofertar a Hélio e rezar por Habrocomes.[84] Hipótoo concordou e, após ela ter cortado o máximo possível de seus cachos e encontrado a ocasião adequada, quando todos tinham se afastado, fez inscrever na oferenda: EM INTENÇÃO AO SEU MARIDO, HABROCOMES, ÂNTIA OFERTOU SUA COMA AO DEUS. Após cumprir ato e reza, foi embora com Hipótoo.

12. Leucon e Rhoda, que até então acompanhavam a procissão, vieram ao templo, viram as oferendas e reconheceram os nomes de seus senhores. Antes de mais nada beijaram o cabelo e derramaram muitas lágrimas, como se estivessem diante da própria Ântia, mas finalmente saíram, para ver se poderiam encontrá-la em algum lugar – também a multidão de ródios já havia reconhecido os nomes da primeira viagem.

κἀκείνην μὲν τὴν ἡμέραν οὐδὲν εὑρίσκοντες ἀπηλλάγησαν καὶ τῷ Ἁβροκόμῃ τὰ ἐν τῷ ἱερῷ ὄντα ἐμήνυσαν. ὁ δὲ ἔπαθε μὲν τὴν ψυχὴν ἐπὶ τῷ παραδόξῳ τοῦ πράγματος, εὔελπις δὲ ἦν ὡς Ἀνθίαν εὑρήσων.

Τῇ δὲ ἑξῆς ἧκεν ἡ Ἀνθία πάλιν εἰς τὸ ἱερὸν μετὰ τοῦ Ἱπποθόου, οὐκ ὄντος αὐτοῖς πλοός, προσκαθίσασα δὲ τοῖς ἀναθήμασιν ἐδάκρυέ τε καὶ ἀνέστενεν. ἐν τούτῳ δὲ ἐπεισίασιν ὁ Λεύκων καὶ ἡ Ῥόδη τὸν Ἁβροκόμην καταλιπόντες ἔνδον, ἀθύμως ἐπὶ τοῖς αὑτοῦ διακείμενον. ἐλθόντες δὲ ὁρῶσι τὴν Ἀνθίαν, καὶ ἦν μὲν ἔτι ἄγνωστος αὐτοῖς, συμβάλλουσι δὲ πάντα ἅμα, τὰ δάκρυα, τὰ ἀναθήματα, τὰ ὀνόματα, τὸ εἶδος. οὕτως κατὰ βραχὺ ἐγνώριζον αὐτήν, προσπεσόντες δὲ τοῖς γόνασιν ἔκειντο ἀχανεῖς. ἡ δὲ ἐτεθαυμάκει τίνες τε ἦσαν καὶ τί βούλοιντο· οὐ γὰρ ἄν ποτε Λεύκωνα καὶ Ῥόδην ⟨ἰδεῖν⟩ ἤλπισεν. οἱ δὲ ἐν ἑαυτοῖς γενόμενοι "ὦ δέσποινα" ἔφασαν "Ἀνθία, ἡμεῖς οἰκέται σοί, Λεύκων καὶ Ῥόδη, οἱ τῆς ἀποδημίας κοινωνήσαντες καὶ τοῦ λῃστηρίου. ἀλλὰ τίς ἐνταῦθα ἄγει σε τύχη; θάρσει, δέσποινα· Ἁβροκόμης σῴζεται καὶ ἔστιν ἐνταῦθα, ἀεί σε θρηνῶν." ἀκούσασα ἡ Ἀνθία ἐξεπλάγη τοῦ λόγου, μόγις δὲ ἀνενεγκοῦσα καὶ γνωρίσασα περιβάλλει τε αὐτοὺς καὶ ἀσπάζεται καὶ σαφέστατα τὰ κατὰ Ἁβροκόμην μανθάνει.

13. Συνέρρει δὲ ἅπαν τὸ πλῆθος τῶν Ῥοδίων, πυνθανόμενον τὴν Ἀνθίας εὕρεσιν καὶ Ἁβροκόμου. παρῆν δὲ ἐν τούτῳ καὶ ὁ Ἱππόθοος, ἐγνωρίσθη τε τοῖς περὶ τὸν Λεύκωνα καὶ αὐτὸς ἔμαθεν οἵτινές εἰσι. καὶ ἦν τὰ μὲν ἄλλα ἐν αὐτοῖς ἐπιτηδείως, τὸ δέ, ὅτι μηδέπω Ἁβροκόμης ταῦτα ἐπίσταται. ἔτρεχον δὲ ὡς εἶχον ἐπὶ τὴν οἰκίαν. ὁ δὲ ὡς ἤκουσεν ὑπό τινος τῶν Ῥοδίων τὴν τῆς Ἀνθίας εὕρεσιν, διὰ μέσης τῆς πόλεως βοῶν "Ἀνθία

E como naquele dia nada descobrissem, foram embora e contaram a Habrocomes o que tinha se passado no templo. Ele sofreu o baque da notícia inesperada, mas estava esperançoso de que encontraria Ântia.

No dia seguinte, Ântia foi novamente ao templo em companhia de Hipótoo, já que não iriam viajar ainda. Sentada junto às oferendas, chorava e lamentava-se. Nisso, Leucon e Rhoda aproximaram-se, tendo deixado Habrocomes em casa, desanimado com sua situação. Ao entrarem, viram Ântia, que era uma desconhecida para eles, mas associaram tudo, as lágrimas, as oferendas, os nomes, a aparência. Assim, lentamente, reconheceram-na e, caindo aos seus joelhos, ficaram mudos de espanto. E ela admirava-se sobre quem eram e o que queriam, pois não tinha qualquer expectativa de voltar a ver um dia Leucon e Rhoda. E, quando voltaram a si, eles disseram:

– Minha senhora, Ântia, somos nós, seus escravos, Leucon e Rhoda, os que estiveram com vocês na viagem e durante o ataque dos piratas. Mas que sorte te traz aqui? Coragem, senhora, Habrocomes está a salvo aqui e está sempre a pranteá-la.

Ântia ouviu e sentiu o golpe das palavras, recuperando-se com dificuldade e reconhecendo-os, abraçou-os, beijou-os e inteirou-se detalhadamente sobre Habrocomes.

13. Uma multidão de ródios afluiu quando se revelou a notícia da descoberta de Ântia e Habrocomes. Também estava presente Hipótoo, e ele foi reconhecido pelos acompanhantes de Leucon e foi apresentado a eles. E eles tinham tudo do que precisavam, exceto o fato de que Habrocomes ainda não sabia de nada. Correram, do jeito que estavam, até sua casa. E ele, quando ouviu de um ródio que Ântia fora encontrada, atravessou a cidade, correndo como um louco, gritando "Ântia".

ἐοικὼς μεμηνότι ἔθεε. καὶ δὴ συντυγχάνει τοῖς περὶ τὴν Ἀνθίαν πρὸς τῷ ἱερῷ τῆς Ἴσιδος, πολὺ δὲ τῶν Ῥοδίων πλῆθος ἐφείπετο. ὡς δὲ εἶδον ἀλλήλους, εὐθὺς ἀνεγνώρισαν· τοῦτο γὰρ αὐτοῖς ἐβούλοντο αἱ ψυχαί· καὶ περιλαβόντες ἀλλήλους εἰς γῆν κατηνέχθησαν, κατεῖχε δὲ αὐτοὺς πολλὰ ἅμα πάθη, ἡδονή, λύπη, φόβος, ἡ τῶν προτέρων μνήμη, τὸ τῶν μελλόντων δέος. ὁ δὲ δῆμος ὁ Ῥοδίων ἀνευφήμησέ τε καὶ ἀνωλόλυξε, μεγάλην θεὸν ἀνακαλοῦντες τὴν Ἶσιν, "πάλιν" λέγοντες "ὁρῶμεν Ἁβροκόμην καὶ Ἀνθίαν τοὺς καλούς." οἱ δὲ ἀναλαβόντες ἑαυτούς, διαναστάντες εἰς τὸ τῆς Ἴσιδος ἱερὸν εἰσῆλθον, "σοὶ" λέγοντες, "ὦ μεγίστη θεά, τὴν ὑπὲρ τῆς σωτηρίας ἡμῶν χάριν οἴδαμεν· διὰ σέ, ὦ πάντων ἡμῖν τιμιωτάτη, ἑαυτοὺς ἀπειλήφαμεν", προεκυλίοντό τε τοῦ τεμένους καὶ τῷ βωμῷ προσέπιπτον.

Καὶ τότε μὲν αὐτοὺς ἄγουσι⟨ν οἱ⟩ περὶ τὸν Λεύκωνα εἰς τὴν οἰκίαν, καὶ ὁ Ἱππόθοος τὰ αὐτοῦ μετεσκευάζετο παρὰ τὸν Λεύκωνα, καὶ ἦσαν ἕτοιμοι πρὸς τὸν εἰς Ἔφεσον πλοῦν, ὡς δὲ ἔθυσαν ἐκείνης τῆς ἡμέρας καὶ εὐωχήθησαν, πολλὰ καὶ ποικίλα παρὰ πάντων τὰ διηγήματα, ὅσα τε ἔπαθεν ἕκαστος καὶ ὅσα ἔδρασε, παρεξέτεινόν τε ἐπὶ πολὺ τὸ συμπόσιον, ὡς αὐτοὺς ἀπολαβόντες χρόνῳ. ἐπεὶ δὲ νὺξ ἤδη ἐγεγόνει, ἀνεπαύοντο οἱ μὲν ἄλλοι πάντες ὅπως ἔτυχον, Λεύκων μὲν καὶ Ῥόδη, Ἱππόθοος δὲ καὶ τὸ μειράκιον τὸ ἐκ Σικελίας τὸ ἀκολουθῆσαν εἰς Ἰταλίαν ἰόντι αὐτῷ, ὁ Κλεισθένης ὁ καλός, ἡ δὲ Ἀνθία ἀνεπαύετο μετὰ Ἁβροκόμου.

E encontrou com os acompanhantes de Ântia perto do templo de Ísis – e os ródios em massa os seguiam. Quando se avistaram, imediatamente se reconheceram, pois era o que desejavam mais intensamente. Trocaram abraços e caíram por terra, muitas emoções os dominavam simultaneamente: prazer, dor, medo, a lembrança dos tempos passados, o temor do que estava por vir. O povo de Rodes aclamou e em altos brados dizia, invocando a grande deusa Ísis:

– Mais uma vez vemos Habrocomes e Ântia, os belos!

E depois de terem se recuperado, levantaram-se e entraram no templo de Ísis, dizendo:

– A ti, ó grande deusa, atribuímos a graça de nossa salvação. Por tua causa, tu que de todos os deuses és a mais preciosa para nós, recuperamos um ao outro.

Ajoelharam-se diante do recinto sagrado e caíram aos pés do altar.

E então os acompanhantes de Leucon e Rhoda levaram-nos para sua casa e Hipótoo também se mudou para lá com toda a sua bagagem. E estavam prontos para a viagem a Éfeso. Quando sacrificaram e festejaram aquele dia, muitas e variadas histórias da parte de todos eles, quanto cada um sofreu e quanto fez, prolongaram em muito o simpósio, como se o tempo os devolvesse uns aos outros. Quando a noite veio, cada um repousou como era devido: de um lado, Leucon e Rhoda; de outro, Hipótoo e o adolescente que o seguira da Sicília para a Itália, o belo Clístenes; mas Ântia repousou na companhia de Habrocomes.

14. Ὡς δὲ οἱ μὲν ἄλλοι πάντες κατεκοιμήθησαν, ἡσυχία δὲ ἦν ἀκριβής, περιλαβοῦσα ἡ Ἀνθία τὸν Ἁβροκόμην ἔκλαεν, "ἄνερ" λέγουσα "καὶ δέσποτα, ἀπείληφά σε πολλὴν γῆν πλανηθεῖσα καὶ θάλασσαν, λῃστῶν ἀπειλὰς ἐκφυγοῦσα καὶ πειρατῶν ἐπιβουλὰς καὶ πορνοβοσκῶν ὕβρεις καὶ δεσμὰ καὶ τάφρους καὶ ξύλα καὶ φάρμακα καὶ τάφους, ἀλλ᾽ ἥκω σοι τοιαύτη, τῆς ἐμῆς ψυχῆς Ἁβροκόμη δέσποτα, οἵα τὸ πρῶτον ἀπηλλάγην εἰς Συρίαν ἐκ Τύρου, ἔπεισε δέ με ἁμαρτεῖν οὐδείς, οὐ Μοῖρις ἐν Συρίᾳ, οὐ Περίλαος ἐν Κιλικίᾳ, οὐκ ἐν Αἰγύπτῳ Ψάμμις καὶ Πολύιδος, οὐκ Ἀγχίαλος ἐν Αἰθιοπίᾳ, οὐκ ἐν Τάραντι ὁ δεσπότης, ἀλλ᾽ ἁγνὴ μένω σοι πᾶσαν σωφροσύνης μηχανὴν πεποιημένη. σὺ δὲ ἄρα, Ἁβροκόμη, σώφρων ἔμεινας, ἤ μέ τις παρευδοκίμησεν ἄλλη καλή; ἢ μή τις ἠνάγκασέ σε ἐπιλαθέσθαι τῶν ὅρκων τε κἀμοῦ;" ταῦτα ἔλεγε καὶ κατεφίλει συνεχῶς. ὁ δὲ Ἁβροκόμης "ἀλλὰ ὀμνύω σοί" φησι "τὴν μόγις ἡμῖν ἡμέραν ποθεινὴν εὑρημένην ὡς οὔτε παρθένος ἐμοί τις ἔδοξεν εἶναι καλή, οὔτ᾽ ἄλλη τις ὀφθεῖσα ἤρεσε γυνή, ἀλλὰ τοιοῦτον εἴληφας Ἁβροκόμην καθαρόν, οἷον ἐν Τύρῳ κατέλιπες ἐν δεσμωτηρίῳ."

15. Ταῦτα δι᾽ ὅλης νυκτὸς ἀλλήλοις ἀπελογοῦντο καὶ ῥᾳδίως ἔπειθον ἀλλήλους, ἐπεὶ τοῦτο ἤθελον. ἐπειδὴ δὲ ἡμέρα ἐγένετο, ἐπιβάντες νεώς, πάντα ἐνθέμενοι τὰ αὑτῶν ἐπανήγοντο παραπέμποντος αὐτοὺς παντὸς τοῦ Ῥοδίων πλήθους. συναπῄει δὲ καὶ ὁ Ἱππόθοος τά τε αὑτοῦ πάντα ἐπαγόμενος καὶ τὸν Κλεισθένη. καὶ ἡμέραις ὀλίγαις διανύσαντες τὸν πλοῦν κατῆραν εἰς Ἔφεσον.

---

85 Paralelismo entre Ântia e Penélope, mas também entre ela e Odisseu, já que ela também muito vagou sofrendo dores no mar e desejando retornar para seu amado; cf. Tagliabue (2017).

14. Enquanto todos os outros dormiam e a tranquilidade reinava, Ântia abraçava Habrocomes, derramava lágrimas e dizia:

– Meu marido e senhor, recuperei-te após muito vagar por terra e mar, escapando de ameaças de bandidos, de tramoias de piratas, de insultos de rufiões, de correntes, covas, troncos, drogas e túmulos, mas, ó senhor da minha vida, Habrocomes, volto a ti tal qual fui levada pela primeira vez de Tiro para a Síria. Ninguém me persuadiu a errar, nem Méris, na Síria; nem Perilau, na Cilícia; nem, no Egito, Psammis ou Poliído; nem Anquíalo, na Etiópia; nem, em Tarento, meu proprietário, mas permaneço pura para ti tendo usado de todo ardil em prol da castidade.[85] E quanto a você, Habrocomes? Você se manteve casto ou alguma outra beldade me superou? Será que alguém te obrigou a esquecer os juramentos e a mim?

Dizia essas palavras e o beijava sem parar. E Habrocomes disse:

– Eu te juro pelo dia desejado de nosso difícil encontro que nenhuma moça me pareceu bela e nem outra mulher atraente ao olhar. Você recebe Habrocomes tão imaculado quanto o deixou na prisão, em Tiro.

15. Conversavam assim durante toda a noite e facilmente se deixaram convencer, já que era o que queriam. Quando amanheceu, depois de embarcarem no navio e terem despachado tudo o que era deles, fizeram-se ao mar, tendo sido escoltados pela população de Rodes em massa. Hipótoo foi também, levando tudo o que era dele e Clístenes. E tendo completado a travessia em poucos dias, aportaram em Éfeso.

προεπέπυστο δὲ τὴν σωτηρίαν αὐτῶν ἡ πόλις ἅπασα. ὡς δὲ ἐξέβησαν, εὐθὺς ὡς εἶχον ἐπὶ τὸ ἱερὸν τῆς Ἀρτέμιδος ἦσαν καὶ πολλὰ ηὔχοντο καὶ θύσαντες ἄλλα ἀνέθεσαν ἀναθήματα καὶ δὴ καὶ τὴν γραφὴν τῇ θεῷ ἀνέθεσαν πάντων ὅσα τε ἔπαθον καὶ ὅσα ἔδρασαν. καὶ ταῦτα ποιήσαντες, ἀνελθόντες εἰς τὴν πόλιν τοῖς γονεῦσιν αὐτῶν τάφους κατεσκεύασαν μεγάλους (ἔτυχον γὰρ ὑπὸ γήρως καὶ ἀθυμίας προτεθνηκότες) καὶ αὐτοὶ τοῦ λοιποῦ διῆγον ἑορτὴν ἄγοντες τὸν μετ' ἀλλήλων βίον, καὶ ὁ Λεύκων καὶ ἡ Ῥόδη κοινωνοὶ πάντων τοῖς συντρόφοις ἦσαν. διέγνω δὲ καὶ ὁ Ἱππόθοος ἐν Ἐφέσῳ τὸν λοιπὸν καταβιῶναι χρόνον, καὶ ἤδη Ὑπεράνθῃ τάφον ἤγειρε μέγαν κατὰ Λέσβον γενόμενος. καὶ τὸν Κλεισθένη παῖδα ποιησάμενος ὁ Ἱππόθοος διῆγεν ἐν Ἐφέσῳ μετὰ Ἁβροκόμου καὶ Ἀνθίας. Ξενοφῶντος τῶν κατὰ Ἀνθίαν καὶ Ἁβροκόμην Ἐφεσιακῶν ε' λόγων τέλος.

86 Por paralelismo ao que ocorre em Rodes (5.10-11), em que as oferendas se faziam acompanhar de inscrições que sucintamente descreviam a intenção do ofertante, fica a sugestão que Ântia e Habrocomes apenas depuseram uma inscrição às oferendas feitas em Éfeso. No entanto, o texto ressalta que entre outras oferendas depuseram um relato sobre tudo que passaram (καὶ δὴ καὶ γραφῇ τῇ θεῷ ἀνέθεσαν πάντα ὅσα τε ἔπαθον καὶ ὅσα ἔδρασαν), dando a entender que dedicaram um livro, esse que viemos de ler, no templo da deusa.

Toda a cidade já tinha sido avisada de sua salvação. Quando desembarcaram, foram imediatamente, do jeito que estavam, ao templo de Ártemis, onde, após rezar e sacrificar, dedicaram outras oferendas e, inclusive, ofertaram para a deusa o relato por escrito de tudo quanto passaram e quanto fizeram.[86] Isso feito, após retornar à cidade, dispuseram grandes túmulos para seus pais (aconteceu de terem morrido pouco antes de velhice e tristeza), e eles próprios viveram dali para frente em meio a festas e em companhia um do outro.[87] Também Leucon e Rhoda eram seus companheiros em tudo, e Hipótoo decidiu passar o resto da vida em Éfeso – erigiu um túmulo magnífico para Hiperanto quando esteve em Lesbos. E Hipótoo, após adotar Clístenes, ficou em Éfeso na companhia de Habrocomes e Ântia.

Eis o fim das *Efesíacas* de Xenofonte, relato em cinco livros sobre Ântia e Habrocomes.[88]

---

87 O reencontro dos amantes e o retorno à cidade natal marca o final feliz dos romances gregos de amor.

88 Henderson não anota essa última frase, considerando-a interpolação. Ela traz a assinatura de Xenofonte e o título do romance. Em *Quéreas e Calírroe*, a assinatura está posta no parágrafo de abertura e, em *Etiópicas*, no final.

Referências bibliográficas

a) Edições críticas e traduções

Henderson, J. (ed. e trans.) *Xenophon of Ephesus: Antia and Habrocomes*. In Longus; Xenophon of Ephesus. *Daphnis and Chloe; Antia and Habrocomes*. Edited and translated by J. Henderson. Cambridge: Cambridge University Press, 2009.

O'Sullivan, J. N. (ed.) *Xenophon Ephesius: De Antia et Habrocome Ephesiacorum*. Ed. J.N. O'Sullivan (Bibliotheca Teubneriana). Monachii et Lipsiae: K. G. Saur, 2005.

Ruas, V. (trad.). *Xenofonte de Éfeso: As Efesíacas. Ântia e Habrócomes*. Tradução do grego, introdução e notas de Vítor Ruas. Lisboa: Edições Cosmos, 2000.

b) Estudos

Bowie, E. "The Construction of the Classical Past in the Ancient Greek Novels". In: Eklund S. (ed.) Συγχάρματα. *Studies in honor of Jan Fredrik Kindstrand*. Uppsala: Acta Universitatis Upsaliensis, 2006, pp. 1-20.

_____. "The chronology of the earlier Greek novels since B. E. Perry: revisions and precisions". *Ancient Narrative*, Groningen, v. 2, pp. 47-63, 2002.

Brandão, J. L. *A invenção do romance*. Brasília: Editora da UNB, 2005.

_____. Qual romance? (Entre antigos e modernos). *Eutomia*, Recife, v. 12, n.1, pp. 80-99, jul./dez. 2014.

Capra, A. "Xenophon's Round Trip: Geography as Narrative Consistency in the *Ephesiaka*". In: Pinheiro, M. P. F.; Konstan, D.; MacQueen, B. D. (ed.). *Cultural Crossroads in Ancient Novel*. Boston: De Gruyter, 2018. pp. 17-28.

_____. "The (Un)happy Romance of Curleo and Liliet', Xenophon of Ephesus, the *Cyropaedia* and the birth of 'anti-tragic' novel". *Ancient Narrative*, Groningen, v. 7, pp. 29-50, 2008.

Casson, L. *Travel in the Ancient World*. Baltimore: Johns Hopkins University Press, 1974.

Cesila, R. T. *Epigrama. Catulo e Marcial.* Campinas: Editora da Unicamp, 2017.

Cueva, E. C. "Xenophon, History, and Mythological Allusions". In: ____. *The Myths of Fiction:* Studies in the Canonical Greek Novels. Ann Arbor: The University of Michigan Press, 2004. pp. 35-43.

De Souza, P. *Piracy in the Graeco-Roman World.* Cambridge: Cambridge University Press, 2002.

De Temmerman, K. *Crafting Character:* Heroes and Heroines in the Ancient Greek Novel. Oxford: Oxford University Press, 2014.

____. [Resenha de] O'Sullivan, J.N. *Xenophon Ephesius, De Antia et Habrocome Ephesiacorum libri V,* ed. J.N.O. (Bibliotheca Teubneriana). Monachii/Lipsiae: Saur, 2005. *Mnemosyne,* Leiden, v. 61, n. 4, pp. 668-71, 2008.

Duarte, A. S. "Eros e Himeros: o impulso erótico no romance grego antigo". *Classica - Revista Brasileira de Estudos Clássicos,* v. 35, n. 2, p. 1-10, 2022.

____ (trad.). *Cáriton de Afrodísias: Quéreas & Calírroe.* Tradução, introdução, posfácio e notas de Adriane da Silva Duarte. São Paulo: Editora 34, 2020.

____. "Ântia". In: Silva, S. C.; Brunhara, R.; Vieira Neto, I. (org.). *Compêndio Histórico de Mulheres da Antiguidade:* a presença das mulheres na Literatura e na História. Goiânia: Tempestiva, 2021, v. 1, pp. 849-852.

____. "Os contos de Ântia: narrativas intercaladas em *Efesíacas,* de Xenofonte de Éfeso". *Synthesis,* La Plata, v. 26, n. 2, e060, 2019a.

____. "'Que eu não morra sem luta e sem glória': as citações da *Ilíada* em *Quéreas e Calírroe*". *Classica - Revista Brasileira de Estudos Clássicos,* v. 32, pp. 181-194, 2019b.

____. "A história de Egialeu (*Efesíacas,* V.1): tradução e comentário". *Rónai. Revista de Estudos Clássicos e Tradutórios,* Juiz de Fora, v. 6, n. 1, pp. 141-148, 2018.

____. "A história de Hipótoo (*Efesíacas,* III.2): tradução e comentário". *Translatio,* Porto Alegre, v. 14, pp. 218-226, 2017.

Freire de Carvalho, J. L. (trad.). *Tácito: Anais.* Tradução de José Liberato Freire de Carvalho. Lisboa: Edições Colibri, 2022.

REFERÊNCIAS BIBLIOGRÁFICAS

Garrido, R. F. G. "Los sueños en la novela griega: Caritón de Afrodisias y Jenofonte de Éfeso". *Habis*, Sevilla, v. 34,p p. 345-364, 2003.

Gärtner, H. "Xenophon von Ephesus". In: Pauly, A. et al. *Realencyclopädie der classichen Altertumwissenschaft (RE)*, Zweite Reihe R-Z, Band IX A,2, 1983, pp. 2055-89.

Genter, J. "Anthia and Habrocomes in Full Bloom: A Literary Onomastic Analysis of Erotic *Andreia* and Lasting Beauty in Xenophon's *Ephesiaca*". *Ancient Narrative*, Groningen, v. 17, pp. 25-51, 2020.

Hägg, T. "*Die Ephesiaka* des Xenophon Ephesios - Original oder Epitome?" *Classica et Mediaevalia*, v. 27, pp. 118-61, 1966.

_____. *Narrative technique in ancient Greek Romances: Studies of Chariton, Xenophon Ephesius, and Achilles Tatius*. Stockholm: Svenska Institutet i Athen, 1971.

Haynes, K. *Fashioning the Feminine in the Greek Novel*. London: Routledge, 2003.

Kury, Mário da Gama (trad.). *Heródoto: História*. Tradução Mário da Gama Kury. Brasília: Editora Universidade de Brasília, 1985.

Konstan, D. *Sexual Symmetry: Love in the Ancient Novel and Related Genres*. Princeton: 1994a.

_____. "Xenophon of Ephesus: Eros and Narrative in the Novel". In: Morgan, J. R.; Stoneman, R. (ed.). *Greek Fiction: The Greek Novel in Context*. London: Routledge, 1994b. pp. 49-63.

Kytzler, B. "Xenophon of Ephesus". In: Schmeling, G. (ed.). *The Novel in the Ancient World*. Boston: Brill, 2003. pp. 336-360.

Ladstätter, S.; Büyükkolanci, M.; Topal, C.; Aktüre, Z. "Ephesus". In: *Unesco World Heritage in Turkey 2016*. Ankara: Unesco, 2016. pp. 413-443.

Longrigg, J. Epilepsy in ancient Greek medicine—the vital step. *Seizure*, v. 9, n. 1, pp. 12-21, 2000.

Machado, J. (trad.) *Atos Apócrifos de João*. São Paulo: Paulus, 2021.

Morgan, J. R. "Xenophon of Ephesus". In: De Jong, I.; Nünlist, R.; Bowie, A. (ed.). *Narrators, Narratees, and Narratives in Ancient Greek Literature*. Leiden: Brill, 2004. pp. 489-92.

O'Sullivan, J. N. "Xenophon, *The Ephesian Tales*". In: Cueva, P.; Byrne, S. (ed.). *A Companion to the Ancient Novel*. Oxford: Wiley Blackwell, 2014. pp. 43-61.

_____. *Xenophon of Ephesus: His Compositional Technique and the Birth of Novel*. Berlin: Walter de Gruyter, 1995.

Reardon, B. P. (ed.) *Collected Ancient Greek Novels*. Berkeley: University of California Press, 2008 (1ª ed. 1989).

Riess, W. "Banditry and Brigandage, Roman". In: Gagarin, M.; Fanthom, E. (ed.) *The Oxford Encyclopedia of Ancient Greece and Rome*. V. 1. Oxford: Oxford University Press, 2010, pp. 359-361.

Ruiz-Montero, C. "Xenophon of Ephesus and Orality in the Roman Empire". *Ancient Narrative*, Groningen, v. 3, 43-62, 2004.

_____. "Xenophon von Ephesos: ein Überblick". In: Haase, W. *Aufstieg und Niedergang der römischen Welt (ANRW)*, Teil 2, Band 34.2, 1994. pp. 1088–1138.

Rutherford, I. "The Genealogy of the *Boukoloi*: How Greek Literature Appropriated an Egyptian Narrative-Motif". *The Journal of Hellenic Studies*, v. 120, pp. 106-121, 2000.

Schmeling, G. "International Conferences on the Ancient Novel (ICAN): The Intellectual Growth of an Idea, the Explosion of a Movement". *Ancient Narrative*, Groningen, v. 10, pp. 89-93, 2012.

Stephens, S. "Cultural Identity". In: Whitmarsh, T. (ed.) *The Cambridge Companion to the Greek and Roman Novel*. Cambridge: Cambridge University Press, 2008. pp. 56-71.

Tagliabue, A. *Xenophon's* Ephesiaca: *A Paraliterary Love-Story from the Ancient World*. Groningen: Barkhuis & Groningen University Library, 2017.

Tilg, S. *Chariton of Aphrodisias and the Invention of the Greek Love Novel*. Oxford: Oxford University Press, 2010.

Whitmarsh, T. *Narrative and Identity in the Ancient Greek Novel*. Cambridge: Cambridge University Press, 2011.

Sobre a tradutora

Adriane da Silva Duarte é professora Titular de Língua e Literatura Grega na Universidade de São Paulo, onde se graduou e doutorou em Letras Clássicas. É também bolsista de produtividade do CNPq. Entre os livros que publicou estão *O dono da voz e a voz do dono: A parábase na comédia de Aristófanes* (2000) e *Cenas de reconhecimento na poesia grega* (2012), que se somam a vários capítulos de livro e artigos acadêmicos, investigando sobretudo o teatro grego, o romance antigo e a recepção dos clássicos. Também se dedica à tradução, tendo vertido para o português comédias de Aristófanes (*As aves*, 2000; *Lisístrata* e *As tesmoforiantes*, 2005) e romances antigos (*Romance de Esopo*, 2017; *Quéreas e Calírroe*, 2020). É autora do livro infantil *O nascimento de Zeus e outros mitos gregos* (2007, com várias reedições). Coordena o Grupo de Pesquisa Estudos sobre o Teatro Antigo.

Este obra foi composta em tipologia Gentium,
corpo 11/13, no formato 13,8 x 21 cm, com 192 páginas,
e impressa em papel Pólen Natural 80 g/m² pela Lis Gráfica.
São Paulo, abril de 2024.